SCORPIA

Anthony Horowitz

SCORPIA

ALEX RIDER
TOME 5

Traduit de l'anglais par Annick Le Goyat

Couverture © Phil Schramm, 2004
et silhouette de couverture © Walker Books, 2004.
Reproduites avec l'autorisation de Walker Books (Londres).

Cet ouvrage a paru en langue anglaise
chez Walker Books (Londres)
sous le titre :
SCORPIA

© Anthony Horowitz, 2004.
© Hachette Livre, 2004, 2005 et 2007, pour la présente édition.
43, quai de Grenelle, 75015 Paris.

Pour M. N.

1

Heures sup

Pour les deux voleurs du scooter Vespa 200 ch, ce dimanche de septembre fut un jour noir. Ils se trouvaient au mauvais endroit, au mauvais moment.

Toute l'activité semblait s'être concentrée Piazza Esmeralda, à quelques kilomètres de Venise. La messe venait de s'achever et les familles sortaient de l'église sur la place ensoleillée : grands-mères tout de noir vêtues, garçons et filles en habit du dimanche. Les cafés et les glaciers étaient ouverts, et leurs clients se déversaient sur les trottoirs et dans la rue. Une immense fontaine, ornée de dieux dénudés et de serpents, crachait des jets d'eau fraîche. Il y avait aussi le marché. Les échoppes vendaient des cerfs-volants, des fleurs séchées, des cartes postales anciennes, des oiseaux mécaniques, et des sachets de graines pour les centaines de pigeons qui se pavanaient alentour.

Au milieu de cette joyeuse animation, déambulaient une douzaine d'écoliers anglais. Pour les deux voleurs, la malchance voulut que l'un de ces écoliers fût Alex Rider.

On était au début de septembre. Moins d'un mois s'était écoulé depuis la confrontation ultime entre Alex et Damian Cray à bord d'Air Force One, l'avion présidentiel américain. C'était la conclusion d'une aventure qui l'avait mené de Paris à Amsterdam, puis à l'aéroport londonien de Heathrow, alors que vingt-cinq missiles nucléaires menaçaient la planète. Alex avait réussi à détruire ces missiles, puis assisté à la mort de Damian Cray. Après quoi, couvert de l'habituelle collection de contusions et blessures diverses, il était rentré chez lui, où l'attendait une Jack Starbright à la mine sombre et résolue. Jack était sa gouvernante, mais surtout son amie, et elle s'inquiétait beaucoup pour lui.

— Tu ne peux pas continuer ainsi, Alex. Tu ne vas plus en classe. Tu as manqué la moitié d'un trimestre quand tu étais à Skeleton Key, et au moins deux semaines à cause de ton expédition en Cornouailles. Sans parler du temps passé dans cet horrible pensionnat de Pointe Blanche. À ce rythme, tu risques de rater tous tes examens. Que feras-tu ensuite ?

— Ce n'est pas ma faute..., commença Alex.

— Je sais. Mais c'est mon travail de veiller à tes études et j'ai décidé d'engager un précepteur pour le reste de l'été.

— Tu plaisantes !

— Pas du tout. Je suis très sérieuse. Les vacances ne sont pas terminées et tu vas pouvoir te mettre à travailler dès maintenant.

— Je ne veux pas de précepteur, protesta Alex.

— Je ne te donne pas le choix, Alex. Inutile de chercher à te dérober. Cette fois, tu n'y couperas pas !

Alex aurait voulu argumenter, mais, en son for intérieur, il savait que Jack avait raison. Le MI 6 avait beau lui fournir des certificats médicaux pour justifier ses longues absences, les professeurs finissaient par se désintéresser de lui. Leur dernier bulletin d'évaluation était éloquent :

Alex passe plus de temps hors des murs de l'école qu'en classe. Si cette situation se prolonge, il ne sera pas en mesure de se présenter à son brevet. Bien que n'étant sans doute pas responsable de ses problèmes médicaux, son avenir scolaire se trouve compromis.

Voilà où il en était réduit ! Il avait empêché un célèbre chanteur pop multimillionnaire et fou de détruire la moitié du monde : et comment le remerciait-on ? Par des heures de travail supplémentaires !

Il commença ses cours de rattrapage de très mauvaise grâce, surtout lorsqu'il découvrit que le précepteur choisi par Jack enseignait à Brookland, son propre collège. Même s'il n'était pas en charge de sa classe, c'était tout de même embarrassant et il espérait que personne ne l'apprendrait. Néanmoins il dut admettre que

M. Grey était un bon professeur. Jeune, décontracté, Charlie Grey circulait à vélo, ses sacoches bourrées de livres. Il enseignait les lettres mais excellait dans toutes les matières.

— Nous n'avons que quelques semaines devant nous, annonça-t-il. Ça paraît peu, mais tu seras étonné de voir ce qu'on peut accomplir en cours particulier. Nous étudierons sept heures par jour, et tu auras des devoirs à faire en plus. À la fin des vacances, tu me détesteras probablement, mais au moins tu démarreras la nouvelle année scolaire du bon pied.

Alex ne détesta pas Charlie Grey. Ils avançaient vite et bien, alternant anglais, maths, histoire, sciences, etc. Chaque week-end, le professeur lui laissait des feuilles d'examen, et Alex voyait ses résultats s'améliorer. Un jour, M. Grey lui fit une surprise.

— Tu as bien travaillé, Alex. Je ne voulais pas t'en parler avant, mais, pour te distraire un peu, voudrais-tu participer à un voyage scolaire avec moi ?

— Où ?

— L'année dernière, nous sommes allés à Paris. Il y a deux ans, à Rome. Nous visitons les musées, les églises, les châteaux, ce genre de choses. Cette année, nous partons à Venise. Ça te tente ?

Venise.

Dans l'esprit d'Alex, ce nom fit aussitôt ressurgir une pensée qui ne le quittait plus depuis le terrible dénouement de son aventure à bord d'Air Force One. Yassen Gregorovitch, le tueur russe qui avait jeté un voile noir sur sa vie, était lui aussi dans l'avion. Agonisant, une balle logée dans la poitrine. Juste avant de rendre son dernier souffle, Yassen avait réussi à lâcher un secret qu'il gardait depuis quatorze ans.

Ses parents étant morts peu après sa naissance, Alex avait été élevé par le frère de son père, Ian Rider. Or, Ian avait péri un an plus tôt dans un prétendu accident de voiture. Alex avait eu le choc de sa vie en découvrant que son oncle était en réalité un espion et qu'il avait été tué au cours d'une mission en Cornouailles. Peu après, le MI 6 – ex-employeur de Ian – s'était manifesté et avait attiré Alex dans ses filets. Depuis lors, celui-ci travaillait pour les services secrets britanniques.

Alex savait peu de choses sur ses parents. Une photo d'eux trônait dans sa chambre : un bel homme, au regard attentif, aux cheveux courts, enlaçait d'un bras une jolie jeune femme qui esquissait un sourire. John Rider gardait de son passage dans l'armée une attitude de soldat. Helen, quant à elle, avait été infirmière en radiologie. Pour Alex, ils étaient des étrangers. Il n'avait aucun souvenir d'eux. Ils avaient disparu dans un accident d'avion alors qu'il n'était qu'un bébé. Du moins c'est ce qu'on lui avait dit.

Maintenant, il en savait davantage.

Le crash aérien était un mensonge, au même titre que l'accident de voiture de son oncle Ian. Yassen Gregorovitch lui avait révélé la vérité dans Air Force One : comme Yassen, le père d'Alex avait été un tueur. Ils avaient travaillé ensemble ; John avait même sauvé la vie du Russe. Puis il avait été abattu par les services secrets du MI 6 – ceux-là mêmes qui avaient ensuite forcé Alex à collaborer avec eux, qui lui avaient menti, qui l'avaient manipulé, et qui, pour finir, l'avaient laissé tomber. Cela paraissait incroyable, pourtant Yassen lui avait offert un moyen de tirer les choses au clair :

Va à Venise. Trouve Scorpia. Tu connaîtras ton destin...

Alex devait découvrir ce qui s'était passé quatorze ans plus tôt. Apprendre la vérité sur John Rider reviendrait à apprendre la vérité sur lui-même. Car si son père avait réellement assassiné des gens pour de l'argent, qu'est-ce que ça faisait de lui ? Alex était en colère, malheureux... et désorienté. Il lui fallait trouver Scorpia. Scorpia lui révélerait ce qu'il avait besoin de savoir.

Ce voyage scolaire à Venise arrivait à point. Et Jack ne s'y opposait pas. Au contraire, elle l'encouragea :

— C'est exactement ce qu'il te faut, Alex. L'occasion idéale pour t'amuser avec des copains de ton âge et mener une vie normale. Je suis sûre que tu vas passer des moments formidables.

Alex ne répondit rien. Il détestait lui mentir, mais il ne pouvait pas lui avouer le but exact de son départ. Jack n'avait pas connu John Rider ; cette affaire ne la concernait pas.

Il la laissa donc l'aider à préparer ses bagages, tout en sachant que, pour lui, les visites de musées et d'églises n'auraient guère de place dans ce voyage. Il en profiterait pour explorer la ville et chercher une piste. Cinq jours, c'était court. Mais c'était mieux que rien. Cinq jours à Venise. Cinq jours pour localiser Scorpia.

Il était à pied d'œuvre. Sur une petite place italienne. Trois jours s'étaient déjà écoulés et il n'avait encore rien découvert.

— Alex, tu veux une glace ?

— Non, merci.

— J'ai chaud. Je vais m'offrir un de ces trucs dont tu m'as parlé. Comment tu appelles ça, déjà ? Un *granada* ?

Tom, âgé comme lui de quatorze ans, était son meilleur camarade à Brookland. Lui aussi était du voyage, bien qu'il ne fût guère passionné par l'art et l'histoire. D'ailleurs, aucune matière n'enthousiasmait Tom Harris, qui occupait régulièrement la dernière place en classe. Mais ça lui était complètement égal. Tom était un garçon jovial et chaleureux ; les professeurs eux-mêmes se plaisaient en sa compagnie. Et les talents qui lui faisaient défaut en classe, il les exerçait sur les terrains de sport. Tom était capitaine de l'équipe de football du collège et le principal rival d'Alex dans les compétitions sportives : il le battait à la course de haies, au 400 mètres et au saut à la perche. Petit pour son âge, il avait des yeux bleus pétillants et des cheveux noirs coupés en brosse. Pour rien au monde il n'aurait mis les pieds dans un musée : alors pourquoi était-il venu ici ? Alex ne tarda pas à le découvrir. Les parents de Tom se débattaient dans un divorce difficile et ils avaient expédié leur fils à Venise pour le tenir à l'écart de leurs querelles.

— Non, pas un *granada*, un *granita*, rectifia Alex.

C'était sa consommation favorite quand il était en Italie : un jus de citron frais sur de la glace pilée. À mi-chemin entre un sorbet et une boisson. Il n'y avait rien de plus rafraîchissant.

— Viens, Alex. Tu le demanderas pour moi, dit Tom. Quand je dis trois mots en italien, les gens me regardent comme si j'étais fou.

Alex lui-même ne connaissait que quelques phrases. Ian Rider ne lui avait pas appris l'italien. Il entra néanmoins avec Tom et commanda deux *granitas*, ce dernier ayant insisté pour lui en offrir un. Tom avait beaucoup d'argent. Avant son départ, ses parents l'avaient inondé d'euros.

— Tu viendras en classe, à la rentrée prochaine ? demanda-t-il à Alex.

— Bien sûr.

— Parce qu'on ne t'a pas beaucoup vu, le trimestre dernier. Ni celui d'avant.

— J'étais malade.

Tom hocha la tête. Il portait des lunettes de soleil aux verres sensibles à la lumière, qu'il avait achetées à la boutique hors taxes de l'aéroport. Elles étaient trop grandes pour lui et ne cessaient de lui glisser sur le nez.

— Personne n'y croit, à ton histoire de maladie, à l'école.

— Pourquoi ?

— Parce qu'on n'est jamais malade aussi longtemps ni aussi souvent. Ce n'est pas possible. Certains racontent que tu es un voleur, ajouta Tom en baissant la voix.

— Quoi ?

— Ça expliquerait tes absences. On dit que tu as des ennuis avec la police.

— C'est aussi ce que tu crois ?

— Non. Mais Miss Bedfordshire m'a questionné à ton sujet. Elle sait que nous sommes copains. Elle m'a confié qu'un jour tu avais eu des problèmes parce que tu avais fauché une grue ou je ne sais quoi. J'ignore qui lui a raconté ça. En tout cas, elle pense que tu suis une psychothérapie.

— Une psychothérapie ?

— Oui. Et elle est désolée pour toi. À son avis, c'est pour ça que tu es si souvent absent. Tu sais... pour voir un psy.

Jane Bedfordshire, une ravissante jeune femme de vingt et quelques années, était la secrétaire du collège. Elle aussi faisait partie du voyage scolaire. Alex l'apercevait de l'autre côté de la place, en grande conversation avec M. Grey. La rumeur disait qu'il se passait quelque chose entre eux, mais Alex soupçonnait cette rumeur d'être aussi fausse que celle qui circulait à son sujet.

Un carillon sonna midi. Dans une demi-heure, le groupe déjeunerait au restaurant de l'hôtel. Le collège de Brookland était un modeste établissement polyvalent de l'ouest de Londres, et les organisateurs avaient décidé de réduire les frais de voyage en séjournant à l'extérieur de Venise. M. Grey avait choisi un hôtel dans la petite ville de San Lorenzo, à dix minutes de train. Chaque matin, le groupe arrivait à la gare de Venise d'où il prenait le *vaporetto*, le bateau-bus, pour gagner le cœur de la cité des Doges. Mais pas ce jour-là. C'était dimanche et ils avaient quartier libre pour la matinée.

— Alors, c'est vrai que... ? commença Tom.

Il se tut. L'incident se déroula très vite, mais juste sous leurs yeux.

De l'autre côté de la place, une moto avait surgi. C'était une Vespa Granturismo 200 ch, presque flambant neuve, transportant deux hommes. Ils étaient vêtus de jeans et de chemises à manches longues et larges. Le passager portait un casque à visière, qui lui servait autant de masque que de protection. Le conducteur, les yeux dissimulés par des lunettes de soleil, obliqua brutalement vers Miss Bedfordshire comme s'il voulait la renverser. Mais il vira juste avant la collision. Au même instant, le passager, dressé sur le siège arrière, tendit la main et lui arracha son sac. Le mouvement fut exécuté avec une telle aisance qu'il ne pouvait s'agir que de professionnels. Des *scippatori*, comme les appellent les Italiens. Des voleurs de sacs.

D'autres badauds avaient été témoins de la scène. Certains crièrent en désignant les voleurs du doigt, mais personne ne put intervenir. La Vespa accélérait déjà : le conducteur couché sur le guidon et son passager serrant le sac sur ses genoux. Ils traversèrent la place en diagonale, droit vers Tom et Alex. Quelques instants plus tôt, la place était noire de monde, mais soudain il n'y avait presque plus personne, et rien pour entraver leur fuite.

— Alex ! cria Tom.

— Recule, dit Alex.

Il envisagea brièvement de bloquer le chemin de la Vespa, mais c'était sans espoir. Le conducteur l'esquiverait sans peine – et s'il décidait de ne pas l'esquiver, c'était l'hôpital assuré. La Vespa roulait au moins à quarante kilomètres à l'heure ; son moteur, un cylindre à quatre temps, propulsait ses deux passagers sans effort. Pas question de l'intercepter.

Alex regarda autour de lui, cherchant quelque chose à jeter. Un filet ? Un seau d'eau ? Mais il n'y avait pas de filets en vue, et la fontaine était trop loin. Toutefois il y avait des seaux...

La Vespa était à moins de vingt mètres et prenait de la vitesse. Alex s'élança, se saisit d'un seau devant l'échoppe du fleuriste, vida les fleurs séchées sur le trottoir, et le remplit avec les graines pour pigeons de l'échoppe voisine. Les deux marchands l'invectivèrent mais il les ignora. Sans s'arrêter, il pivota sur lui-même et lança les graines vers la Vespa au moment où celle-ci allait le dépasser. Tom observa la scène, d'abord avec émerveillement, puis avec déception. Si Alex avait cru pouvoir désarçonner les motards avec une pluie de graines, il s'était trompé. Ils continuèrent leur course avec indifférence.

Mais ce n'était pas le but d'Alex.

Deux ou trois cents pigeons avaient assisté au lancer de graines, et les deux hommes en étaient recouverts. Les graines s'étaient logées dans les plis de leurs vêtements, sous leur col, dans les interstices de leurs chaussures, sur la selle entre les cuisses du conducteur, dans le sac de Miss Bedfordshire, dans les cheveux du conducteur qui ne portait pas de casque.

Pour les pigeons, les voleurs de sacs étaient devenus un copieux déjeuner sur roues. Dans une douce explosion de plumes grises, ils fondirent de toute part sur les deux hommes. Soudain, le conducteur se retrouva avec un pigeon accroché sur le côté de son visage qui lui picorait la tête. Un autre s'en prenait à sa gorge, un troisième à son entrejambe – endroit sensible entre tous. Quant au passager, il en avait deux dans le cou, un autre sur sa chemise, et un autre à demi enfoui dans le sac volé. Et d'autres encore les rejoignaient. Une vingtaine d'oiseaux au moins battaient furieusement des ailes autour d'eux, dans un tourbillon de plumes, de serres et de fientes blanchâtres.

Le conducteur était aveuglé. Il lâcha son guidon d'une main pour essayer de se protéger. La Vespa exécuta un brutal virage à cent quatre-vingts degrés et revint droit vers Alex, fonçant à une vitesse folle. Pendant un bref instant, Alex resta figé, prêt à se jeter sur le côté pour éviter d'être écrasé. Mais la Vespa vira de nouveau brusquement, cette fois en direction de la fontaine. Les motards disparaissaient littéralement sous une nuée de pigeons surexcités. La roue avant percuta le bord de la fontaine et la Vespa se plia en accordéon. Les deux hommes furent éjectés. Une fraction de seconde avant de tomber dans le bassin, le passager poussa un cri et lâcha le sac à main. Presque au ralenti, le sac décrivit en l'air un arc de cercle. Alex fit deux pas et le rattrapa au vol.

C'était fini. Les deux motards formaient un enchevêtrement de bras et de jambes immergé dans l'eau froide. La Vespa gisait, déformée et cassée. Deux policiers, arrivés un peu tard sur les lieux, se ruèrent sur les voleurs. Les marchands de la place riaient et applaudissaient. Tom était médusé. Alex s'approcha de Miss Bedfordshire et lui rendit son sac.

— Je crois que c'est à vous, dit-il.
— Alex... Comment...
Miss Bedfordshire ne trouvait pas ses mots.
— C'est juste un petit numéro que j'ai appris en psychothérapie.
Il tourna les talons et rejoignit son ami.

2

Le palais de la veuve

— Cet édifice est le Palazzo Contarini del Bovolo, annonça M. Grey. En vénitien, *bovolo* signifie « coquille d'escargot ». Or, comme vous pouvez le constater, cette magnifique cage d'escalier a un peu la forme d'un escargot.

Tom Harris étouffa un bâillement.

— Si je vois encore un autre palais, un autre musée ou un autre canal, je me jette sous un bus.

— Il n'y a pas de bus à Venise.

— Bon, alors un bateau-bus. Si je ne suis pas écrasé, au moins j'aurai une chance de me noyer, soupira Tom. Tu sais ce que je reproche à cette ville ? On dirait un gigantesque musée. J'ai l'impression d'y avoir passé la moitié de ma vie.

— On repart demain.

— C'est pas trop tôt.

Alex n'était pas de cet avis. Jamais il n'avait vu un endroit tel que Venise – d'ailleurs Venise était une ville unique au monde, avec ses ruelles étroites, ses canaux ombragés qui se tressaient en un entrelacs complexe et fascinant. Chaque maison semblait vouloir rivaliser avec ses voisines ; c'était à laquelle serait la plus tarabiscotée, la plus spectaculaire. En quelques pas on pouvait traverser quatre siècles, et chaque coin de rue apportait une nouvelle surprise : un marché au bord d'un canal, avec de longs étals chargés de viande ou de poissons dégoulinant sur les pavés, une église qui semblait flotter, entourée d'eau de toute part, un grand hôtel ou un petit restaurant. Les boutiques elles-mêmes étaient des œuvres d'art, avec leurs vitrines exposant des masques exotiques, des vases de verre aux couleurs vives, des pâtes fraîches ou des antiquités. La ville entière était un musée, en effet, mais un musée étonnamment vivant.

Toutefois Alex comprenait ce que ressentait Tom. Après quatre jours, lui-même commençait à en avoir assez. Assez de statues, d'églises, de mosaïques. Et assez de touristes, grouillant sous l'accablant soleil de septembre. Comme Tom, il avait l'impression d'être cuit à point.

Quant à *Scorpia*, il ignorait toujours à qui, ou à quoi, renvoyait ce nom. Yassen Gregorovitch ne l'avait pas précisé. Scorpia pouvait être une personne. Alex avait consulté un annuaire de téléphone et dénombré pas moins de quatorze habitants de ce nom dans Venise et ses environs. Ce pouvait aussi être une entreprise. Ou un lieu, comme la Scala, à Milan, qui était un théâtre dédié à l'opéra. Mais *Scorpia* ne semblait correspondre à rien de semblable. Aucune pancarte, aucune enseigne, aucune rue ne portait ce nom.

C'était seulement maintenant, alors que le séjour touchait à sa fin, qu'Alex commençait à en comprendre l'inutilité. Si Yassen avait dit vrai, John Rider et lui avaient peut-être exercé leurs talents de tueurs au service de Scorpia. Dans ce cas, le dénommé Scorpia devait se cacher soigneusement. Peut-être dans un de ces palais. Alex admira de nouveau l'escalier que M. Grey leur décrivait. Comment savoir si ces marches ne menaient pas à Scorpia ? Scorpia pouvait être partout. Et nulle part. Quatre jours à Venise n'avaient mené Alex à rien.

— Nous allons revenir à pied à la grande place par la Frezzeria, annonça M. Grey. Nous mangerons un sandwich là-bas et, après déjeuner, nous visiterons la basilique San Marco.

— Génial ! s'exclama Tom. Encore une église !

Les douze collégiens anglais emboîtèrent le pas à M. Grey et Miss Bedfordshire, qui bavardaient ensemble avec animation. Alex et Tom fermaient la marche, aussi moroses l'un que l'autre. Il leur restait un jour et, ainsi que Tom l'avait fait remarquer, c'était un jour de trop. Tom disait souffrir d'une indigestion de culture. Mais lui, au moins, ne rentrerait pas à Londres comme ses camarades. Il devait rejoindre son frère qui vivait à Naples et passer chez lui le reste de ses vacances. Pour Alex, la fin du séjour à Venise était synonyme d'échec. Il allait rentrer, reprendre les cours au collège, et...

C'est alors qu'il l'aperçut. Un éclair argenté à la lisière

de son champ de vision. Il tourna la tête. Rien. Juste un canal qui filait entre les maisons, et un autre canal qui le croisait. Un bateau à moteur qui glissait sous un pont. Une façade ancienne de pierre grise avec des volets de bois. Une église qui se dressait au-dessus des toits de tuiles. Rien de plus. Il s'était trompé. Simple illusion d'optique, sans doute.

Mais le bateau à moteur commença à virer et il vit de nouveau ce qui avait attiré son attention : un scorpion argenté ornant la proue du bateau. Celui-ci s'apprêtait à tourner dans le second canal. Ce n'était pas une gondole ni un *vaporetto*, mais une vedette privée en teck brillant, aux lignes effilées, avec des sièges de cuir et des rideaux aux hublots. Il y avait deux membres d'équipage, vêtus de shorts et de vestes d'un blanc immaculé ; l'un manœuvrait le gouvernail, l'autre servait un verre à l'unique passager. C'était une femme, qui se tenait assise droite comme un I, le regard fixé devant elle. Alex eut juste le temps de distinguer des cheveux noirs, un nez en trompette, un visage inexpressif. La vedette acheva son virage et disparut.

Un scorpion décorant un bateau à moteur.
Scorpion. Scorpia.
Le lien était extrêmement mince, pourtant Alex décida d'en apprendre davantage sur la destination du bateau. Il avait un peu l'impression que le scorpion argenté lui avait été envoyé pour le guider.

Et il y avait autre chose. L'immobilité de la femme. Comment pouvait-on circuler au milieu de cette ville captivante sans éprouver aucune émotion, sans même tourner la tête ? Alex songea à Yassen Gregorovitch. Le Russe aurait témoigné la même impassibilité. Lui et cette femme appartenaient à la même race.

Alex se pencha vers Tom.

— Couvre-moi, dit-il à mi-voix.

— Qu'est-ce que tu comptes faire ?

— Dis-leur que je ne me sentais pas bien. Que je suis rentré à l'hôtel.

— Où vas-tu ?

— Je te raconterai plus tard.

Au croisement suivant, Alex plongea entre un magasin d'antiquités et un café, dans une ruelle qui, espérait-il, suivait la direction du bateau.

Mais son erreur lui apparut presque aussitôt. La cité de Venise avait été bâtie sur plus d'une centaine d'îlots. M. Grey le leur avait expliqué le premier jour. Au Moyen Âge, le site était un marécage. C'est pourquoi il n'y avait pas de routes, seulement des canaux et des parcelles de terre biscornues reliées par des ponts. La femme était sur l'eau, Alex sur terre. La suivre équivaudrait à essayer de trouver son chemin parmi un dédale impossible et jamais leurs parcours ne se croiseraient.

Déjà, il l'avait perdue. La ruelle qu'il avait empruntée aurait dû continuer tout droit. Or, brusquement, elle tournait à angle droit devant un pâté de maisons. Il courut au prochain carrefour, sous le regard de deux Italiennes en robe noire assises sur des tabourets. Il déboucha devant un canal, mais celui-ci était désert. Une volée de marches descendait vers l'eau boueuse mais il n'y avait pas d'issue... à moins de nager.

Alex regarda vers la gauche et eut la chance d'entrevoir une poupe en bois et le bouillonnement de l'eau dans le sillage de la vedette, qui dépassait une rangée de gondoles amarrées le long d'une jetée vermoulue. La femme était là, toujours assise bien droite à l'avant, en train de siroter un verre de vin. Le bateau glissa sous un pont, si étroit qu'il laissait à peine le passage.

Alex n'avait qu'une seule solution. Il revint sur ses pas en courant. Les deux Italiennes l'observèrent de nouveau en hochant la tête d'un air réprobateur. Il n'avait pas réalisé à quel point il faisait chaud. Le soleil semblait pris au piège dans les passages étranglés, et la chaleur stagnait, même dans l'ombre. Déjà en sueur, il arriva en trombe dans la rue d'où il était parti. Par chance, M. Grey et le reste du groupe n'étaient plus en vue.

Quelle direction prendre ?

Soudain, toutes les rues et tous les croisements se ressemblaient. Se fiant à son sens de l'orientation, Alex obliqua sur la gauche et passa en courant devant un marchand de fruits, une boutique de bougies et un restaurant en plein air où les serveurs dressaient les tables pour le déjeuner. Il arriva à une courbe qui donnait sur un pont si petit qu'on pouvait le franchir en cinq enjambées. Alex s'arrêta au milieu et se pencha par-dessus le parapet. L'odeur de l'eau stagnante lui piqua les narines. Rien en vue. Le bateau avait disparu.

Mais il savait dans quelle direction. Tout n'était pas encore perdu. À condition de faire vite. Alex reprit sa course. Un touriste japonais s'apprêtait à photographier sa femme et sa fille. L'obturateur cliqueta au moment où Alex passait entre eux. À leur retour à Tokyo, ils auraient une photo d'un adolescent mince et athlétique, le front barré d'une mèche de cheveux blonds, vêtu d'un short et d'un T-shirt Billabong, le visage en sueur et le regard déterminé. Un souvenir de Venise.

Une multitude de touristes. Un musicien ambulant jouant de la guitare. Un autre café. Des serveurs avec des plateaux d'argent. Alex fendait la foule, ignorant les cris de protestation qu'il déclenchait. Plus aucun canal en vue. La rue semblait se prolonger indéfiniment. Pourtant il était certain qu'il y en avait un, un peu plus loin. Quelque part !

Il le trouva bientôt. La rue s'interrompait où l'eau grise s'écoulait. Il avait atteint le Grand Canal, le plus large de Venise. Cette fois, la vedette au scorpion argenté était pleinement visible. Elle naviguait à une trentaine de mètres, entourée d'autres embarcations, et s'éloignait à chaque seconde.

Alex savait que, s'il la perdait maintenant, jamais il ne la reverrait. Il y avait trop de canaux donnant sur le Grand Canal et dans lesquels elle pourrait s'engouffrer. Elle risquait aussi de disparaître dans le débarcadère privé d'un des nombreux palais, ou s'arrêter devant n'importe quel hôtel de luxe. Alex remarqua un ponton de bois flottant juste devant lui et s'aperçut qu'il s'agissait d'un embarcadère de *vaporetto*, le bateau-bus de Venise. Un kiosque vendait les tickets et une masse de passagers s'y pressait. Une pancarte jaune indiquait le nom de la station : *SANTA MARIA DEL GIGLIO*. Une grosse barge surchargée de monde s'apprêtait à partir. C'était un *vaporetto* de la ligne numéro 1. Ils en avaient pris un à la gare le jour de leur arrivée, et Alex savait que la ligne 1 parcourait toute la longueur du canal. Le *vaporetto* se mouvait assez vite et deux mètres le séparaient déjà du ponton.

Alex jeta un coup d'œil derrière lui. Il n'avait pas la moindre chance de retrouver son chemin au milieu de ce labyrinthe de rues, à la poursuite de la vedette. Le *vaporetto* était son seul espoir, mais il était trop loin. Il l'avait manqué de peu, et le prochain ne serait pas là avant au moins dix minutes. Une gondole passa, transportant une famille de touristes béats qui écoutaient chanter le gondolier. L'espace d'une seconde, Alex songea à détourner la gondole. Puis il eut une meilleure idée.

Il tendit le bras, saisit l'extrémité de la godille et l'arracha des mains du gondolier. Surpris, celui-ci poussa un cri, pivota sur lui-même, et perdit l'équilibre. Les touristes ébahis le virent tomber dans l'eau à la renverse. Pendant ce temps, Alex avait testé la godille : une perche de cinq mètres de long, assez lourde. Les gondoliers la tenaient verticalement et utilisaient la partie basse en forme de pagaie pour manœuvrer leur embarcation. Alex la souleva, et prit son élan. Au bout de sa course, il plongea l'extrémité de la perche improvisée dans l'eau, espérant que le Grand Canal ne serait pas trop profond.

Il eut de la chance. La marée était basse et le fond du canal jonché d'objets hétéroclites, jetés au fil des ans par les Vénitiens, peu soucieux de pollution : vieux lave-linge, bicyclettes, brouettes. Le bout de la godille heurta quelque chose de solide et Alex put s'en servir pour se propulser, en appliquant la technique du saut à la perche, sport qu'il pratiquait à Brookland. Pendant un instant, il resta suspendu en l'air, au-dessus du Grand Canal. Puis il bascula en avant et atterrit sur le pont du *vaporetto*. Il laissa tomber la godille dans l'eau et regarda autour de lui. Les autres passagers le dévisageaient avec ahurissement, mais l'essentiel pour lui était d'être à bord.

Sur les bateaux-bus vénitiens, les contrôleurs de tickets étaient rares, aussi personne ne vint contester sa montée peu orthodoxe, ni lui demander son ticket. Il s'approcha de la rambarde et se pencha, heureux de sentir la brise légère sur son visage. Heureux, surtout, de n'avoir pas perdu de vue la vedette. Celle-ci voguait toujours devant, s'enfonçant vers le cœur de la cité. Un mince pont de bois enjambait le Grand Canal, et Alex reconnut aussitôt le pont de l'Académie, qui menait au plus grand musée de la ville. Le groupe y avait passé une matinée entière pour admirer les œuvres de Tintoretto, Lotto, et d'innombrables autres artistes dont le nom semblait toujours finir par O ! Une question lui traversa rapidement l'esprit. Dans quoi s'était-il embarqué ? Il avait abandonné le groupe scolaire. M. Grey et Miss Bedfordshire devaient probablement être en train de téléphoner à l'hôtel, sinon à la police. Et pourquoi ? Sur quelle piste ? Un scorpion argenté ornant un bateau à moteur. Il avait dû perdre la raison.

Le *vaporetto* commença à ralentir à l'approche du prochain arrêt. Alex se raidit. S'il attendait le chassé-croisé des passagers qui descendaient et de ceux qui montaient, il perdrait la trace de la vedette. Le *vaporetto* avait changé de rive. Ici, les rues étaient un peu moins encombrées. Mais combien de temps Alex pourrait-il courir s'il descendait maintenant ?

Il s'aperçut alors, avec un immense soulagement, que la vedette était elle aussi arrivée à destination : elle s'arrêtait devant un palais, derrière une rangée de piquets de bois dressés hors de l'eau comme des javelots lancés là au hasard. Deux domestiques en uniforme émergèrent du palais. L'un amarra le bateau, l'autre tendit une main gantée de blanc à la passagère pour l'aider à mettre pied à terre. La femme portait une robe moulante de couleur crème, avec une veste courte qui lui arrivait à la taille. Un sac pendait à son bras. On aurait pu croire un mannequin sortant de la couverture d'un magazine de luxe. Elle n'eut aucune hésitation. Tandis que les domestiques déchargeaient ses valises, elle gravit les marches et disparut derrière une colonne de pierre.

Le *vaporetto* s'apprêtait à repartir. Alex s'empressa de descendre sur le ponton. Après quoi, il dut de nouveau trouver son chemin derrière les palais qui bordaient le Grand Canal. Mais, cette fois, il savait ce qu'il cherchait. Et il le trouva quelques minutes plus tard.

C'était un palais vénitien typique, rose et blanc, avec des fenêtres étroites encastrées dans une fantastique broderie de piliers, d'arcs et de balustrades, qui semblait tout droit sortie de *Roméo et Juliette*. Mais ce qui rendait l'édifice inoubliable était sa position. Non seulement il donnait sur le Grand Canal, mais il pénétrait dedans : l'eau clapotait contre sa façade de briques. L'inconnue de la vedette y avait pénétré par une sorte de herse, comme à l'entrée d'un château fort. Mais un château qui flottait. Ou sombrait... Il était impossible de dire où finissait l'eau et où commençait le palais.

Le bâtiment possédait aussi un accès par la terre. L'entrée se trouvait sur une place carrée, ornée d'arbres et d'arbustes plantés dans des bacs décoratifs. Des domestiques grouillaient partout, installaient des barrières de cordes, disposaient des torchères, déroulaient un tapis rouge. Des charpentiers construisaient ce qui ressemblait à une petite estrade d'orchestre. Des livreurs transportaient toutes sortes de caisses et de cartons à l'intérieur du palais. Alex aperçut des bouteilles de champagne, des feux d'artifice, des victuailles. De toute évidence, une importante réception se préparait.

Il s'adressa à l'un des hommes qui s'affairaient.

— Excusez-moi. Pouvez-vous me dire qui habite ici ?

Mais l'homme ne comprenait pas l'anglais. Il n'essaya même pas d'être poli. Alex se tourna vers un autre, avec le même résultat. Alex connaissait ce type de personnage ; il en avait déjà rencontré : les gardiens de Pointe-Blanche, les techniciens de l'usine informatique de Cray. Des types au service de patrons qui les rendaient nerveux. Ils étaient payés pour faire un travail et n'en déviaient pas d'un pouce. Ceux-là avaient-ils quelque chose à cacher ? Peut-être.

Alex quitta la place pour faire le tour du palais. Un

second canal courait tout le long et, cette fois, il eut plus de chance. Une dame âgée, en robe noire et tablier blanc, balayait le chemin de halage. Il s'approcha d'elle.

— Vous parlez anglais ? Vous pouvez m'aider ?

— *Si, si, con piacere, mio piccolo amico*, répondit la vieille dame en posant son balai. J'ai passé beaucoup d'années à Londres. Je parle bon anglais. Que pouvoir faire pour toi ?

— Quel est ce palais ?

— La Ca' Vedova. Ici, à Venise, *Ca* signifie *casa*. Autrement dit « palais ». Et *Vedova* veut dire... heu...

Elle chercha le mot.

— « Veuve ». C'est le Palais de la Veuve. Ca' Vedova.

— Qu'est-ce qui se prépare, au palais ?

— Il y a une grande soirée, ce soir. Une fête d'anniversaire avec bal costumé. On attend des invités importants.

— C'est l'anniversaire de qui ?

La vieille dame hésita. Alex posait trop de questions et elle devenait soupçonneuse. Mais son jeune âge joua une fois de plus en sa faveur. À quatorze ans, on est curieux. Rien de plus normal.

— L'anniversaire de la Signora Rothman, répondit la femme. Une dame très riche. Elle est la propriétaire du palais.

— Rothman ? Comme les cigarettes ?

Mais la femme semblait devenue subitement muette et la peur se lisait dans ses yeux. Alex se retourna et aperçut un des hommes de la place, planté au coin du quai, qui l'observait. Il comprit qu'il était devenu indésirable.

Il décida pourtant de faire une ultime tentative.
— Je cherche Scorpia.
La vieille femme le regarda comme s'il l'avait giflée. Elle reprit son balai et jeta un coup d'œil acéré vers l'homme qui les observait de loin. Par chance, celui-ci n'avait pas entendu leur conversation. Le type avait pressenti qu'il se passait quelque chose de louche, mais il n'avait pas bougé. Néanmoins, Alex comprit qu'il était temps de partir.
— C'est sans importance, s'empressa-t-il d'ajouter. Merci de votre aide.

Il poursuivit rapidement son chemin le long du canal et trouva un autre pont, qu'il traversa. Sans savoir exactement pourquoi, il était soulagé de s'éloigner du Palais de la Veuve.

Une fois hors de vue, il s'arrêta pour réfléchir à ce qu'il venait d'apprendre. Un bateau privé avec un scorpion argenté l'avait conduit jusqu'à un palais, lequel appartenait à une belle femme richissime qui ne souriait pas. Des gardes à la mine patibulaire protégeaient le palais, et le nom de Scorpia avait manifestement glacé une vieille femme de ménage du palais.

C'était peu, mais suffisant pour continuer l'enquête. Un bal costumé aurait lieu ce soir à l'occasion d'un anniversaire, auquel assisteraient des personnalités importantes. Alex n'était pas invité, mais il était bien décidé à s'y présenter quand même.

3

Épée invisible

Le nom complet de la femme qui était entrée au *palazzo* était Julia Charlotte Glenys Rothman. Ca' Vedova était sa résidence, ou, plus exactement, l'une de ses résidences. Elle possédait aussi un appartement à New York, un autre à Londres, et une villa donnant sur la mer des Caraïbes et le sable blanc de Turtle Bay, dans l'île de Tobago.

Julia Rothman emprunta le couloir doucement éclairé qui parcourait toute la longueur du palais, depuis la jetée jusqu'à un ascenseur privé. Ses talons aiguilles cliquetaient sur les tommettes. Il n'y avait pas un seul domestique en vue. Elle pressa le bouton d'appel argenté de l'ascenseur du bout de son index ganté de soie blanche, et la porte s'ouvrit. La cabine ne pouvait accueillir qu'une seule personne. Mais Julia Charlotte Glenys Rothman vivait seule, et le personnel de maison utilisait les escaliers.

L'ascenseur la conduisit au troisième étage, débouchant directement sur une salle de conférences moderne, sans tapis, sans tableaux aux murs, sans ornement d'aucune sorte. Bien plus étrange encore, la salle ne disposait d'aucune fenêtre sur l'extérieur, alors qu'elle aurait pu offrir l'un des plus beaux panoramas du monde. Mais si l'on ne pouvait voir à l'extérieur, personne à l'extérieur ne pouvait voir à l'intérieur. C'était bien plus sûr ainsi. L'éclairage provenait de lampes halogènes encastrées dans les murs, et l'unique mobilier était une longue table de verre entourée de sièges de cuir. Une porte fermée faisait face à l'ascenseur. Deux gardes étaient en sentinelle de l'autre côté, armés et prêts à tuer quiconque s'aviserait d'en approcher.

Huit hommes attendaient Julia Charlotte Glenys Rothman autour de la table. L'un était âgé d'environ soixante-dix ans, chauve, asthmatique, les yeux irrités, vêtu d'un costume gris froissé. Son voisin était un Chinois, et son vis-à-vis un Australien blond, portant une chemise à col ouvert. De toute évidence, les personnes réunies ici venaient de divers coins du monde, mais elles avaient une chose en commun : une immobilité, une froideur qui rendaient la pièce aussi accueillante qu'une morgue. Aucun de ces hommes n'accueillit Julia Charlotte Glenys Rothman lorsqu'elle prit place à la tête de la table. Aucun non plus ne prit la peine de consulter sa montre. L'arrivée de Julia Charlotte Glenys Rothman signifiait qu'il était treize heures précises, l'heure fixée de la réunion.

— Bonjour, lança Mme Rothman à la ronde.

Quelques têtes opinèrent, mais personne n'émit un son. Les salutations étaient une perte de temps.

Les neuf personnes assises autour de la table du troisième étage du Palais de la Veuve constituaient le conseil de direction d'une des organisations criminelles les plus prospères et les plus impitoyables du monde. Le vieil homme s'appelait Max Grendel, le Chinois, Dr Three. L'Australien n'avait pas de nom. Ils étaient rassemblés dans cette salle aveugle pour fignoler les derniers détails d'une opération qui allait les enrichir de cent millions d'euros en quelques semaines.

L'organisation s'appelait Scorpia.

Chacun s'accordait à trouver ce nom fantaisiste, inventé par quelqu'un qui avait sans doute lu trop de James Bond. Mais il leur fallait bien un nom et celui-ci englobait les quatre principaux domaines de leurs activités.

Sabotage, Corruption, Intelligence, Assassinat.

Scorpia. Un nom qui fonctionnait dans un nombre de langues surprenant, et qui sonnait bien.

Scorpia. Sept lettres qui figuraient désormais dans la base de données de toutes les polices et de tous les services de sécurité du monde.

L'organisation s'était formée au début des années quatre-vingt, pendant ce qu'on appelait alors « la guerre froide », autrement dit : la guerre secrète qui opposa pendant des décennies l'Union soviétique, la Chine, l'Amérique et l'Europe. Chaque État possédait sa propre armée d'espions, tous prêts à tuer ou à mourir pour leur pays. Ce à quoi ces hommes n'étaient pas préparés, en revanche, c'était de se retrouver au chômage. Douze d'entre eux, voyant la guerre froide toucher à sa fin, comprirent le danger qui les menaçait. On n'aurait bientôt plus besoin de leurs services. Il était temps pour eux de se mettre à leur propre compte.

Les douze espions se rassemblèrent donc un samedi matin à Paris. Leur première réunion eut lieu chez Bertillon, un célèbre glacier de l'île Saint-Louis, près de Notre-Dame. Tous se connaissaient bien, pour avoir souvent tenter de se tuer les uns les autres. Mais, ce fameux samedi matin, dans la jolie salle du glacier Bertillon aux murs lambrissés de bois, avec ses miroirs anciens et ses rideaux de dentelle, attablés devant douze coupes de crème glacée à la fraise, ils discutèrent de la façon dont ils pourraient travailler ensemble et s'enrichir. Scorpia était née.

Depuis, l'organisation avait prospéré. Elle s'était développée à travers le monde entier. Scorpia avait causé la chute de deux gouvernements et fait élire un troisième frauduleusement ; détruit des dizaines d'entreprises ; corrompu une multitude de politiciens et de fonctionnaires ; provoqué plusieurs désastres écologiques majeurs, et éliminé tous ceux qui lui barraient la route. Scorpia était responsable d'un dixième du terrorisme mondial, exécuté sous forme de contrats. Scorpia aimait se comparer à l'IBM du crime – en réalité, en comparaison de Scorpia, IBM était une entreprise insignifiante.

Des douze fondateurs, il n'en restait que neuf. L'un avait succombé à un cancer, deux avaient été assassinés.

Mais ce n'était pas un mauvais bilan après vingt années de crimes. Jamais Scorpia n'avait eu un chef unique. Les neuf étaient des partenaires égaux, et un responsable exécutif était assigné à chaque nouveau projet, par ordre alphabétique.

Le projet dont ils débattaient ce jour-là portait un nom de code : *Épée invisible.* Julia Rothman en avait la charge.

— Je tiens à informer le conseil que tout se déroule selon le programme, annonça-t-elle.

Sa voix trahissait un imperceptible accent gallois. Julia Rothman était née à Aberystwyth, de parents nationalistes gallois qui brûlaient les résidences secondaires des Anglais. Par malchance, ils avaient incendié un de ces cottages alors qu'une famille se trouvait à l'intérieur. C'est ainsi que Julia s'était retrouvée à l'Assistance publique, tandis que ses parents purgeaient une peine de prison à perpétuité. Sa propre carrière criminelle avait débuté là.

— Il y a maintenant trois mois que notre client, un gentleman du Moyen-Orient, nous a contactés. Sa fortune est considérable. Il est multimilliardaire. Après avoir observé le monde, l'équilibre du pouvoir, il a conclu que quelque chose clochait et nous a demandé d'y remédier.

« En résumé, poursuivit Julia Rothman, notre client pense que l'Occident est devenu trop puissant. Notamment l'Amérique et la Grande-Bretagne. C'est l'amitié de ces deux pays qui a permis la victoire de la Seconde

Guerre mondiale. C'est encore cette même amitié qui permet aujourd'hui à l'Occident d'envahir à sa guise n'importe quel pays et de l'exploiter. Notre client nous demande de mettre un terme définitif à l'alliance anglo-américaine.

« Que vous dire d'autre à son sujet ? reprit Julia Rothman avec un sourire tendre. Peut-être est-il un visionnaire, uniquement préoccupé de la paix du monde ? Peut-être est-il complètement fou ? Dans l'un ou l'autre cas, cela ne fait pour nous aucune différence. Il nous a offert une somme d'argent colossale – cent cinquante millions d'euros pour être précis – pour satisfaire sa volonté. C'est-à-dire humilier la Grande-Bretagne et les États-Unis, et faire en sorte qu'ils cessent de collaborer pour établir une puissance mondiale. Et je suis ravie de vous annoncer que le premier versement de cette somme, soit trente millions d'euros, est arrivé sur notre compte suisse hier. Nous sommes maintenant prêts à passer à la phase deux.

Un silence se fit dans la salle. Tandis que les hommes attendaient que Julia Rothman poursuive son exposé, on percevait le léger bourdonnement de la climatisation. Mais aucun son ne parvenait de l'extérieur.

— La phase deux, c'est-à-dire la phase finale, se déroulera dans les trois prochaines semaines. Je peux vous promettre que les Anglais et les Américains seront bientôt disposés à se sauter à la gorge. Mieux encore : vers la fin de ce mois, les deux pays seront à genoux. Le monde entier haïra les États-Unis, et les Britanniques auront vécu des événements d'une atrocité inimaginable. Quant à nous, nous serons beaucoup plus riches, et notre ami du Moyen-Orient jugera avoir bien dépensé son argent.

— Excusez-moi, Mme Rothman, j'ai une question...

Le Dr Three inclina poliment la tête. Son visage paraissait en cire et ses cheveux noir corbeau semblaient avoir vingt ans de moins que lui. Ils étaient probablement teints. Le Dr Three était de petite taille et avait l'air d'un professeur à la retraite. En réalité, c'était un expert international en matière de torture et de supplices. Il avait d'ailleurs écrit plusieurs ouvrages sur le sujet.

— Combien de personnes comptez-vous tuer ? demanda-t-il.

— Il est difficile d'avancer un chiffre précis, Dr Three, répondit Julia Rothman après un instant de réflexion. Mais sans doute plusieurs milliers.

— Et uniquement des enfants ?

— Oui. Pour la plupart entre douze et treize ans, ajouta-t-elle avec un soupir. Il va sans dire que c'est très regrettable. J'adore les enfants, même si je suis ravie de ne pas en avoir personnellement. Mais c'est le plan. Je pense que l'impact psychologique de la mort d'un si grand nombre d'enfants sera très efficace. Cela vous préoccupe, Dr Three ?

— Pas le moins du monde, Mme Rothman.

— Quelqu'un a-t-il des objections ?

Personne ne se manifesta mais, du coin de l'œil, Julia Rothman aperçut Max Grendel se trémousser sur son siège, mal à l'aise. À soixante-treize ans, Max Grendel était le plus âgé du conseil ; il avait la peau du visage affaissée et des taches de vieillesse brunes sur le front. La maladie oculaire dont il souffrait le faisait pleurer en permanence et il se tapotait les yeux avec un mouchoir. Il était difficile d'imaginer qu'il avait occupé un grade élevé dans la police secrète allemande, et étranglé de ses propres mains un espion étranger lors d'un concert de la *Cinquième Symphonie* de Beethoven.

— Est-ce que les préparatifs à Londres sont terminés ? demanda l'Australien.

— Les travaux dans l'église le sont depuis une semaine. La plate-forme, les bouteilles de gaz et le reste des appareils seront livrés en fin de journée.

— Pensez-vous qu'*Épée invisible* fonctionnera ?

C'était typique de Levi Kroll de ne pas mâcher ses mots et d'entrer dans le vif du sujet. Taillé comme un colosse, ancien agent du Mossad, le service secret israélien, il se considérait toujours comme un soldat. Pendant vingt ans il avait dormi avec un pistolet automatique FN 9 mm sous son oreiller. Puis, une nuit, le coup était parti. La barbe qui lui couvrait une grande partie du visage servait à masquer la plus grave de ses blessures. Un bandeau cachait l'orbite vide de son œil gauche.

— Évidemment ça fonctionnera, répliqua Julia Rothman.

— Vous avez fait des essais ?

— Nous en faisons en ce moment même. Vous savez, le Dr Liebermann est une sorte de génie. C'est un homme terriblement ennuyeux quand on passe du temps en sa compagnie – et Dieu sait que j'en ai passé ! Mais il a inventé une arme nouvelle, et toute la beauté de l'invention est que les experts du monde entier ne sauront pas à quoi elle sert ni comment elle opère. Bien entendu, ils finiront par comprendre, et j'ai conçu mes plans dans cette éventualité. Mais quand ils comprendront, il sera trop tard. Les rues de Londres seront jonchées de cadavres. Ce sera une véritable hécatombe.

— Et Liebermann ?

— Je n'ai encore rien décidé. Nous devrons probablement l'éliminer. Il a inventé *Épée invisible*, mais il ignore comment nous allons l'utiliser. Je m'attends à ce qu'il proteste. Il devra donc disparaître... Autre chose ? demanda Julia Rothman en parcourant l'assistance du regard.

— Oui, dit Max Grendel en étalant ses mains à plat sur la table devant lui.

Julia Rothman ne fut pas étonnée de son intervention. Grendel était père de famille et grand-père. Pire : le grand âge l'avait rendu sentimental.

— Je suis à Scorpia depuis ses débuts, rappela-t-il. Je me souviens encore de notre première réunion à Paris. J'ai gagné des millions en travaillant avec vous et tout ce que j'ai accompli m'a procuré beaucoup de joie. Mais ce projet... *Épée invisible*... Allons-nous vraiment tuer un si grand nombre d'enfants ? Comment pourrons-nous vivre après ça ?

— Encore plus confortablement qu'avant, répondit Julia Rothman à mi-voix.

— Non, Julia, non, dit Grendel en secouant la tête.

Une larme roula d'un de ses yeux malades.

— Vous ne serez pas surprise car nous en avons discuté lors de notre dernière rencontre. En ce qui me concerne, j'ai fait mon temps. Je suis un vieil homme. Je veux me retirer dans mon château, à Vienne. *Épée invisible* sera votre plus belle réussite, j'en suis sûr. Mais je n'ai plus le cœur à l'ouvrage. Il est temps pour moi de partir. Vous continuerez sans moi.

— Impossible ! objecta sèchement Levi Kroll. Vous ne pouvez pas abandonner.

— Pourquoi ne pas en avoir parlé plus tôt ? s'emporta un autre membre.

C'était un Noir avec des yeux bridés de Japonais. Un diamant de la taille d'un petit pois était serti dans une de ses incisives.

— J'en ai informé Mme Rothman, répondit calmement Max Grendel. C'est elle le chef du projet. Je n'ai pas jugé utile de prévenir l'ensemble du conseil.

— Inutile d'argumenter sur le sujet, M. Mikato, intervint Julia Rothman d'un ton égal. Max envisage de se retirer depuis un certain temps déjà et je pense que nous devons respecter son désir. C'est dommage, bien sûr. Mais, comme le disait mon défunt mari, toutes les bonnes choses ont une fin.

Le mari multimillionnaire de Julia Rothman avait succombé à une chute du soixante-dixième étage deux jours après leur mariage.

— C'est très triste, Max, poursuivit-elle. Mais je suis certaine que vous avez raison. Il est temps pour vous de partir.

*
* *

Elle le raccompagna à la jetée. Le bateau à moteur n'était plus là mais une gondole l'attendait. Ils marchaient lentement, bras dessus bras dessous.

— Vous me manquerez, Max.

— Merci, Julia, dit Max Grendel en lui tapotant la main. Vous me manquerez aussi.

— Je ne sais pas comment nous ferons sans vous.

— *Épée invisible* ne peut pas échouer puisque vous en êtes le chef.

Julia Rothman s'arrêta brusquement.

— J'allais presque oublier ! J'ai quelque chose pour vous.

Elle claqua dans ses doigts et un domestique accourut, portant un gros paquet enveloppé de papier rose et bleu, ficelé avec du bolduc argent.

— Un cadeau pour vous, Max.

— Pour mon départ en retraite ?

— Un petit présent en souvenir de nous.

Max Grendel s'était arrêté près de la gondole qui oscillait sur l'eau agitée du canal. Le gondolier, vêtu du traditionnel maillot rayé bleu et blanc, s'appuyait sur sa godille.

— Merci, ma chère, dit Grendel. Et bonne chance.

— Profitez de votre retraite, Max. Et donnez de vos nouvelles.

Elle déposa un baiser léger sur sa joue ridée, puis

l'aida à embarquer sur la gondole. Il s'assit avec précaution, en plaçant le paquet rose et bleu sur ses genoux. Aussitôt le gondolier manœuvra son embarcation, qui s'éloigna vivement sur l'eau grisâtre.

Julia Rothman tourna les talons et rentra dans le Palais de la Veuve.

Max Grendel la regarda disparaître tristement. Il savait que sa vie ne serait plus la même sans Scorpia. Pendant deux décennies, il avait consacré toute son énergie à l'organisation. Grâce à elle, il était resté jeune et plein d'allant. Mais désormais, il devait songer à ses petits-enfants. Aux jumeaux Hans et Rudi, qui avaient douze ans. Le même âge que les futures victimes de Scorpia à Londres. Max Grendel se sentait incapable d'y participer. Il avait pris la bonne décision.

Il avait presque oublié le cadeau qui reposait sur ses genoux. C'était typique de Julia. Peut-être parce qu'elle était la seule femme du conseil, elle était la plus sensible. Que lui avait-elle offert ? Le paquet était lourd. Grendel défit le nœud et déchira le papier.

C'était un attaché-case. Un article de luxe, à en juger par la qualité du cuir, les coutures faites à la main, et bien sûr l'étiquette Gucci. Ses initiales étaient gravées à l'or sous la poignée : *MUG*. Souriant, Grendel l'ouvrit.

Et hurla quand le contenu se répandit sur lui.

Des scorpions. Des dizaines de scorpions. Au moins dix centimètres de long, brun foncé, avec des petites pinces et un corps gras et gonflé. Ils s'égaillèrent sur ses genoux, grimpèrent à toute vitesse sur sa chemise. Max Grendel reconnut aussitôt l'espèce : des scorpions à queue épaisse et velue de la famille des *Parabuthus*, l'une des plus mortelles au monde.

Max Grendel tomba à la renverse en hurlant, les yeux exorbités, gesticulant des bras et des jambes, tandis que les horribles créatures s'infiltraient dans les interstices de ses vêtements, rampaient sous sa chemise. Le premier scorpion le piqua dans le cou. Puis les autres attaquèrent, partout. Le corps de Grendel était secoué de soubresauts, et bientôt ses cris moururent dans sa gorge.

Son cœur lâcha bien avant que les neurotoxines le tuent. La gondole poursuivit paisiblement sa route vers l'île cimetière de Venise. S'ils y avaient prêté attention, les touristes auraient vu un vieil homme étendu immobile sur le dos, les bras écartés, son regard aveugle fixé sur l'éclatant ciel vénitien.

4

Sur invitation seulement

Ce soir-là, le Palais de la Veuve revint trois cents ans en arrière.

C'était un spectacle extraordinaire. On avait allumé les lampes à pétrole et leurs flammes projetaient des ombres vacillantes sur la place. Les domestiques avaient revêtu des costumes du XVIIIe siècle, avec perruque, bas blancs, escarpins et livrée. Un quatuor à cordes jouait en plein air, installé sur l'estrade que les menuisiers avaient montée dans l'après-midi. Le ciel était constellé de milliers d'étoiles, concurrencées par la pleine lune. On aurait pu croire que l'organisateur de la soirée avait aussi planifié la météo.

Les invités arrivaient à pied ou en bateau. Eux aussi étaient costumés, coiffés de chapeaux sophistiqués et drapés dans des capes de velours aux couleurs chaudes. Certains portaient des cannes, d'autres des épées et des dagues. Mais on ne distinguait pas un seul des visages dans la foule qui se pressait vers l'entrée principale du palais. Tous se dissimulaient derrière des masques blanc et or, des masques sertis de joyaux, des masques ornés de longues plumes. Il était impossible de savoir qui était invité à la réception de Julia Rothman, mais n'importe qui ne pouvait pas y entrer. L'accès par le Grand Canal était fermé et tout le monde était dirigé vers la place qu'Alex avait découverte un peu plus tôt dans la journée. Quatre gardes revêtus de la tunique rouge des anciens courtisans vénitiens encadraient la porte et contrôlaient les cartons d'invitation.

Alex observait la scène, posté de l'autre côté de la petite place, accroupi derrière un des bacs d'arbustes décoratifs, à l'abri des ronds de lumière projetés par les torchères. Tom l'accompagnait. Cela n'avait pas été facile de le convaincre de venir. M. Grey avait remarqué la disparition d'Alex juste avant le déjeuner, et Tom avait dû inventer une histoire douteuse à propos de maux d'estomac fulgurants pour calmer les foudres du professeur. Et Alex aurait eu de sérieux ennuis en retrouvant le groupe à l'hôtel si Miss Bedfordshire n'était intervenue en sa faveur. Reconnaissante pour son action chevaleresque du matin, elle lui avait évité de rester consigné dans sa chambre toute la soirée. Et puis Alex était Alex. On connaissait ses comportements bizarres.

Mais disparaître une nouvelle fois ! Pour le dernier soir du séjour, tout le monde avait eu droit à deux heures de quartier libre. Les élèves étaient censés les passer à San Lorenzo, dans les cafés ou sur la place. Or, Alex avait d'autres projets. Il avait trouvé des réponses à ses questions dans l'après-midi, à Venise, avant de rentrer à l'hôtel. Mais il avait besoin d'un complice pour mettre son plan à exécution. La présence de Tom lui était indispensable.

— Je n'arrive toujours pas à croire que tu veuilles faire un truc pareil, Alex. Pourquoi cette réception est-elle si importante pour toi ?

— Je ne peux pas te l'expliquer.

— Pourquoi ? Il y a vraiment des jours où je ne te comprends pas. On est censés être amis mais tu ne me dis jamais rien.

Alex soupira. Il était habitué à ce genre de reproches. Lorsqu'il songeait à tout ce qui lui était arrivé au cours des six derniers mois, le pire était la façon dont on l'avait entraîné dans le monde de l'espionnage, un monde de secrets et de mensonges. Le MI 6 l'avait transformé en espion et, en même temps, empêché de devenir l'adolescent ordinaire qu'il voulait être. Il avait jonglé entre deux vies, un jour sauvant le monde d'un désastre nucléaire, le lendemain s'escrimant sur un devoir de chimie. Deux vies entre lesquelles il était pris au piège. À laquelle appartenait-il ? Il y avait Tom, Jack Starbright et Sabina Pleasure – bien que celle-ci soit désormais partie en Amérique. En dehors de ces trois personnes, Alex n'avait pas de véritable ami. Ce n'était pas un choix mais un isolement imposé.

Alex prit sa décision.

— D'accord, Tom. Si tu m'aides, je te raconterai tout. Mais pas maintenant.

— Quand ?
— Demain.
— Demain, je pars à Naples chez mon frère.
— Je te le dirai avant ton départ.
Tom réfléchit.
— Je t'aiderai de toute façon, Alex. C'est à ça que servent les amis, non ? Et si tu veux vraiment me raconter toute l'histoire, ça pourra attendre notre retour à Brookland. D'ac' ?
Alex hocha la tête et sourit.
— Merci, Tom.
Il plongea la main derrière lui, dans le sac de sport qu'il avait apporté de l'hôtel. À l'intérieur se trouvaient les divers articles qu'il avait achetés dans l'après-midi. Il enleva rapidement son short et son T-shirt, et enfila à la place un ample pantalon de soie et un boléro en velours qui laissait nus ses bras et son torse. Puis il prit un tube de ce qui ressemblait à du gel capillaire, mais de couleur or. Du fard pour le corps. Il en versa dans le creux de sa main, s'en frotta les paumes et l'étala sur ses bras, son cou, son visage. Il fit signe à Tom qui finit de lui enduire les épaules en grimaçant. Tous les recoins visibles de sa peau étaient désormais dorés.

Enfin, il se chaussa de sandales également dorées, s'entoura la tête d'un turban blanc orné d'une plume mauve, et posa devant ses yeux un demi-masque neutre. Il avait choisi cet habit d'esclave turc dans un magasin de costumes, et espérait que l'effet d'ensemble ne le rendait pas aussi ridicule qu'il en avait l'impression.

— Tu es prêt ?

Tom acquiesça de la tête et s'essuya les mains sur son pantalon.

— Tu as l'air un peu tristounet.
— Je m'en fiche, du moment que ça marche.
— Tu es complètement dingue.

Alex observa d'autres convives arriver au palais. Pour que son plan fonctionne, il devait choisir le bon moment. Il devait aussi attendre les invités adéquats. Il en arrivait toujours, par groupes et à pas pressés, devant les gardes qui contrôlaient les cartons d'invitation. Alex jeta un coup d'œil vers le canal. Un bateau-taxi venait de s'arrêter et un couple se hissait sur le ponton : l'homme était en habit et la femme portait une grande cape qui traînait derrière elle. Tous deux avaient un masque. Ils étaient parfaits.

— Maintenant, souffla Alex à Tom.
— Bonne chance, Alex.

Tom prit quelque chose dans le sac de sport, se redressa et avança à découvert, sans chercher à passer inaperçu. Quelques secondes plus tard, Alex fit le tour de la place en prenant soin de rester dans l'ombre.

Il y avait un embouteillage à l'entrée du palais. Un gardien tenait dans la main un carton d'invitation et questionnait l'un des invités. Une aubaine pour Alex, qui avait besoin d'un maximum de confusion. Tom avait dû lui aussi juger le moment opportun car, soudain, retentit une forte détonation et toutes les têtes pivotèrent pour voir un garçon gambader sur la place en riant et en criant. Il avait fait exploser un pétard et s'apprêtait à en allumer un autre.

— *Come stai ?* braillait-il. « Comment ça va ? » *Quanto tempo ci vuole per andare a Roma ?* « Combien de temps faut-il pour aller à Rome ? »

C'étaient des phrases extraites du guide touristique. Les seules que Tom avait réussi à apprendre.

Il lança le second pétard, qui explosa. Alex en profita pour rejoindre en courant le canal, juste au moment où le couple gravissait les marches menant à la place. Ses sandales claquèrent sur les pavés mais personne n'y prêta attention. Tous les regards étaient braqués sur Tom qui chantait à tue-tête « *Non, tu ne seras jamais seul* ». Alex se pencha, souleva la traîne de la cape de la femme, et marcha derrière elle jusqu'à l'entrée du palais.

Tout se déroula exactement comme il l'avait espéré. La foule se lassa vite de regarder ce jeune Anglais se couvrir de ridicule, et l'un des gardiens allait déjà vers lui pour le sermonner. Du coin de l'œil, Alex vit Tom prendre ses jambes à son cou. Le couple atteignit la porte du palais et l'homme en redingote tendit son carton à l'un des gardiens, qui les enveloppa du regard et les laissa passer, pensant qu'Alex les accompagnait ; à ses yeux, le jeune esclave turc faisait partie du déguisement. Quant aux deux invités, ils devaient sans doute croire qu'Alex travaillait au palais et avait été chargé de les escorter.

Le trio franchit donc la porte et pénétra dans un vaste hall de réception, avec un plafond à coupole décoré de mosaïques, des colonnes blanches et un sol de marbre. Une immense double porte vitrée donnait sur une cour intérieure, ornée d'une fontaine et de massifs de fleurs.

Une centaine d'hôtes au moins y étaient rassemblés, bavardant, riant et buvant du champagne dans des flûtes en cristal. Visiblement, ils étaient ravis d'être là. Des domestiques, eux aussi en livrée, circulaient parmi l'assistance avec des plateaux d'argent. Un musicien assis devant une harpe jouait des airs de Mozart et de Vivaldi. Afin de respecter l'ambiance, on avait éteint toutes les lumières électriques, pour ne garder que les torchères accrochées aux murs, et les lampes à huile dont la flamme vacillait et dansait sous la brise du soir.

Une fois dans la cour, où il avait suivi son seigneur et sa dame, Alex lâcha la traîne et s'éclipsa discrètement. Il leva les yeux. Le palais se dressait sur trois étages, reliés par un escalier en spirale semblable à celui du Palazzo Contarini del Bovolo. Le premier étage donnait sur une galerie avec d'autres arches et colonnes. Certains convives s'y promenaient à pas lents en regardant la foule qui se pressait en bas. Alex avait du mal à croire qu'il était au XXIe siècle. L'illusion était parfaite.

Maintenant qu'il était dans la place, il hésitait. Avait-il réellement trouvé Scorpia ? Comment en être certain ? Si Yassen Gregorovitch lui avait dit la vérité et que son père avait travaillé autrefois pour eux, sans doute seraient-ils heureux de l'accueillir. Il pourrait les interroger, leur demander comment était mort son père. Inutile de se cacher sous un déguisement.

Mais s'il se trompait ? Il n'avait pas oublié l'expression apeurée sur le visage de la vieille domestique quand il avait mentionné le nom de *Scorpia*. Ni les hommes au regard glacial qui travaillaient à l'extérieur du palais. Ils ne parlaient pas anglais et Alex se disait qu'il aurait du mal à se faire comprendre s'ils l'attrapaient. Le temps que l'un d'eux déniche un dictionnaire bilingue, il risquait fort de flotter, la tête dans l'eau, sur un canal.

Non. Décidément, mieux valait en découvrir un peu plus avant de se dévoiler. Tout d'abord, qui était cette Mme Rothman ? Que faisait-elle ici ? Alex trouvait difficile de croire qu'un grand bal masqué dans un palais vénitien ait le moindre rapport avec un meurtre commis quatorze ans plus tôt.

La harpe se tut. Le volume des conversations montait à mesure qu'arrivaient de nouveaux invités. La plupart avaient ôté leur masque – c'était plus facile pour boire et manger –, et Alex put constater que l'assistance était très internationale. La majorité des convives parlaient italien, mais on remarquait de nombreux visages noirs et asiatiques. Il aperçut un Chinois de très petite taille en grande conversation avec un homme dont une dent s'ornait d'un diamant. Une femme qu'il avait l'impression de connaître traversa la cour devant lui, et il se rendit compte que c'était l'une des plus célèbres actrices du monde. D'ailleurs, à bien y regarder, l'endroit grouillait de stars d'Hollywood. Cela lui parut bizarre, puis il se rappela que, au début de septembre, avait lieu le Festival international du film de Venise. Cela donnait une idée de l'influence de Mme Rothman dans le beau monde.

Alex savait qu'il ne devait pas traîner là trop longtemps. Il était le seul adolescent présent et on ne tarderait pas à le repérer. Il avait les bras et les épaules nus. Son pantalon de soie était si mince qu'il le sentait à peine. Le costume d'esclave turc lui avait permis d'entrer dans le palais, mais il lui était à présent inutile. Alex décida de tenter quelque chose. Mme Rothman n'était pas au rez-de-chaussée. Or, c'était elle qu'il désirait voir. Peut-être la trouverait-il au premier étage ?

Il se fraya un passage au milieu des convives et emprunta l'escalier en colimaçon. Dans la galerie, une série de portes menaient à l'intérieur du palais. Il y avait moins de monde qu'en bas et quelques personnes le dévisagèrent avec curiosité. L'important était de ne pas hésiter. S'il laissait quelqu'un l'interpeller, on le chasserait aussitôt. Il passa une porte qui le mena dans une sorte de grand vestibule, mi-couloir, mi-antichambre. Un miroir à cadre doré était suspendu à un mur au-dessus d'une table ancienne richement décorée, sur laquelle trônait un grand vase de fleurs. En face se dressait une immense armoire. Hormis cela, la pièce était vide.

Alex s'apprêtait à aller ouvrir la seconde porte qui lui faisait face lorsque lui parvinrent des bruits de voix qui approchaient dans la galerie. La seule cachette qui s'offrait à lui était l'armoire. Mais il n'avait pas le temps de se faufiler à l'intérieur et il se plaqua dans l'angle, contre le mur, dans l'espoir que la masse imposante du meuble projetterait assez d'ombre pour le dissimuler.

La porte s'ouvrit. Deux personnes entrèrent : un homme et une femme qui bavardaient en anglais.

— On a reçu le certificat de sortie et la marchandise devrait être acheminée après-demain, disait l'homme. Comme je vous l'ai expliqué, Mme Rothman, la synchronisation est capitale.

— La chaîne d'or.

— Exactement. La chaîne d'or ne doit pas être rompue. Les caisses arriveront en Angleterre par avion. Ensuite...

— Merci, M. Libermann. Vous avez très bien travaillé.

L'homme et la femme s'étaient arrêtés au milieu de l'antichambre. En se penchant légèrement, Alex pouvait entrevoir leur reflet dans le miroir.

Mme Rothman était superbe. Il n'y avait pas d'autre mot pour la décrire. Avec ses longs cheveux noirs qui tombaient en vagues sur ses épaules, elle avait davantage l'allure d'une star de cinéma que toutes les actrices qui paradaient au rez-de-chaussée. Elle tenait son masque à la main, au bout d'une baguette de bois, et Alex pouvait voir son visage : des yeux noirs brillants, des lèvres écarlates, une dentition parfaite. La magnifique robe en dentelle ivoire qu'elle portait n'était pas un costume mais une véritable robe ancienne. Un collier d'or serti de saphirs bleu sombre lui enserrait le cou.

Son compagnon était également costumé : une grande cape bordée de fourrure, un chapeau à large bord et des gants de cuir. Le masque qu'il tenait lui aussi à la main était une tête hideuse, avec de petits yeux et un long bec. Tenue traditionnelle des médecins du Moyen Âge luttant contre la peste. Alex se dit que son déguisement lui était presque inutile : l'homme avait un visage pâle et sans vie, les lèvres perlées de salive. Il était très grand et dominait Mme Rothman. Pourtant, devant elle, il semblait écrasé. Alex se demanda pourquoi il avait été invité.

— Vous me le promettez, n'est-ce pas, Mme Rothman ? Il n'y aura pas de blessés ? dit l'homme en ôtant ses épaisses lunettes pour les nettoyer.

— Est-ce si important ? Vous gagnez cinq millions d'euros, mon cher. Une petite fortune. Songez-y. Vous êtes pourvu pour toute votre vie.

Alex risqua un autre coup d'œil. Mme Rothman, de profil, attendait la réponse du Dr Libermann. Celui-ci était figé, partagé entre la cupidité et la peur.

— Je ne sais pas, marmonna-t-il d'une voix rauque. Peut-être... si vous augmentiez ma part...

— Eh bien, nous y réfléchirons, répondit Mme Rothman, parfaitement décontractée. Mais ne gâchons pas la soirée en parlant affaires. Je compte descendre moi aussi à Amalfi dans deux jours. Je tiens à assister à l'expédition du chargement. Nous rediscuterons rémunération à ce moment-là. Pour l'instant, allons boire une coupe de champagne. Je vous présenterai à quelques-uns de mes amis.

Ils se remirent en marche et passèrent devant Alex tout en continuant de converser. Un bref instant, Alex fut tenté de se montrer. C'était la femme qu'il était venu rencontrer. Il était plus judicieux de l'aborder avant qu'elle ne se fonde dans la foule. Mais quelque chose l'intriguait. Certificats de sortie, chaîne d'or. De quoi voulaient-ils parler ? Il jugea préférable d'en apprendre davantage avant de se faire connaître.

Il quitta sa cachette et s'approcha de la porte que

venaient de franchir Mme Rothman et son compagnon. Il l'ouvrit et déboucha dans un salon immense, véritablement digne d'un palais. Au moins trente mètres de long, une rangée de fenêtres allant du sol au plafond qui donnaient sur le Grand Canal. Le sol était un plancher lustré, mais tout le reste était blanc. Une cheminée massive de marbre blanc, avec une peau de tigre étalée devant (Alex ne put réprimer un frisson : rien ne l'écœurait plus qu'une peau de bête). Des étagères blanches couvraient le mur du fond, garnies de livres à reliure de cuir, et, à côté d'une deuxième porte, une table blanche ancienne sur laquelle était posé ce qui ressemblait à une télécommande de télévision. Au centre de la pièce trônait un bureau en noyer massif. Le bureau de Mme Rothman ? Alex s'en approcha.

La surface était nue, à l'exception d'un sous-main de cuir blanc et d'un porte-plume avec deux stylos en argent. Alex imagina Mme Rothman assise là. C'était le bureau d'un juge ou d'un P-DG. Un bureau destiné à impressionner. Il jeta un rapide regard circulaire pour s'assurer qu'il n'y avait pas de caméra de surveillance, puis ouvrit un des tiroirs. Celui-ci n'était pas verrouillé mais ne contenait que du papier et des enveloppes. Le second tiroir contenait une sorte de brochure, avec une couverture jaune et un nom écrit en lettres noires :

CONSANTO
ENTREPRISES

Alex ouvrit la brochure. Sur la première page figurait la

photo d'un immeuble. Une architecture high-tech, longue et anguleuse, avec des façades tout en verre réfléchissant. Et, sous la photo, une adresse : *Via Nuova, Amalfi*.

Amalfi. L'endroit mentionné par Mme Rothman quelques instants plus tôt.

Sur la page suivante s'alignaient des portraits d'hommes et de femmes en blouse blanche. Probablement l'équipe dirigeante de Consanto. L'un d'eux (au milieu sur la rangée du haut) était Harold Libermann. Son nom figurait sous sa photo mais le texte était en italien. Alex ne pouvait en apprendre davantage. Il referma la brochure.

Quelque chose bougea.

Or il était certain d'être seul. D'ailleurs cela l'avait surpris. Si c'était le bureau de Mme Rothman, il était étonnant qu'il ne soit pas gardé. Pourtant, Alex avait conscience d'un changement. Il lui fallut plusieurs secondes avant de comprendre ce que c'était, et lorsqu'il comprit, un frisson lui parcourut l'échine.

Ce qu'il avait pris pour une peau de tigre venait soudain de se lever.

C'était un vrai tigre, bien vivant... et en colère.

Les rayures de l'animal étaient plus blanc et or que noir et orange, et moins nombreuses que d'ordinaire. C'était un tigre de Sibérie. Tandis que les yeux du félin le fixaient et le jaugeaient, Alex s'efforça de rassembler ses connaissances sur cette espèce très rare. Il n'en existait pas plus de cinq cents spécimens en liberté et à peine plus en captivité. C'était le plus gros chat du monde. Et... ah oui ! il avait des griffes rétractiles. Information non négligeable si l'on songeait que l'animal s'apprêtait à le déchiqueter.

Car Alex n'avait pas le moindre doute sur ce qui allait advenir de lui. Le tigre semblait s'être réveillé d'un profond sommeil, mais ses yeux jaunes ne le quittaient pas et Alex pouvait presque entendre les messages envoyés à son cerveau. « Chair fraîche ! » Cela lui remit en mémoire une autre caractéristique du tigre de Sibérie : il était capable d'avaler cinquante kilos de viande en un seul repas. Lorsque celui-ci en aurait fini avec lui, il ne resterait plus grand-chose.

Les pensées d'Alex étaient en ébullition. Sur quoi était-il tombé, exactement, en pénétrant dans le Palais de la Veuve ? Quelle sorte de femme était Mme Rothman, qui dédaignait les serrures et les caméras de surveillance mais gardait dans son bureau un tigre vivant ? L'animal s'étira. Ses muscles parfaits roulèrent sous son épaisse fourrure. Alex voulut bouger mais s'aperçut qu'il en était incapable. Il était paralysé par la peur. Pétrifié. Il se trouvait à quelques pas d'un prédateur qui, depuis des siècles, semait la terreur autour de lui.

Le tigre gronda soudain. Un feulement grave, effrayant. Alex s'efforça de trouver la force de bouger, de mettre une barrière entre le danger et lui. Sans succès.

Le félin fit un pas. Il se préparait à bondir. Sa gueule s'ouvrit, découvrant deux rangées de crocs blancs et effilés. Il poussa un nouveau grognement, plus sonore et plus long.

Puis il bondit.

5

Aqua Alta

Alex fit la seule chose envisageable. Face aux deux cent cinquante kilos de tigre rugissant, il se jeta à genoux et glissa sous le bureau. L'animal atterrit au-dessus de lui. Alex sentit sa masse peser sur la surface qui les séparait, et ses griffes entailler le bois. Deux constatations lui traversèrent l'esprit. La première était la totale impossibilité d'affronter un tel monstre. La seconde était que, s'il ne trouvait pas un moyen de sortir de la pièce, ce serait sa dernière et ultime pensée.

Il avait le choix entre deux portes. Celle par laquelle il était entré était la plus proche. Le tigre était à moitié vautré sur le bureau, momentanément désorienté. Dans la forêt, il n'aurait pas mis deux secondes à débusquer sa proie, mais ici il n'était pas dans son élément. Alex saisit sa chance et sortit à quatre pattes de sous le bureau. Une fois à découvert, hors de la fragile protection du meuble, il se rendit compte qu'il n'y arriverait pas.

Le fauve l'observait. Alex avait pivoté, les mains derrière lui, les jambes pliées pour se relever. Le tigre avait les deux pattes avant sur le bureau. Aucun d'eux ne bougea. Alex savait que la porte était trop loin et qu'il n'y avait aucun autre abri possible. Une bouffée de colère l'envahit et il pesta contre son imprudence. Jamais il n'aurait dû s'aventurer ici. La bête poussa un rugissement terrible qui fit vibrer les nerfs à vif d'Alex.

Soudain, la seconde porte s'ouvrit et un homme apparut.

L'attention d'Alex était fixée sur le tigre, néanmoins il nota que le nouveau venu ne portait pas de déguisement. Il était vêtu d'un jean, d'un polo ras du cou et de tennis ; une tenue décontractée mais venant visiblement d'une boutique de luxe. À la façon dont ses vêtements épousaient les muscles de ses bras et de son torse, on devinait que l'homme était un athlète. Il était jeune, dans les vingt-cinq ans, et noir.

Mais il avait quelque chose de très particulier.

Quand il tourna la tête, Alex s'aperçut qu'une moitié de son visage était couverte d'étranges taches blanches, comme s'il avait été blessé lors d'un accident chimique ou d'un incendie. Puis Alex remarqua ses mains. Elles aussi étaient bicolores. L'homme avait dû être beau, mais il était très abîmé.

Ce dernier évalua la situation en un éclair, comprit que le tigre s'apprêtait à bondir et, sans une hésitation, prit la télécommande qu'Alex avait aperçue sur la table.

Il la pointa en direction de l'animal et pressa un bouton.

Il se produisit alors une chose inexplicable. Le tigre descendit mollement du bureau, son regard se voila, et il s'affaissa sur le sol. Alex était ébahi. En quelques secondes, le monstre effrayant s'était transformé en un gros chat paisible. Il s'endormit, la respiration profonde.

Alex n'y comprenait rien.

Il regarda l'individu, qui n'avait pas lâché la curieuse télécommande. Un bref instant, Alex se demanda s'il n'avait pas rêvé, si l'animal était bien réel, s'il n'était pas une sorte de robot que l'on dirigeait à distance. Non. C'était absurde. Il l'avait vu d'assez près pour en distinguer les moindres détails et sentir son souffle. En ce moment, le tigre devait rêver de ses forêts natales. C'était un être vivant. Pourtant, un petit appareil l'avait éteint aussi vite et facilement qu'une ampoule. Jamais Alex ne s'était senti aussi décontenancé. Il avait suivi un bateau orné d'un scorpion d'argent et voilà qu'il se retrouvait dans une sorte de pays des merveilles italien.

— *Chi sei ? Cosa fai qui ?*

Sans comprendre les mots, Alex saisit l'essentiel. « Qui es-tu ? Que fais-tu ici ? » Il se leva, regrettant de n'avoir pu changer de costume. Dans ce déguisement d'esclave, il se sentait nu et vulnérable. Il se demanda si Tom l'attendait encore à l'extérieur. Probablement pas, puisqu'il avait pour consigne de retourner à l'hôtel.

L'homme s'adressait de nouveau à lui. Cette fois, il n'avait pas le choix.

— Je ne parle pas italien.

— Tu es anglais ? dit l'individu en passant sans effort d'une langue à l'autre.

— Oui.

— Que fais-tu dans le bureau de Mme Rothman ?

— Je m'appelle Alex Rider.

— Et moi, Nile. Mais tu n'as pas répondu à ma question.

— Je cherche Scorpia.

Nile sourit, découvrant de belles dents blanches. Maintenant que le tigre était neutralisé, Alex pouvait examiner l'homme plus attentivement. Sans son problème de peau, il aurait été d'une beauté classique. Grand, rasé de près, élégant, en parfaite forme physique. Il avait les cheveux ras, avec un motif arrondi au-dessus des oreilles. Son attitude apparemment relaxée ne trompait pas Alex. Bien en appui sur ses pieds, il était en position de combat. Un homme dangereux, qui irradiait la confiance et la maîtrise de soi. Surprendre un adolescent dans le bureau ne l'avait nullement alarmé. Au contraire, il semblait même amusé.

— Que sais-tu de Scorpia ? demanda-t-il d'une voix douce et précise.

Alex garda le silence.

— C'est un nom que tu as entendu en bas, je suppose. Ou bien tu l'as lu quelque part ici. Tu as fouillé le bureau ? Est-ce pour ça que tu es ici ? Tu es un voleur ?

— Non.

Alex commençait à trouver le temps long. D'une

minute à l'autre, quelqu'un d'autre pouvait arriver. Il tourna les talons et se dirigea vers la porte.

— Si tu fais un pas de plus, je crains d'être obligé de te tuer, l'avertit Nile.

Alex continua.

Il entendit un bruit de pas légers sur le parquet et les compta avec précision. À la dernière seconde, il s'arrêta, pivota sur lui-même, et lança violemment un talon, dans un coup de pied arrière qui aurait dû percuter l'abdomen de Nile et lui couper le souffle. Mais Alex eut une mauvaise surprise : son pied ne rencontra que le vide. Soit Nile avait anticipé son mouvement, soit il l'avait esquivé avec une rapidité stupéfiante.

Alex acheva son tour et tenta un assaut frontal qu'il avait appris au karaté : le *kizami-zuki*. Trop tard. Nile avait de nouveau esquivé l'attaque et le tranchant de sa main s'abattit comme une faux, à une vitesse éclair. Alex eut l'impression de recevoir un coup de massue. Il décolla presque du sol. Toute la pièce devint floue. Dans un sursaut désespéré, il essaya d'adopter une posture de défense, bras croisés et tête rentrée. Mais Nile s'y attendait. Alex sentit un bras lui enserrer la gorge, et une main se presser contre sa tête. D'un simple geste, Nile pouvait lui briser le cou.

— Tu n'aurais pas dû faire, ça, dit Nile sur un ton que l'on emploie avec un petit enfant. Je t'avais prévenu et tu ne m'as pas écouté. Maintenant tu es mort.

Une douleur aveuglante transperça Alex. Un éclair de lumière blanche. Puis ce fut le trou noir.

Alex reprit connaissance avec la sensation qu'on lui avait arraché la tête. Même après avoir ouvert les yeux, il lui fallut plusieurs secondes pour ajuster sa vision. Il essaya de remuer une main et fut soulagé de constater que ses doigts pliaient. Donc, il n'avait pas le cou brisé. Au dernier moment, Nile avait dû lui lâcher la tête pour lui assener un coup de coude. Alex avait déjà été assommé, mais jamais il ne s'était réveillé avec une douleur aussi intense. Nile avait-il voulu le tuer ? Sans doute pas. À en juger par leur bref affrontement, l'homme était un maître en arts martiaux, qui savait exactement ce qu'il faisait et ne commettait aucune erreur.

Il s'était contenté de le mettre K.-O. et de le traîner ici. Mais où était-ce ? La tête encore pleine de martèlements, Alex jeta un regard circulaire. La pièce était probablement située dans le sous-sol du palais. Les murs de plâtre étaient incurvés comme ceux d'une cave. Une inondation récente avait endommagé le sol. Alex était allongé sur une sorte de treillage de planches de bois humide et pourri. Une unique ampoule protégée d'un globe de verre sale éclairait le plafond. Il n'y avait pas de fenêtre. Alex frissonna. Il faisait froid, en dépit de la chaleur extérieure. Mais ce n'était pas tout. Il passa le doigt sur un des murs et sentit une couche de vase. Il avait d'abord cru que la cave était peinte d'un vert grisâtre, mais en réalité l'inondation était montée jusqu'au plafond. Même le globe de l'ampoule avait dû être immergé.

Recouvrant peu à peu tous ses sens, il perçut l'humidité de l'air et reconnut la puanteur de légumes pourris, de vase et de sel qui imprègne les canaux de Venise. Il pouvait même entendre le bruit de l'eau qui clapotait doucement, non pas de l'autre côté des murs mais quelque part en dessous. Il se mit à genoux et examina le sol. L'une des planches était détachée et il parvint à la faire pivoter suffisamment pour dégager une étroite ouverture. Il y glissa la main et toucha l'eau. Aucune issue possible par là. Derrière lui, quelques marches montaient à une porte de bois massif. Il s'en approcha et pressa de toutes ses forces contre le panneau, qui ne bougea pas d'un millimètre. Lui aussi était recouvert d'une pellicule de vase.

Et maintenant ?

Son déguisement de soie ne lui était d'aucune protection contre le froid humide. Alex songea un instant à Tom et cela le réconforta. En ne le voyant pas à l'hôtel demain matin, Tom donnerait l'alarme. L'aube n'allait sûrement pas tarder. Alex ignorait combien de temps il était resté inconscient, et il avait enlevé sa montre quand il s'était déguisé. Dommage. Pas un bruit ne lui parvenait au travers de la porte. Il n'avait pas d'autre choix que d'attendre.

Il se recroquevilla dans un coin. Presque toute la peinture d'or dont il s'était enduit le corps était partie. Il se sentait déguenillé et sale, et se demandait quel sort lui réservait Scorpia. Quelqu'un allait sûrement venir le voir – Nile ou Mme Rothman –, ne serait-ce que pour l'interroger sur les raisons qui l'avaient poussé à s'introduire dans le palais.

Curieusement, il parvint à s'endormir. Quand il se

réveilla, en sursaut, un torticolis lui paralysait la nuque. Tout son corps était engourdi. C'était une sirène qui l'avait tiré du sommeil. Il l'entendait mugir dans le lointain. En même temps, il perçut un changement dans la cave. Il baissa les yeux et vit l'eau envahir le sol.

Alex demeura un instant interdit. Une canalisation s'était-elle rompue ? D'où venait toute cette eau ? Puis il rassembla ses esprits et comprit ce qui l'attendait. Scorpia ne s'intéressait nullement à lui. Nile l'avait prévenu qu'il allait mourir et il parlait sérieusement.

La sirène annonçait l'*aqua alta*, une forte crue. Venise possédait un système d'alarme qui fonctionnait toute l'année. La ville était au niveau de la mer et, à cause du vent et de la pression atmosphérique, les tempêtes étaient fréquentes. En conséquence de quoi, la mer Adriatique affluait dans la lagune de Venise. L'eau débordait des canaux et inondait les rues et les places pendant plusieurs heures. Le flot noir montait en glougloutant dans la cave. Jusqu'où irait-il ? Question inutile. Les traces verdâtres qui maculaient les murs jusqu'au plafond étaient assez explicites. L'eau allait tout submerger et Alex mourrait noyé, sans pouvoir lutter. Lorsque la marée redescendrait, on enlèverait son cadavre pour aller le jeter quelque part dans la lagune.

Il se releva d'un bond et se jeta contre la porte. Il tambourina, cria, tout en sachant que c'était sans espoir. Personne ne viendrait car personne ne se souciait de lui. Il n'était probablement pas le premier à finir enfermé dans cette cave. Poser trop de questions, s'introduire sans permission dans une maison privée : voilà où cela conduisait.

L'eau montait régulièrement. Il y en avait déjà à peu près cinq centimètres. Le sol avait disparu. Pas de fenêtre, une porte infranchissable. Il ne restait qu'une seule issue et Alex avait peur d'y songer. Une des planches était disjointe. Peut-être y avait-il dessous une grosse canalisation ? Après tout, l'eau venait de quelque part.

Et elle montait maintenant à gros bouillons ! Alex redescendit précipitamment les marches. Il en avait à mi-cheville. Le calcul était rapide à faire. À cette vitesse, il serait complètement immergé dans trois minutes. Il ôta son gilet et le jeta. Il n'en aurait plus besoin. Il pataugea en palpant le sol du bout du pied pour repérer la planche disjointe et la trouva assez vite. Il s'agenouilla. L'eau lui encerclait la taille. Il n'était même pas certain de pouvoir se faufiler par l'ouverture. Et s'il y parvenait, que découvrirait-il de l'autre côté ?

Il plongea un bras. Le débit jaillissait juste en dessous de lui. La source était là. L'eau arrivait directement par une sorte de fente. Avait-il une chance ? Il lui faudrait se faufiler entre les planches, tête la première, trouver le passage et nager. S'il restait coincé, il aurait la tête en bas. Et si le goulet était bloqué, jamais il ne pourrait revenir. La plus épouvantable des morts l'attendait. L'eau continuait de monter inexorablement, impitoyable et glacée.

Une colère amère s'empara d'Alex. Était-ce le destin que lui avait promis Yassen Gregorovitch ? N'était-il venu à Venise que pour cela ? Les sirènes continuaient de mugir. L'eau avait recouvert les deux premières marches et léchaient déjà la troisième. Alex poussa un juron et prit plusieurs inspirations pour s'hyperventiler. Lorsqu'il eut emmagasiné autant d'air que ses poumons pouvaient en contenir, il plongea tête la première dans le trou.

L'ouverture était tout juste assez large. Les planches lui rabotèrent les épaules mais il se servit de ses mains pour se propulser en avant. Il n'y voyait strictement rien : même s'il avait ouvert les yeux, l'eau était trop noire. Elle lui entrait dans les narines, froide et nauséabonde. Quelle poisse ! Et quelle horrible façon de mourir... La moitié de son corps était passée dans la fente mais ses hanches restèrent coincées. Il se tortilla comme un serpent et parvint à se dégager.

Déjà, l'air lui manquait. Il aurait voulu faire demi-tour, mais il se rendit compte, saisi de panique, qu'il se trouvait dans une sorte de goulet qui ne lui laissait d'autre choix que d'avancer. Ses épaules frôlaient des parois de briques. Il battit des pieds et s'érafla la cuisse. L'eau tourbillonnait autour de son visage et de son cou. L'eau qui semblait vouloir le piéger pour toujours dans la mort. Aucun adulte n'aurait pu arriver jusque-là. Seule sa minceur lui avait permis de s'infiltrer dans cette sorte de puits qui n'autorisait aucune manœuvre. Les parois formaient un étau autour de son corps.

Il reprit sa progression, les mains en avant, craignant de rencontrer de redoutables barreaux qui anéantiraient toute chance de survie. Ses poumons lui semblaient sur le point d'exploser et la pression lui martelait la poitrine. Il se força à ne pas céder à la panique, pour ne pas gaspiller le peu d'air qui lui restait, mais son cerveau lui criait d'arrêter, de respirer, d'abandonner, bref d'accepter son sort... Non, ne pas renoncer ! Continuer d'avancer...

Il devait maintenant se trouver à dix ou quinze mètres de la cave. Il tendit les mains devant et gémit quand une brique lui racla les doigts. Quelques précieuses bulles d'air s'échappèrent de ses lèvres et remontèrent le long de son corps, entre ses jambes qui battaient. Tout d'abord, il crut avoir atteint l'extrémité d'une impasse. Il ouvrit les yeux une fraction de seconde. Aucune différence ! Il ne voyait que les ténèbres. Son cœur parut cesser de battre. À cette seconde, Alex ressentit le froid de la mort.

Mais son autre main devina une courbure de la paroi et il comprit que le goulet formait un coude. Il avait atteint la partie incurvée d'un J allongé. Peut-être était-ce enfin la jonction avec le canal ? En tournant, le goulet se resserrait. Comme si le bouillonnement de l'eau ne suffisait pas, Alex sentit les parois se refermer sur lui, lui écorcher les cuisses et la poitrine. Cette fois, il ne lui restait pratiquement plus d'air. Ses poumons étaient en feu et la tête lui tournait. Il était sur le point de perdre connaissance. Ce serait une délivrance. Peut-être ne sentirait-il pas le liquide s'engouffrer dans sa bouche puis dans sa gorge ? Peut-être serait-il inconscient avant la fin ?

Il suivit la courbe du goulet. Ses mains heurtèrent

quelque chose qui ressemblait à des barreaux : ses pires craintes se réalisaient. Il était au fond d'un puits fermé par une grille circulaire. Il s'y cramponna. Cette fois, c'était bien fini.

Pourtant, il eut un ultime sursaut de survie. Peut-être le sentiment d'avoir fait tant d'efforts pour rien, ou d'être trahi au dernier instant. En tout cas, quelque chose en lui rassembla ses dernières forces. Il poussa les barreaux qui, rongés par la rouille de plusieurs siècles, cédèrent. La grille s'ouvrit. Il s'y faufila à la nage. D'un coup, ses épaules furent libres, et il comprit qu'il n'avait plus au-dessus de lui que de l'eau. Il battit des jambes et le bord acéré de la grille lui entailla la cuisse. Mais il ne sentit rien. Juste un élan désespéré, le besoin d'en finir.

Il remontait, ne voyant rien, mais se fiant à son instinct pour le mener où il fallait. Des bulles lui chatouillèrent les joues, les paupières, et il sut qu'il venait de lâcher ses ultimes ressources d'air. Jusqu'à quelle profondeur était-il descendu ? Parviendrait-il à temps jusqu'à la surface ? Il brassa l'eau avec toutes les forces qui lui restaient, poussant avec ses mains, crawlant à la verticale. Il rouvrit une nouvelle fois les yeux, espérant entrevoir une lumière... la Lune, des lanternes... n'importe quoi. Il discerna en effet quelque chose, une sorte de ruban blanc qui s'agitait devant lui.

Alex hurla. Quelques bulles explosèrent de ses lèvres et son hurlement retentit lorsqu'il perfora la surface dans la faible lueur de l'aube. Pendant un instant, ses bras et ses épaules jaillirent hors des flots et il aspira goulûment une immense gorgée d'air. Puis il retomba en arrière, étendu sur le dos, comme sur un coussin, et respira encore. De petits ruisseaux d'eau dégoulinaient sur son visage. Alex savait qu'ils se mêlaient à des larmes.

Il regarda autour de lui.

Il devait être environ six heures du matin. La sirène hurlait encore mais il n'y avait personne en vue. Et c'était tant mieux. Il flottait au milieu du Grand Canal. La silhouette du pont de l'Académie se profilait dans le demi-jour. La lune se dessinait encore dans le ciel mais le soleil se levait doucement derrière les églises et les palais silencieux, jetant une lueur discrète sur la lagune.

Le froid estompait toutes ses autres sensations. Il avait perdu ses sandales et son pantalon bouffant était en lambeaux. Le sang qui coulait de sa blessure à la cuisse se diluait dans l'eau immonde du canal. Il n'avait pas d'argent et il lui fallait prendre le train pour retourner à son hôtel. Mais il s'en moquait. Il était vivant.

Il jeta un coup d'œil derrière lui. Le Palais de la Veuve était sombre et muet. La fête était terminée depuis longtemps.

6

Pensées vagabondes

Assis dans une voiture de seconde classe du *pendolino*, le train express reliant Venise à Naples, Tom Harris regardait les maisons et les champs défiler par la fenêtre en songeant à Alex Rider.

L'absence d'Alex avait bien sûr été remarquée la veille au soir. M. Grey avait d'abord pensé qu'il rentrerait plus tard, mais en découvrant son lit vide à dix heures et demie, il avait alerté la police et téléphoné à la gouvernante d'Alex à Londres, une Américaine appelée Jack Starbright. Tout le monde au collège Brookland savait qu'Alex n'avait pas de parents – une des nombreuses choses qui le différenciaient de ses camarades. Jack Starbright avait calmé les esprits.

— Vous connaissez Alex. Souvent sa curiosité l'emporte sur tout le reste. Je vous remercie de m'avoir appelée mais je suis certaine qu'il va bientôt réapparaître. Ne vous inquiétez pas.

Pourtant Tom *était* inquiet. Il avait vu Alex se fondre dans la foule devant le Palais de la Veuve et savait qu'il agissait pour d'autres motifs que la simple curiosité. Tom avait beaucoup hésité. D'un côté, il avait eu envie de tout avouer à M. Grey. Alex se trouvait peut-être encore dans le palais et pouvait avoir besoin d'aide. De l'autre, Tom craignait d'avoir des ennuis et d'en causer davantage à Alex. Finalement, il avait décidé de garder le silence. Le groupe devait quitter l'hôtel à dix heures et demie le lendemain matin. S'il n'avait pas de nouvelles d'Alex à ce moment-là, il raconterait ce qu'il savait à M. Grey.

Mais Alex téléphona à l'hôtel à sept heures et demie, pour annoncer qu'il rentrait en Angleterre par ses propres moyens, qu'il avait le mal du pays et avait décidé de repartir plus tôt. C'est M. Grey qui prit son appel.

— Alex ! Je n'arrive pas à croire que tu aies osé faire une chose pareille ! Je suis responsable de toi. Je t'ai emmené parce que j'avais confiance en toi. Tu m'as trahi.

— Je suis désolé, monsieur.

— Ça ne suffit pas. À cause de toi, je risque de ne plus jamais pouvoir emmener d'autres enfants en voyage. Ton attitude est préjudiciable pour tout le monde.

— Je ne voulais causer d'ennuis à personne, se défendit Alex, qui se sentait vraiment misérable. Il y a des choses que vous ne pouvez pas comprendre. Quand je

vous reverrai, à la rentrée, j'essaierai de vous expliquer...
du mieux que je pourrai. Je suis sincèrement navré, et
je vous remercie de m'avoir aidé cet été. Mais ne vous
inquiétez pas pour moi. Tout va bien.

M. Grey avait bien d'autres choses à lui dire, mais il
se retint. Il avait appris à connaître Alex au cours des
nombreuses heures passées ensemble, et il l'aimait bien.
Son élève ne ressemblait à aucun des garçons de son âge.
M. Grey ne crut pas une seconde à son histoire. Mais
parfois, en de rares occasions, mieux valait ne pas poser
de questions.

— Bonne chance, Alex. Prends soin de toi.
— Merci, monsieur.

On expliqua donc aux autres membres du groupe
qu'Alex était déjà reparti. Miss Bedfordshire rassembla
ses affaires, et chacun fut assez occupé à préparer le
départ pour ne plus songer à lui. Seul Tom savait
qu'Alex avait menti. Ils partageaient la même chambre
à l'hôtel et le passeport d'Alex était encore sur la table
de nuit. Saisi d'une impulsion, Tom le ramassa. Alex
connaissait l'adresse de son frère à Naples et Tom pressentait qu'il avait une chance de le retrouver là-bas.

Le paysage défilait, sans intérêt, comme tous les paysages le deviennent lorsqu'on les voit se dérouler derrière la fenêtre crasseuse d'un train. Tom avait fait ses
adieux à ses camarades devant l'hôtel. Eux prenaient
l'avion pour Londres, lui le train pour Naples, où son
frère l'attendait. Il avait environ six heures à tuer. Dans
son sac, il avait une Game Boy et un livre. Tom n'aimait

pas beaucoup lire mais avait reçu pour instruction de lire au moins un roman pendant les vacances d'été. Il ne lui restait que quelques jours avant la rentrée et il n'en était qu'à la page sept.

Tom se demandait ce qui était arrivé à Alex. Et pourquoi son ami avait tellement tenu à s'introduire dans le Palais de la Veuve.

Ils se connaissaient depuis deux ans. Un jour, Tom, qui mesurait la moitié de la taille de la plupart de ses camarades, avait été passé à tabac. Un désagrément qui lui arrivait fréquemment. Cette fois-là, une bande de garçons de seize ans, menés par un certain Michael Cook, lui avaient suggéré de leur acheter des cigarettes avec l'argent destiné à son déjeuner. Tom avait poliment refusé. Peu après, Alex l'avait découvert assis sur le trottoir, en train de ramasser ses livres et ses cahiers éparpillés, le nez en sang.

— Ça va ?
— Ouais. J'ai le nez cassé, j'ai perdu l'argent de mon repas, et ils m'ont dit qu'ils recommenceraient demain. À part ça, je suis en pleine forme.
— Mike Cook ?
— Ouais.
— Je vais lui dire deux mots.
— Tu crois qu'il t'écoutera ?
— Je peux être convaincant.

Le lendemain, Alex avait rencontré le chef de bande et deux de ses copains derrière l'abri à vélos. Une rencontre brève, mais qui décida Mike Cook à ne plus jamais embêter personne. Pendant une semaine, il marcha en boitillant et parla d'une voix étrangement haut perchée...

C'est ainsi que leur amitié avait débuté. Tom et Alex habitaient dans le même quartier et se promenaient souvent à bicyclette ensemble. Ils pratiquaient aussi plusieurs sports dans la même équipe. En dépit de sa petite taille, Tom était extrêmement rapide. Lorsque ses parents commencèrent à parler de divorce, Alex fut le seul à qui il se confia.

En retour, Tom en savait probablement plus sur Alex que n'importe qui d'autre au collège. Il était allé chez lui plusieurs fois et connaissait Jack, la rousse et chaleureuse Américaine qui n'était pas exactement sa nounou, ni sa gouvernante, mais veillait sur lui. Alex n'avait pas de parents. Tout le monde savait qu'il avait vécu avec son oncle – lequel devait être riche, à en juger par sa maison. Mais l'oncle était mort dans un accident de voiture. Le drame avait été annoncé au collège, lors de l'assemblée des élèves. Tom s'était rendu à plusieurs reprises chez Alex pour essayer de le réconforter, mais celui-ci n'était jamais là.

À partir de ce jour, Alex n'avait plus jamais été le même. D'abord il y avait eu sa longue absence pendant le deuxième trimestre. Tout le monde avait supposé qu'il se reposait du choc causé par le décès de son oncle. Mais il avait de nouveau disparu au cours du troisième trimestre. Sans explication. Et personne n'avait la moindre idée de l'endroit où il était allé. À son retour, Tom avait été frappé de voir combien Alex avait changé. Non seulement il avait été blessé – Tom avait remarqué quelques-unes de ses cicatrices –, mais surtout Alex semblait avoir vieilli. Il y avait dans son regard une expression inhabituelle, comme s'il avait vu des choses qu'il ne pouvait oublier...

Et maintenant cette aventure à Venise ! Finalement, Miss Bedfordshire avait peut-être raison. Alex avait vraiment besoin de voir un psy. Tom sortit sa Game Boy, espérant chasser Alex de ses pensées. Il savait qu'il ferait mieux de lire son roman, et se promit de l'ouvrir bientôt... dans deux ou trois cents kilomètres, quand le train aurait dépassé Rome.

Tom sentit une présence à côté de lui, dans le couloir, et chercha machinalement son ticket pour le montrer au contrôleur. Mais, en levant les yeux... c'est Alex qu'il découvrit.

Celui-ci portait un vieux jean et un polo trop large. Il était sale, ses cheveux étaient emmêlés et poisseux. Il semblait épuisé et n'avait pas de chaussures !

— Alex ? sursauta Tom, presque trop choqué pour parler.

— Salut. Tu permets ? demanda son camarade en indiquant le siège vacant à côté de lui.

— Je t'en prie...

Les autres passagers dévisagèrent Alex.

— Qu'est-ce que tu fais ici ? Que t'est-il arrivé ? D'où viennent ces vêtements ?

Tout à coup, les questions affluaient.

— J'ai été obligé de les voler, avoua Alex. Je les ai pris sur une corde à linge. Mais je n'ai pas trouvé de chaussures.

— Que s'est-il passé, hier soir ? Je t'ai vu entrer dans le palais. Tu t'es fait piquer ?

Tom fronça le nez.

— Tu es tombé dans un canal ou quoi ?

Alex était trop fatigué pour répondre.

— J'ai un service à te demander, Tom.

— Tu veux que je te cache de la police ?

— J'ai besoin que tu me prêtes de l'argent. Je n'ai pas pu acheter mon ticket. Et il me faut d'autres vêtements.

— Pas de problème. Ce n'est pas l'argent qui me manque.

— Et j'aimerais que tu m'héberges chez ton frère pendant quelque temps. C'est possible ?

— Bien sûr. Jerry sera d'accord. Alex...

Mais ce dernier s'était écroulé sur la tablette devant lui, la tête entre les bras, et il dormait à poings fermés.

Le train prit de la vitesse en longeant la baie de Venise et piqua vers le sud.

*
* *

Quand Alex s'éveilla, le train filait toujours à travers la campagne italienne. Il se déplia lentement. Il se sentait mieux. Le train n'avait pas seulement quitté Venise, il l'avait emporté loin de ses mésaventures nocturnes. Il se redressa et vit Tom qui l'observait. Un sandwich, un sachet de chips et un Coca étaient posés sur la tablette devant lui.

— J'ai pensé que tu aurais faim, dit Tom.

— Je suis affamé. Merci.

Le Coca était un peu tiède mais il s'en moquait.

— Où sommes-nous ?

— On a dépassé Rome depuis une heure. On ne devrait pas tarder à arriver.

Tom attendit qu'Alex ait fini de boire et posa son livre.

— Tu as une tête épouvantable. Alors, tu me racontes ce qui t'est arrivé hier soir ?

— Oui.

Avant même de monter dans le train, Alex avait décidé de tout expliquer à Tom. Non pas tant parce qu'il avait besoin de son aide, mais parce qu'il en avait assez de mentir.

— Mais je ne suis pas sûr que tu me croies.

— Écoute, je bouquine depuis deux heures et demie et je n'en suis qu'à la page dix-neuf. Alors je préfère t'écouter.

— D'accord...

Alex n'avait avoué la vérité qu'à une seule personne : Sabina Pleasure. Elle ne l'avait pas cru. Du moins jusqu'à ce qu'elle se retrouve ligotée dans le sous-sol de la maison du milliardaire fou Damian Cray. Alex répéta à Tom toutes les confidences qu'il avait faites à Sabina, à commencer par les véritables causes de la mort de son oncle, pour finir par son évasion de la cave inondée du Palais de la Veuve. Le plus étrange fut qu'il prit un certain plaisir à raconter son histoire. Il ne se vantait pas d'être un espion et de travailler pour les services secrets britanniques. Bien au contraire. Le MI 6 l'avait trop longtemps utilisé et obligé à garder le silence. On lui avait même fait signer un document officiel où il s'engageait sur l'honneur à se taire. En révélant la vérité, il désobéissait au MI 6. Et c'était un soulagement, un fardeau qu'on lui retirait des épaules. Il se sentait enfin maître de sa vie.

— ... Je ne pouvais pas retourner à l'hôtel. Pas sans argent, ni chaussures. Comme je savais que tu prenais le train pour Naples, je suis venu à la gare et je t'ai attendu. Je t'ai suivi dans ton wagon et me voilà.

Alex attendit anxieusement la réaction de Tom. Allait-il lui tourner le dos, comme Sabina ?

Tom hocha lentement la tête.

— Tout ça me semble coller, dit-il enfin.

— Tu me crois ? s'étonna Alex en ouvrant des yeux ronds.

— Je ne vois aucune autre raison pour expliquer ton attitude. Tes absences du collège, tes cicatrices. Pendant un moment j'ai pensé que ta gouvernante te battait. Mais ça paraissait invraisemblable. Alors, oui, je crois que tu es un espion. Mais j'imagine que c'est dur à vivre. Je n'aimerais pas être à ta place.

— Tom, tu es vraiment mon meilleur ami, dit Alex en souriant.

— Content de pouvoir t'aider. Mais il y a une chose que tu ne m'as pas expliquée. Pourquoi cherchais-tu Scorpia ? Et pourquoi viens-tu à Naples ?

Alex ne lui avait pas parlé de son père. Un sujet trop déchirant, trop personnel pour le partager avec quiconque.

— Il faut que je trouve Scorpia, commença-t-il.

Il s'interrompit un instant avant de poursuivre.

— Je crois que mon père a eu des problèmes avec ces gens-là. Je ne l'ai pas connu. Il est mort peu de temps après ma naissance.

— Il a été assassiné ?

— Non. C'est difficile à expliquer. Je voudrais juste en apprendre un peu plus sur lui. Même mon oncle m'en a peu parlé. Je veux savoir qui il était.

— Et Naples ?

— J'ai entendu Mme Rothman mentionner une entreprise à Amalfi. C'est tout près de Naples. Ça s'appelle Consanto. J'ai lu le nom sur une brochure dans son bureau, et l'homme avec qui elle parlait avait sa photo dans cette brochure. Elle lui disait qu'elle serait là-bas dans deux jours. Donc demain. Je suis curieux de savoir pourquoi.

— Mais, Alex... Et ce Noir, Nile...

— Il n'est pas exactement noir. Plutôt noir et blanc.

— En tout cas, dès que tu as prononcé le nom de Scorpia, il t'a enfermé dans une cave pour te noyer. Pourquoi risquer de le rencontrer encore ? Si j'ai bien compris, ces gens ne sont pas ravis de faire ta connaissance.

— Je sais, admit Alex.

D'autant qu'il avait appris très peu de choses sur Mme Rothman et ne pouvait affirmer qu'elle était liée à Scorpia. La seule certitude qu'il avait à son sujet était qu'elle – ou les gens qui travaillaient à son service – était impitoyable. Mais il ne pouvait pas abandonner. Pas encore. Yassen Gregorovitch lui avait indiqué une piste et il devait la suivre jusqu'au bout.

— Je veux juste me faire une idée, c'est tout.

Tom haussa les épaules.

— De toute façon, ça ne pourra pas être pire qu'avec M. Grey ! Quand tu rentreras en classe, il te tuera.

— Oui, je sais. Il n'avait pas l'air très content au téléphone.

Il y eut un court silence. Le train traversa une gare sans s'arrêter. Quelques bâtisses de ciment et des néons défilèrent comme une traînée floue.

— Ce doit être très important pour toi, remarqua Tom. D'apprendre des choses sur ton père.

— Oui, très important.

— Mes parents se disputent depuis des années. Ils passent leur temps à se bagarrer. Maintenant qu'ils se séparent, ils se bagarrent à propos du divorce. Je ne m'occupe plus d'eux. Je crois même que je ne les aime plus.

Un bref instant, Tom parut d'une tristesse infinie.

— Je te comprends, et j'espère que tu apprendras des choses agréables sur ton père, parce que, en ce moment, je ne pense rien de bon du mien.

Jerry Harris, le frère aîné de Tom, les attendait à la gare et les ramena chez lui en taxi. Il avait vingt-deux ans. Il était venu passer un an en Italie avant de s'inscrire à l'université, mais avait oublié de rentrer. Alex le trouva tout de suite sympathique. Jerry était très décontracté, mince, presque maigre, avec des cheveux blond délavé et un sourire de travers. L'arrivée impromptue d'Alex ne le dérangeait nullement et il ne posa aucune question sur les raisons de sa venue... ni sur son absence de chaussures.

Il habitait le quartier espagnol de la ville, dans une rue typiquement napolitaine : étroite, enserrée d'immeubles de cinq ou six étages reliés entre eux par des cordes à linge. En levant les yeux, on découvrait un patchwork fantastique de façades décrépites, de volets de bois, de rambardes en fer forgé, de jardinières et de terrasses, où des femmes se penchaient pour bavarder avec leurs voisines. Jerry louait un appartement au dernier étage. Sans ascenseur. Ils grimpèrent un escalier sinueux. À chaque palier des odeurs et des bruits différents les accueillaient : désinfectant et braillements de bébé au premier, *pasta* et violon au deuxième...

— C'est ici, annonça Jerry en poussant une porte. Faites comme chez vous.

C'était un espace ouvert, aux murs blancs, avec quelques meubles, un parquet de bois et une vue panoramique sur toute la ville. Dans la cuisine aménagée dans un angle, s'entassaient des piles d'assiettes sales. Une porte menait à une chambre et à une salle de bains. On avait miraculeusement réussi à hisser par l'étroit escalier un immense canapé en cuir avachi, qui trônait au milieu de la pièce, à côté d'un amas d'équipements sportifs. Alex identifia notamment deux planches à roulettes, des cordes et des pitons, un gigantesque cerf-volant, un monoski et ce qui ressemblait à un parachute. Tom avait prévenu Alex que son frère aimait les sports extrêmes.

Il enseignait l'anglais dans une école de Naples, mais uniquement pour payer ses expéditions en montagne, le surf et diverses autres activités.

— Vous avez faim ? demanda Jerry.

— Oui, répondit Tom en se laissant choir sur le canapé. On a passé six heures dans le train. Tu as quelque chose à grignoter ?

— Tu rigoles ! Il suffit de descendre manger une pizza quelque part... Comment ça va, Tom ? Papa et maman ?

— Toujours pareil.

— C'est si terrible que ça ? soupira Jerry en se tournant vers Alex. Nos parents sont nuls. Tom a dû t'en parler. Tu te rends compte ! Nous appeler Tom et Jerry, il fallait le faire ! Et toi, Alex, qu'est-ce que tu viens faire ici ? Visiter la côte ?

Dans le train, Alex avait bien recommandé à Tom de ne pas répéter à Jerry ce qu'il lui avait confié. Aussi fit-il la grimace quand Tom lâcha :

— C'est un espion. Il travaille pour le MI 6.

— Ouah... Alors là je suis impressionné.

— Merci, dit l'intéressé, qui ne savait quoi répondre.

— Explique-moi ce qui t'amène à Naples.

Tom répondit à sa place :

— Il cherche des informations sur une entreprise : Constanza.

— Consanto, rectifia Alex.

— Consanto ? répéta Jerry en ouvrant le réfrigérateur pour prendre une bière (hormis la bière, le réfrigérateur était vide). Je connais. J'ai eu un de leurs employés comme élève. Un chercheur chimiste ou quelque chose de ce genre. J'espère qu'il est meilleur en chimie qu'en anglais, parce qu'il parle horriblement mal.

— C'est une entreprise de quoi ?

— Consanto est une grosse firme pharmaceutique. Ils fabriquent des médicaments et des trucs biologiques. L'usine se trouve à côté d'Amalfi.

— Tu peux m'y faire entrer ?

— Tu rigoles ! Même le pape ne pourrait pas y mettre les pieds. Je suis passé une fois devant en voiture. C'est un endroit hypermoderne. On se croirait dans un film de science-fiction. C'est entièrement clôturé et il y a des caméras de surveillance partout.

— Ils doivent avoir quelque chose à cacher, dit Tom.

— Évidemment, ils ont quelque chose à cacher, crétin, marmonna Jerry. Tous les laboratoires pharmaceutiques inventent des produits nouveaux qui valent une fortune. Imagine, si quelqu'un invente un médicament contre le sida, ça peut rapporter des milliards. C'est pour ça qu'ils se protègent. Le type à qui j'apprenais l'anglais n'a jamais dit un mot sur son travail. Il n'avait pas le droit.

— Comme Alex.

— Quoi ?

— Un espion n'a rien le droit de dire.

— Exact, acquiesça Jerry.

Alex les regarda l'un après l'autre. Malgré leurs huit ans d'écart, les deux frères semblaient très proches. Il aurait aimé passer plus de temps auprès d'eux. Il ne s'était pas senti aussi détendu depuis bien longtemps. Mais il avait d'autres choses à faire.

— Tu peux m'emmener à Amalfi, Jerry ?

— Bien sûr, répondit celui-ci en finissant sa bière. Demain, je n'ai aucun cours. Ça te va ?

— Parfait.

— Ce n'est pas loin de Naples. J'emprunterai la voiture de ma petite amie pour t'y conduire. Tu verras Consanto par toi-même. Mais tu peux me croire, Alex. Il n'y a aucun moyen d'y pénétrer.

7

Consanto

Assis dans la voiture surchauffée par le soleil matinal, Alex dut rapidement se rendre à l'évidence. Jerry Harris avait raison : Consanto n'avait négligé aucun détail pour protéger ses secrets, quels qu'ils soient.

L'usine se composait d'un bâtiment de forme rectangulaire d'environ cinquante mètres de long. La photo de la brochure qu'Alex avait vue dans le bureau de Mme Rothman, à Venise, était parfaitement fidèle. On aurait dit un mur de vitres réfléchissantes, dans lequel le soleil lui-même semblait incapable de pénétrer. Un immense bloc argenté, orné d'une enseigne en acier :

CONSANTO.

Grâce aux jumelles apportées par Jerry, Alex put examiner le large escalier de pierre menant à l'entrée principale. Plus loin, se trouvaient quelques autres petits bâtiments, des entrepôts, et un parking occupé par une centaine de voitures. Sur le toit de l'immeuble principal se dressaient deux citernes d'eau, une rangée de panneaux solaires et, à côté, une tourelle dotée d'une unique porte. Probablement un escalier de service ou de secours. Alex se demanda s'il y avait là un moyen de s'introduire au sein de l'usine – ce qui supposait bien sûr d'atteindre le toit, chose a priori impossible. Le site entier était encerclé d'une clôture de six mètres de haut, surmontée de barbelés acérés. Une seule voie d'accès menait à un poste de contrôle, renforcé par un second, juste derrière. Chaque véhicule qui entrait ou sortait était inspecté. Pour plus de sûreté, des caméras mobiles, montées sur des pylônes métalliques, tournaient et pivotaient pour sonder chaque recoin du site. Même une mouche n'aurait pu passer sans se faire repérer... « Et écraser », songea Alex, morose.

L'entreprise avait choisi le lieu avec soin. À quelques kilomètres au sud : le port animé d'Amalfi, sur la Méditerranée. Au nord : quelques villages isolés. Le complexe était bâti dans une sorte de cavité plate et rocheuse, parsemée de quelques rares arbres, sans aucun endroit pour se dissimuler. La mer se trouvait à environ deux kilomètres. Les petits points blancs des voiliers ponctuaient l'étendue bleue, un ferry fendait les flots vers l'île de Capri. En résumé, il était impossible d'approcher de Consanto, de quelque côté que ce soit, sans être aussitôt localisé. En ce moment même, une caméra devait probablement les filmer.

— Tu vois ? Je ne t'ai pas menti, remarqua Jerry.

Tom tournait le dos à l'usine et regardait la mer.

— Si on allait se baigner ?
— Bonne idée, répondit Jerry. Tu as ton maillot ?
— Non.
— C'est sans importance. On peut nager en slip.
— Je n'en ai pas, dit Tom.
— Tu es répugnant ! grimaça son frère.

Alex, quant à lui, observait une camionnette de livraison qui passait le premier poste de contrôle. Non, décidément, c'était infaisable. À supposer qu'il parvienne à se faufiler dans un camion ou une voiture, il serait découvert lors de la fouille. Et inutile d'attendre jusqu'au soir. Les dizaines de lampes à arc qui ceinturaient le périmètre s'allumeraient à la tombée du jour. Les gardes en uniforme qui patrouillaient sur le site avec des bergers allemands devaient également patrouiller la nuit.

C'était désespérant. Derrière, le complexe s'adossait à une falaise abrupte. La face rocheuse s'élevait à trois cents mètres au moins. Au sommet, on apercevait un petit groupe de maisons.

— Qu'est-ce qu'il y a, là-haut ? demanda Alex en pointant le doigt.

— Je ne sais pas, répondit Jerry. Peut-être le village de Ravello.

— On peut y aller ?
— Bien sûr.

Alex récapitula mentalement tous les éléments dont il disposait : le toit du bâtiment principal, la sortie de secours apparemment ouverte, le village perché en haut de la falaise. Sans oublier l'équipement aperçu dans l'appartement de Jerry. Soudain, tout devint limpide.

L'usine Consanto paraissait imprenable. Pourtant, il avait trouvé une faille.

Pour accéder à la villa XVIIIe avec sa façade décolorée, un peu à l'écart de Ravello, il fallait emprunter un sentier qui serpentait à flanc de colline, bien au-dessus des pins. C'était un merveilleux endroit pour s'isoler, se retirer dans un monde à part, loin des foules qui grouillaient sur les plages ou dans les rues des villages côtiers. La brise fraîche du soir montait de la mer, et le ciel avait viré du bleu au mauve, puis au rouge sombre. Devant la villa s'étirait un jardin d'ornement, parcouru par une allée centrale qui débouchait sur une terrasse inattendue, entourée d'un parapet décoré de statues de marbre. Sous la terrasse, c'était le vide. Le jardin se terminait abruptement par un précipice tombant à pic sur la route côtière, le complexe Consanto et le méplat rocheux, trois cents mètres plus bas.

Les touristes avaient quitté les lieux depuis longtemps. La villa allait fermer. Alex réfléchissait à son plan. Il avait la bouche sèche et un nœud désagréable au creux de l'estomac. C'était de la folie. Il devait sûrement y avoir une autre solution ! Non. Il avait examiné toutes les possibilités. C'était le seul moyen.

Il savait que le *base-jump* était l'un des plus dangereux sports extrêmes et que chaque *base-jumper* connaissait quelqu'un qui s'était tué ou blessé en sautant. En anglais, BASE sont les initiales de *building* (« immeubles »), *antenna* (« antenne, pylône »), *span bridge* (« pont de grande envergure, barrage ») et *earth*

(« terre, falaise »). Autrement dit, « les aires de décollage ». Il s'agit de sauter en parachute sans utiliser un avion. Les *base-jumpers* se jettent du haut des gratte-ciel, des barrages, des falaises et des ponts. Sauter n'est pas véritablement illégal mais on le fait généralement sans autorisation, souvent au milieu de la nuit. Transgresser la loi et le système faisant partie du plaisir.

Ils étaient retournés à Naples chercher l'équipement que Jerry Harris avait accepté de prêter à Alex. Et Jerry avait profité du trajet pour fournir à Alex le maximum d'informations sur la technique de saut et les dangers potentiels.

— Un cours intensif pour se crasher, avait commenté Tom d'un air maussade.

Commentaire dont Alex se serait volontiers dispensé.

— La première règle, et la plus importante, est la plus périlleuse pour les débutants, expliqua Jerry. Quand tu sautes, tu dois attendre le plus longtemps possible avant d'ouvrir le parachute. Plus tu attends, plus tu t'éloignes de la falaise. Et tu dois garder tes épaules bien alignées. Le pire serait que tu fasses un 180.

— En clair, ça veut dire quoi ?

— C'est une torsion du corps et un retour à la paroi. En bref, tu tournes du mauvais côté et tu percutes la falaise.

— Et alors, que se passe-t-il ?

— Eh bien... tu meurs.

Alex portait un casque, des protections aux genoux et aux coudes, et une paire de solides chaussures de marche prêtées par Jerry. Mais c'était tout. La chute libre imposait de réagir vite, et un excès d'équipement risquait de ralentir les mouvements. Jerry avait aussi insisté sur le fait que personne n'avait jamais pratiqué le *base-jump* sans un entraînement préliminaire. Si les choses tournaient mal, toutes les protections du monde ne lui seraient d'aucune utilité.

Qu'y avait-il, alors, entre la vie et la mort ?

Pour Alex, cela se résumait à 67 mètres carrés de nylon F111. Les parachutistes ont besoin de 30 centimètres carrés de voile pour 500 grammes de poids corporel et d'équipement. Les *base-jumpers* n'ont besoin que de la moitié. Le saut d'Alex avait été calculé pour Jerry, plus lourd que lui. Il aurait donc largement assez de voile.

Le parachute était un Blackjack, acheté d'occasion pour un peu moins de mille dollars. Un parachute ordinaire contient normalement neuf caissons, c'est-à-dire neuf poches séparées. La voilure plus large de *base-jump* est conçue pour être plus docile, plus facile à manœuvrer, pour se poser avec précision. En tombant, le poids d'Alex la sortirait de son sac dorsal et elle se gonflerait au-dessus de sa tête, en prenant cette forme de plan portant, à poussée d'air dynamique, qui caractérise tous les parachutes à caissons modernes.

Jerry pointa vers le bas de la falaise un instrument noir, de la taille et de la forme d'une paire de jumelles, pour établir un relevé.

— 357 mètres, conclut-il.

Puis il sortit une carte plastifiée – une table des temps de chute – et la consulta rapidement.

— Tu peux faire un quatre, dit-il. Cela te laisse environ quinze secondes sous la voile. Un six maximum. Mais ça t'obligerait à atterrir presque aussitôt.

Alex traduisit le jargon de Jerry. Il effectuerait une chute libre pendant quatre à six secondes. Moins il passerait de temps avec le parachute ouvert, moins il aurait de risques de se faire repérer d'en bas. Mais, d'un autre côté, plus il prendrait de vitesse, plus il aurait de risques de se fracasser les os à l'atterrissage.

— Et une fois en bas, n'oublie pas...

— Le cabrage.

— Oui. Si tu ne veux pas te briser les deux jambes, tu dois te ralentir trois ou quatre secondes avant l'impact.

— Et non pas trois ou quatre secondes *après* l'impact, intervint Tom. Il serait trop tard.

— Merci, Tom !

Alex jeta un coup d'œil circulaire. Personne en vue. Il souhaitait presque voir surgir un policier ou un gardien de la villa qui l'empêcherait de sauter. Mais le jardin était désert. Les têtes de marbre avaient le regard lointain et blasé.

— Tu vas passer de 0 à 90 kilomètres-heure en trois secondes, poursuivit Jerry. Il y a un glisseur mais tu sentiras quand même le choc de l'ouverture. Au moins, tu sauras que tu es près d'atterrir. À ce moment-là, serre bien les pieds et les genoux. Mets ton menton contre ta poitrine. Et tâche de ne pas te couper la langue en deux. Ça a bien failli m'arriver, lors de mon premier saut.

— Oui, grommela Alex.

C'est le seul mot qu'il fut capable de prononcer.

Jerry jeta un coup d'œil dans le vide.

— Le toit de Consanto se trouve juste à l'à-pic et il n'y a pas de vent. Tu n'auras pas beaucoup de temps pour virer mais tu peux essayer de tirer sur les leviers.

Il posa une main sur l'épaule d'Alex et ajouta :

— Je peux y aller à ta place, si tu veux.

— Non. Merci, Jerry, mais c'est à moi de le faire. C'est mon idée...

— Bon, alors, bonne chance.

— Et ne te casse rien ! s'exclama Tom.

Alex s'approcha du parapet, entre deux statues, et regarda en bas. Il était juste à l'aplomb du complexe. De cette hauteur, l'usine paraissait minuscule, comme une maquette argentée. La plupart des employés avaient dû rentrer chez eux, mais les gardes étaient à leur poste. Il fallait juste espérer que personne n'aurait l'idée de lever les yeux pendant les quelques secondes qu'il mettrait à descendre. Heureusement, Consanto faisait face à la mer. La voie d'accès principale et l'entrée se trouvaient du même côté, et c'était là que se concentrait l'attention des gardes. Avec un peu de chance, Alex parviendrait à atterrir sur le toit discrètement.

Son estomac se contracta. Il ne sentait plus ses jambes. Il avait l'impression de flotter. Il voulut prendre une profonde inspiration mais l'air sembla vouloir rester dans sa gorge. Finalement, était-ce si important de pénétrer dans l'usine pour découvrir quel lien la reliait à Scorpia ? Que diraient Tom et Jerry s'il changeait d'avis à la dernière minute ?

Et puis zut ! Des tas de gens de son âge faisaient du *base-jump*. Jerry lui-même avait récemment sauté du New River George Bridge, en Virginie, le jour du « Bridge Day », unique jour dans l'année où le saut est autorisé aux États-Unis. Des dizaines d'adolescents faisaient la queue, à en croire Jerry. Le *base-jump* était un sport. Les gens le pratiquaient pour s'amuser. S'il hésitait une seconde de plus, jamais il n'oserait. Il était temps d'en finir.

D'un seul mouvement, Alex se hissa sur le parapet, vérifia l'extracteur, regarda une dernière fois sa cible, et s'élança.

C'était un peu comme un suicide. Une expérience nouvelle. Tout devint flou. Le ciel, le bord de la falaise, le visage attentif de Tom. Puis tout bascula. Le bleu percuta le gris, le blanc du toit jaillit au-devant de lui. Le vent lui martelait le visage. La brutale accélération lui enfonça les yeux dans les orbites. Il devait déployer. Non. Jerry l'avait prévenu contre le risque d'ouvrir trop tôt. Combien de secondes ?

Maintenant !

Il tira sur le parachute extracteur, espérant que l'air s'y engouffrerait. Avait-il fonctionné ? Le parachute extracteur avait déjà disparu, entraînant la bride qui, à son tour, aspirerait la voile Blackjack hors du sac-harnais. Zut ! Il avait trop tardé. Il descendait trop vite. Il poussa un long cri silencieux, étouffé par le vent qui sifflait dans ses oreilles et lui malaxait la peau du visage. Où était ce satané parachute extracteur ? Où était le ciel ? Où était le sol ? Il tombait à pic...

C'est alors qu'il éprouva une sensation de déchirure et de frein. Il eut l'impression d'être coupé en deux. À la limite de son champ de vision, il discerna quelque chose, des cordons, du tissu qui se gonflait. La voile ! Mais quelle importance ? Où allait-il ? Il baissa la tête et vit ses pieds suspendus dans le vide. Un rectangle blanc se précipitait à leur rencontre. Le toit de l'usine. Trop loin. Il allait le manquer. Vite. Actionner les leviers de bascule. Voilà qui était mieux. Le toit revint brutalement dans l'axe. Qu'avait-il oublié ? Le cabrage. Il tira sur les deux freins, et la queue de la voile tomba de telle façon que son corps se cabra, comme un avion avant l'atterrissage. Mais n'était-ce pas trop tard ?

Alex ne voyait plus que la surface du toit. Puis il la percuta. Le choc l'ébranla tout entier. Il courut en avant. La voile l'entraînait. Jerry l'avait averti de ce danger. En bas, une brise pouvait souffler de la mer et, s'il n'y prenait garde, l'arracher du toit. Déjà, le bord se rapprochait rapidement. Il s'arcbouta sur ses talons et tâtonna derrière lui pour trouver les élévateurs arrière. Il les saisit et tira. Arrêter de courir ! À quelques centimètres du rebord du toit, ses talons parvinrent enfin à trouver une prise. Il se pencha en arrière et ramena la voile. Puis il s'assit brutalement.

Il était arrivé.

Pendant quelques secondes, Alex resta immobile. Il venait de vivre l'excitation intense que connaissent tous les sauteurs de *base-jump* et qui fait de ce sport une sorte de drogue. Son corps libéra un flot d'adrénaline qui le parcourut tout entier. Son cœur battait à tout rompre.

Tous ses poils étaient hérissés. Il leva les yeux vers le haut de la falaise. Aucun signe de Tom ni de son frère. Même s'ils étaient encore là, la distance était trop grande pour les distinguer. Alex avait du mal à croire qu'il avait fait cette chute vertigineuse, et en si peu de temps. Apparemment, les gardes n'avaient même pas levé la tête. Ils observaient le sol, pas les airs. Pour la surveillance, Consanto avait des progrès à faire !

Alex attendit que son cœur et son pouls reprennent un rythme normal, puis il ôta son casque, ses coudières et genouillères. Il plia rapidement la voile et la fourra de son mieux à l'intérieur du sac-harnais. Il avait dans la bouche un goût de sang et comprit qu'il s'était mordu la langue malgré les avertissements de Jerry.

Courbé en deux, il emporta le sac-harnais jusqu'à la porte qu'il avait aperçue depuis la route. Il comptait laisser l'équipement de Jerry sur le toit jusqu'à son départ. Il avait une petite idée de la façon dont il quitterait Consanto. Le plus simple serait de téléphoner à la police et de se laisser arrêter. Au pire, il serait poursuivi pour infraction. Mais, à quatorze ans, il courait peu de risques de se retrouver dans une prison italienne – les autorités se contenteraient probablement de le réexpédier en Angleterre.

La porte était entrebâillée. Sur ce point, il ne s'était pas trompé. La dizaine de mégots de cigarettes qui jonchaient le seuil était explicite. Malgré tous les gardes, toutes les caméras et les alarmes perfectionnées, un fumeur solitaire en manque de tabac était monté sur le toit et avait laissé l'accès ouvert.

Parfait ! Alex se faufila dans l'entrebâillement de la porte et se trouva devant une volée de marches métalliques, arrêtées par une double porte d'aspect très solide : un panneau d'acier perforé de petites vitres. Pendant un instant, il se crut bloqué. Mais la porte était vraisemblablement munie d'un système de fonctionnement électromagnétique car, dès qu'il s'en approcha, elle coulissa sur un rail puis se referma derrière lui. Alex se retourna et agita la main. La porte ne bougea pas. Le clavier numérique fixé sur le côté en expliquait la raison. Entrer était une chose, sortir en était une autre : il était pris au piège.

N'ayant d'autre choix que d'avancer, il suivit un couloir jusqu'à une autre double porte qui s'ouvrit devant lui avec un doux chuintement. Cette fois, il était dans le cœur de l'usine. La qualité de l'air y était différente. Très froide, avec une odeur métallique. Une conduite argentée et brillante parcourait toute la longueur du plafond. Partout il y avait des écrans de contrôle et des cadrans. Alex sentit soudain un fort mal de tête l'assaillir. Cet endroit était trop propre.

Il continua d'avancer, désireux de découvrir le maximum de choses avant d'être lui-même découvert. Les lieux semblaient déserts, les employés ayant probablement terminé leur journée de travail, mais les gardiens ne tarderaient pas à faire leur ronde. Quelque part, une porte claqua. Son cœur s'emballa d'un coup et il chercha désespérément une cachette. Le corridor était nu, brillamment éclairé par deux puissants néons protégés par des panneaux de verre. Pas la moindre ombre pour se dissimuler ! Il aperçut une porte et s'y précipita. Fermée à clé. Il se plaqua contre le battant, espérant passer inaperçu.

Un homme apparut à l'angle du couloir. Son corps était entièrement enveloppé dans une combinaison de protection bleu pâle, une capuche lui recouvrait la tête et une sorte de masque de scaphandre lui cachait une grande partie du visage. Toutefois, quand il se tourna de profil, Alex entrevit une barbe et des lunettes. L'homme poussait un engin qui ressemblait à une énorme fontaine à thé en chrome étincelant, montée sur roulettes. L'urne était aussi haute que lui, et munie d'une série de valves et de tuyaux sur le couvercle. Au grand soulagement d'Alex, l'employé obliqua dans un couloir perpendiculaire.

Alex examina la porte qui lui avait servi de refuge précaire. C'était une fenêtre en verre très épais – un peu comme le devant d'un lave-linge –, derrière laquelle se trouvait une vaste salle, éclairée mais déserte. Il s'agissait très probablement d'un laboratoire, mais cela évoquait davantage une distillerie, avec d'autres « urnes à thé » chromées, dont certaines étaient suspendues par des chaînes. Un escalier métallique montait à une sorte de portique, et un mur entier était tapissé de ce qui ressemblait à d'énormes portes de réfrigérateurs. Tout ce métal rutilant paraissait flambant neuf.

Tout à coup, Alex vit une femme traverser la salle. L'usine n'était donc pas aussi déserte qu'il l'avait cru. La femme portait également des vêtements et un masque de protection, et poussait un chariot argenté. Le souffle d'Alex forma un rond de buée sur la vitre lorsqu'il s'approcha pour observer la scène. C'était ahurissant, mais le chariot poussé par la femme transportait des œufs... des centaines d'œufs sagement alignés sur des plateaux, de la taille de ceux d'une poule, et tous d'un blanc éclatant. La femme travaillait-elle à la cantine ? Alex en doutait. Ces œufs avaient quelque chose de sinistre. Peut-être était-ce leur uniformité, le fait qu'ils étaient tous parfaitement identiques ? La femme passa derrière un appareil imposant et disparut. De plus en plus intrigué, Alex décida qu'il était temps de poursuivre ses investigations.

Il suivit le second couloir, emprunté par l'homme en combinaison bleu pâle avec son urne à thé. Cette fois, un bruit de machine lui parvint, un cliquetis léger et rythmé. Il s'approcha d'un panneau de verre encastré dans la cloison et découvrit une salle très faiblement éclairée, où une autre femme se tenait devant une machine bizarre et sophistiquée, qui semblait trier des centaines d'éprouvettes, les faire tourner, les compter puis les étiqueter.

Que fabriquait Consanto ? Des armes chimiques ? Alex baissa les yeux et vit ses mains écorchées par sa chute. Il était en sueur, sale, et surpris de n'avoir pas encore déclenché une seule alarme dans le bâtiment. Entouré de toutes ces cloisons vitrées, dans cette atmosphère confinée et stérilisée, il était devenu un monstrueux microbe. Logiquement, les moniteurs de surveillance auraient dû hurler dès son entrée.

Il arriva devant une nouvelle porte et poussa un soupir de soulagement en la voyant s'ouvrir devant lui. Peut-être finirait-il par repérer une sortie, après tout ? Mais la porte ne menait qu'à un autre couloir, un peu plus large que le précédent et tout aussi peu prometteur. Alex réalisa qu'il se trouvait encore à l'étage supérieur. Il lui fallait trouver un ascenseur ou un escalier pour gagner le rez-de-chaussée.

Soudain, à une dizaine de mètres devant lui, un homme apparut. Il dévisagea Alex d'un air incrédule.

— Qui diable es-tu et que fais-tu ici ?

Alex nota que l'homme s'était adressé à lui en anglais. Il le reconnut aussitôt. Le crâne chauve, le nez crochu, les épaisses lunettes noires. Il portait une blouse blanche sur un costume cravate, mais, à leur dernière rencontre, il arborait un déguisement. C'était le Dr Libermann, l'invité de la réception au Palais de la Veuve, dont il avait surpris la discussion avec Mme Rothman.

Alex bafouilla, pris au dépourvu :

— Je... je me suis perdu.

— Tu n'as pas le droit d'entrer ici ! C'est une zone réservée. Qui es-tu ?

— Je m'appelle Tom. Mon père travaille ici.

— Dans quel service ? Quel est son nom ? insista le Dr Libermann, qui n'était pas prêt à gober le refrain habituel du petit garçon égaré. Comment es-tu entré ?

— C'est mon père qui m'a amené. Mais si vous voulez me montrer la sortie, je m'en vais tout de suite.

— Non ! J'appelle la sécurité. Viens avec moi.

Le Dr Libermann fit demi-tour vers la salle d'où il était venu. Alex ne savait quoi faire. Devait-il tenter de fuir ? Une fois l'alarme donnée, il suffirait aux gardes de quelques minutes pour le capturer. Et ensuite ? Il avait supposé que Consanto le livrerait simplement à la police. Mais si ces gens cachaient un secret quelconque, peut-être n'aurait-il pas cette chance.

Le Dr Libermann levait la main vers un bouton d'alarme situé à côté de la porte, quand une voix arrêta net son geste :

— Ça va, Harold. Je m'en occupe.

Alex fit volte-face et se figea, le cœur battant. C'était comme un mauvais rêve. Nile, l'homme qui l'avait assommé et voulu le noyer à Venise, se dressait devant lui, souriant, parfaitement détendu. Lui aussi portait une blouse blanche, mais sur un jean et un T-shirt moulant. Il tenait à la main un attaché-case, qu'il déposa doucement sur le sol.

— Je ne m'attendais pas à vous revoir, dit Harold Libermann, perplexe.

— C'est Mme Rothman qui m'envoie.

— Pourquoi ?

— Eh bien, comme vous pouvez le constater, Dr Libermann, la sécurité souffre de graves défaillances. Avant de partir, Mme Rothman m'a demandé de m'en charger.

— Vous connaissez ce garçon ? Qui est-il ?

— Il se nomme Alex Rider.

— Il m'a dit s'appeler Tom.

— Il a menti. C'est un espion.

Alex, coincé entre les deux hommes, se sentait pris

au piège, désorienté et impuissant. Nile était trop rapide et trop fort pour lui. Il l'avait déjà prouvé.

— Qu'allez-vous faire ? s'enquit le Dr Libermann, irrité par la présence de Nile et d'Alex dans son sanctuaire.

— Je viens de vous le dire, Harold. Nous ne pouvons tolérer des défauts dans la sécurité. Je vais régler ce problème.

Nile plongea la main sous sa blouse et en sortit une des armes les plus mortelles qu'Alex eût jamais vues. Un sabre de samouraï, avec une poignée en ivoire et une lame plate, aiguisée comme un rasoir. Mais sa longueur était la moitié de la normale, entre l'épée et la dague. Nile tint un instant le sabre dans sa main, le soupesant avec un plaisir évident, puis il le leva à hauteur d'épaule. Maintenant il avait le choix : le lancer pour transpercer, ou l'abattre pour trancher. Quelle que soit l'option choisie, Alex comprit qu'il avait affaire à un maître. Il ne lui restait que quelques secondes à vivre.

— Vous ne pouvez pas le tuer ici ! s'exclama le Dr Libermann exaspéré. Il y aura du sang partout !

— Ne vous inquiétez pas, Harold, répondit Nile. La pointe va pénétrer dans le cou et dans le cerveau. Il y aura très peu de sang.

Alex s'accroupit, prêt à bondir de côté, tout en sachant que ses chances de survie étaient quasiment nulles. Nile souriait toujours, visiblement ravi.

Et il lança soudain le sabre d'un mouvement souple.

Alex ne le vit même pas viser. La lame fila comme un éclair et passa au-dessus de son épaule. Nile avait-il manqué son but ? Impossible. Alex comprit brusquement qu'il n'était pas la cible et se retourna.

Le Dr Libermann était déjà mort, mais encore debout, une expression de profonde surprise sur le visage. Il avait juste eu le temps de lever une main, et ses doigts serraient la lame du sabre planté dans son cou. Le savant bascula en avant et ne bougea plus.

— En plein dans le cerveau, constata Nile à mi-voix. Comme promis.

Nile passa devant Alex, pétrifié, et s'accroupit près du Dr Libermann. Il enleva le sabre, l'essuya avec soin sur la cravate du mort, et le remit dans son fourreau suspendu à sa taille sous la blouse blanche. Puis, il leva les yeux vers le jeune espion.

— Ça va, Alex ? Tu es la dernière personne que je m'attendais à trouver ici. Mme Rothman va être enchantée.

— Vous ne voulez pas me tuer ? murmura Alex, qui n'arrivait pas à croire ce qu'il venait de voir.

— Pas du tout.

Nile se releva, retourna à son attaché-case, s'agenouilla devant et l'ouvrit. Alex n'y comprenait rien. À l'intérieur, il vit un clavier à touches, un petit écran d'ordinateur, deux paquets carrés et un faisceau de fils. Nile pianota rapidement sur le clavier. Une série de codes apparut sur l'écran : noirs et blancs, comme les doigts qui les tapaient.

— J'espère que tu me pardonneras, dit Nile en continuant de pianoter. Je suis terriblement désolé pour ce qui s'est passé au Palais de la Veuve. Je n'avais pas réalisé que tu étais le fils de John Rider. À propos, bravo pour ton évasion ! C'était génial.

Nile termina d'entrer des chiffres, pressa la touche ENTER, puis ferma l'attaché-case.

— Mais nous discuterons plus tard. Mme Rothman est sur la côte, non loin d'ici. À Positano. Elle meurt d'envie de te voir.

— Pourquoi avez-vous supprimé le Dr Libermann ?

— Parce que Mme Rothman m'en a donné l'ordre. Écoute, Alex, je sais que tu as une foule de questions à me poser, mais je ne peux pas te répondre maintenant. Je viens d'armer une bombe qui va mettre toute cette usine en miettes dans... (il consulta sa montre) quatre-vingt-douze secondes. Donc nous n'avons guère le temps de bavarder.

Il fit glisser l'attaché-case près de la tête du Dr Libermann, s'assura une dernière fois que celui-ci était bien mort, puis s'éloigna. Alex ne se fit pas prier pour le suivre. Que pouvait-il faire d'autre ? Arrivé devant une porte, Nile composa un code sur le cadran d'ouverture électronique. La porte s'effaça devant eux silencieusement et ils avancèrent à grands pas. Nile avait l'aptitude propre aux athlètes de parcourir beaucoup de terrain sans effort apparent. Ils arrivèrent devant l'escalier qu'avait vainement cherché Alex, descendirent trois étages, et débouchèrent devant une autre porte. Nile composa un nouveau numéro et ils se retrouvèrent à l'extérieur. Un cabriolet Alfa Romeo Spider attendait dans l'allée, capote baissée.

— Grimpe ! lui lança Nile.

À sa façon de s'exprimer, on aurait pu croire qu'ils venaient de sortir d'une séance de cinéma et rentraient chez eux tranquillement.

Alex prit place dans la voiture et Nile démarra. Combien de temps s'était écoulé depuis qu'il avait armé la bombe ? Le soleil s'était couché et il faisait nuit noire. Ils suivirent l'allée goudronnée jusqu'au poste de contrôle principal. Nile sourit au garde.

— *Grazie. E'stato bello verdervi...*

« Merci. Ravi de t'avoir vu ». Alex savait depuis leur première rencontre que Nile parlait italien. Le garde hocha la tête et leva la barrière.

Nile appuya sur l'accélérateur et la voiture démarra en trombe. Quelques secondes plus tard, une énorme explosion se produisit. On aurait dit qu'une boule de feu orange avait décidé de s'échapper de force du bâtiment principal. Les fenêtres éclatèrent. Des flammes et de la fumée dévorèrent tout. Des milliers de fragments de verre et de métal retombèrent en une averse mortelle. Des sirènes aiguës et assourdissantes se mirent en marche. Une énorme portion du flanc et du toit de l'usine s'était volatilisée. Alex eut du mal à croire qu'une si petite bombe ait causé autant de dommages.

Nile jeta un coup d'œil dans le rétroviseur pour admirer son œuvre et poussa un petit soupir :

— Ah, ces accidents industriels. C'est toujours si inattendu !

Il engagea l'Alfa Romeo sur la route côtière, laissant derrière eux Consanto à la merci des flammes. Une lueur mortuaire se réfléchissait dans la mer noire et silencieuse.

8

Vêtements de luxe

Alex était sur le balcon et contemplait le majestueux panorama de la ville de Positano, bordée par les eaux sombres de la Méditerranée. Deux heures s'étaient écoulées depuis le crépuscule, mais l'air était encore tiède. Il était vêtu d'un peignoir en éponge, les cheveux encore mouillés de la douche. Un verre de jus de citron frais était posé sur la table à côté de lui. Depuis ses retrouvailles avec Nile, il avait l'impression d'être dans un rêve. Ce songe l'avait transporté vers une destination insolite.

Le *Sirenuse*, ainsi que Nile s'était empressé de le lui apprendre, était l'un des palaces les plus luxueux de toute l'Italie du Sud. La chambre d'Alex était immense et ne ressemblait pas à une chambre d'hôtel, mais plutôt à une suite de palais italien. Les draps du lit gigantesque étaient en pur coton blanc d'Égypte. Il y avait un bureau, un téléviseur grand écran, un lecteur vidéo et DVD, un somptueux canapé de cuir et, derrière les larges fenêtres, une terrasse privée. Et la salle de bains ! Outre la douche à jets multiples, il y avait une baignoire assez vaste pour accueillir une équipe de football. Tout était en marbre et carreaux peints à la main. Une véritable suite de milliardaire. Alex frissonna en imaginant le tarif de la nuit.

Après avoir quitté ce qui restait de Consanto, Nile l'y avait conduit immédiatement. Pas un mot n'avait été échangé pendant le court trajet. Alex avait pourtant des centaines de questions à poser, mais le vent qui s'engouffrait dans le cabriolet décapoté et le vrombissement du moteur V6 de l'Alfa Spider rendaient toute conversation impossible. Par ailleurs, Alex devinait que Nile n'était pas la personne la plus qualifiée pour lui fournir des réponses. Il n'avait fallu que vingt minutes, par la route côtière, pour atteindre Positano et cet hôtel, étonnamment quelconque et simple vu de l'extérieur.

Pendant qu'Alex se présentait à la réception, Nile avait passé un rapide coup de téléphone sur son mobile.

— Mme Rothman est absolument enchantée que tu sois ici, annonça Nile. Elle dînera avec toi à vingt et une heures trente. Elle m'a demandé de te faire porter quelques vêtements.

Il examina Alex de la tête aux pieds.

— J'ai l'œil pour les mensurations. Question style, tu as des préférences ?

— Je vous laisse choisir, répondit Alex avec un haussement d'épaules.

— Parfait. Le chasseur va te conduire à ta chambre. Je suis ravi de t'avoir retrouvé, Alex. Toi et moi allons devenir amis, j'en suis sûr. Profite bien de ton dîner. La cuisine de l'hôtel est divine ! Tu verras.

Nile retourna à sa voiture et disparut.

Toi et moi allons devenir amis, j'en suis sûr. Alex secoua la tête, perplexe. Deux jours plus tôt, le même homme l'avait assommé et abandonné dans une cave à une mort certaine.

L'arrivée d'un employé âgé en uniforme chassa ces pensées. Ce dernier adressa un signe discret à Alex et le guida jusqu'à sa chambre, au deuxième étage, le long de couloirs remplis d'antiquités et d'objets d'art. Enfin Alex se retrouva seul. Sa première réaction fut de vérifier la porte. Elle n'était pas fermée à clé. Et les deux téléphones posés sur le bureau fonctionnaient. Il pouvait donc appeler n'importe qui, n'importe où dans le monde. Y compris la police. Après tout, il venait d'être le témoin de la destruction de Consanto et du meurtre du Dr Libermann. Mais Nile comptait manifestement sur son silence, du moins jusqu'à son entrevue avec Mme Rothman. Et il le laissait libre de sortir à sa guise. Ou même de disparaître. Mais, là encore, on présumait qu'il allait rester. Tout cela était décidément très curieux.

Il but son citron pressé et admira la vue.

C'était une nuit magnifique. Le ciel se déployait à l'infini, parsemé de milliers d'étoiles scintillantes. Au loin, on entendait le roulement des vagues. Positano était construite sur une colline escarpée, où les magasins, les restaurants, les maisons semblaient s'empiler les uns sur les autres, desservis par des ruelles entrelacées et une étroite rue principale qui descendait en zigzaguant jusqu'à la baie en fer à cheval. Des lumières étincelaient partout. Les vacances touchaient à leur fin mais la région était encore bondée de touristes bien décidés à profiter de l'été jusqu'à son terme.

On frappa à la porte. Alex rentra et traversa la chambre. Un garçon d'étage en veste blanche et nœud papillon noir apparut sur le seuil en lui tendant une valise.

— Vos vêtements, monsieur. Pour ce soir, M. Nile vous suggère le costume.

Alex ferma la porte et ouvrit la valise. Elle était remplie de vêtements de marque, luxueux et neufs. Alex étendit le costume sur le lit : gris anthracite, en soie, portant la griffe Miu Miu. Une chemise blanche Armani allait avec. Il trouva aussi une mince boîte en cuir. Il l'ouvrit et retint une exclamation. C'était une montre Baume & Mercier avec un bracelet en acier poli. Il la soupesa. Cette montre avait dû coûter une fortune. D'abord la chambre, et maintenant ceci ! Décidément, on le gâtait.

Alex réfléchit. Il ignorait dans quoi il s'était engagé mais, pour l'instant, autant jouer le jeu. Il était presque vingt et une heures trente et il mourait de faim. Il s'habilla et s'examina dans le miroir. Le costume était d'une coupe moderne mais discrète, avec une veste aux revers courts et un pantalon ajusté. La cravate était bleu foncé, étroite et droite. Mme Rothman lui avait également offert une paire de chaussures D & G en daim noir. Très chic. Alex eut du mal à se reconnaître.

À vingt et une heures trente précises, il entra dans la salle de restaurant, au rez-de-chaussée. Construit à flanc de colline, l'hôtel était beaucoup plus spacieux qu'il n'y paraissait, avec plusieurs niveaux au-dessous du hall d'entrée et de la réception. Alex se fraya un chemin dans une longue salle de restaurant à arcades, agrandie par une terrasse extérieure où étaient dressées d'autres tables. Elle était éclairée par des centaines de petites bougies piquées dans des bougeoirs de verre. La salle était comble. Des serveurs s'affairaient d'une table à l'autre, au milieu du léger cliquetis de fourchettes et du bruissement discret des conversations.

Mme Rothman occupait la meilleure table, avec vue sur Positano et la mer. Elle était assise seule et sirotait une coupe de champagne en l'attendant. Elle portait une robe noire décolletée, ornée d'un simple collier de diamants. Elle aperçut Alex et lui adressa un petit signe de la main en souriant. Il se dirigea vers elle, soudain emprunté dans son beau costume. La plupart des convives étaient habillés de façon décontractée et il regretta d'avoir mis la cravate.

— Alex, tu es superbe, le félicita Mme Rothman en l'examinant de son regard noir. Ce costume te va à la perfection. Miu Miu, n'est-ce pas ? J'adore ce style. Je t'en prie, assieds-toi.

Alex prit place en face d'elle, se demandant ce que pensaient les gens. Une mère et son fils dînant en tête à tête ? Il avait l'impression de jouer un rôle de figuration dans un film et aurait aimé en connaître le scénario.

— Il y a bien longtemps que je n'aie pas dîné avec un gigolo, ironisa Julia Rothman. Un peu de champagne ?

— Non, merci.

— Que désires-tu ?

Un serveur avait surgi de nulle part et se penchait vers Alex pour prendre sa commande.

— Une orange pressée, s'il vous plaît. Avec des glaçons.

Le serveur s'inclina et disparut. Alex attendit que Mme Rothman prenne la parole. C'était elle qui menait le jeu, et la seule à en connaître les règles.

— Leur cuisine est absolument délicieuse. C'est un des meilleurs chefs d'Italie et, comme chacun sait, la cuisine italienne est la meilleure du monde. J'espère que tu ne m'en voudras pas, mais j'ai déjà commandé pour toi. S'il y a quelque chose que tu n'aimes pas, tu le renverras.

— C'est parfait.

Mme Rothman leva son verre. Les bulles minuscules montaient à la surface du liquide doré.

— Je bois à ta santé, Alex. À ce propos... j'aimerais que tu me pardonnes. Ce que tu as subi au Palais de la Veuve est monstrueux. Je suis horriblement gênée.

— D'avoir voulu m'assassiner ?

— Mon cher Alex ! Tu es venu à ma réception sans invitation. Tu as pénétré dans ma maison et tu t'es introduit dans mon bureau. En outre, tu as mentionné un nom qui aurait pu te faire tuer dans la seconde. Estime-toi heureux que Nile ait décidé de te noyer plutôt que de te briser la nuque. Donc, bien que ce qui t'est arrivé soit regrettable, tu admettras que tu l'avais cherché. Bien entendu, les choses auraient été différentes si tu avais dit ton nom.

— Je l'ai dit à Nile.

— De toute évidence, il n'a pas fait le rapprochement. Et il ne m'a avertie de ta visite que le lendemain matin. J'ai eu un choc terrible. Je n'osais pas y croire. Alex Rider, le fils de John Rider, dans ma maison ! Emprisonné dans cet endroit atroce pour...

Elle frissonna et ferma un instant les yeux.

— Il nous a fallu attendre que l'eau redescende avant d'ouvrir la porte. J'étais malade d'inquiétude. Je pensais que nous arriverions trop tard. Et puis... Quand enfin nous avons pu entrer, il n'y avait plus personne. Un vrai tour de passe-passe ! Je suppose que tu t'es enfui à la nage par l'ancien puits ?

Alex acquiesça de la tête.

— Je n'aurais jamais cru qu'il était assez large. Quoi qu'il en soit, j'étais furieuse contre Nile. Il n'a pas réfléchi. Le seul nom de Rider aurait dû lui mettre la puce à l'oreille. Le plus incroyable, c'est qu'il soit de nouveau tombé sur toi dans l'usine ! Au fait, que faisais-tu à Consanto ?

— Je vous cherchais.

Elle se tut pour réfléchir, puis reprit :

— Je suppose que tu as vu une brochure dans mon bureau. Et que tu as surpris ma conversation avec le Dr Libermann. Il y a une chose qui m'intrigue. Comment t'es-tu introduit dans l'usine ?

— J'ai sauté de la terrasse de Ravello.
— Avec un parachute ?
— Évidemment.

Mme Rothman rejeta la tête en arrière et lâcha un rire sonore. À cette seconde, elle ressemblait plus à une star d'Hollywood que toutes celles qu'Alex avait croisées au Palais de la Veuve. Julia Rothman n'était pas seulement belle, elle possédait une confiance en elle absolue.

— Bravo, Alex. Absolument formidable.
— C'est un parachute que j'ai emprunté au frère d'un de mes amis. J'ai perdu tout son équipement. Ils doivent se demander ce que je suis devenu.
— Tu leur téléphoneras pour les rassurer, dit-elle avec un air compatissant. Et dès demain j'enverrai un chèque à ton ami pour le dédommager. C'est le moins que je puisse faire.

Le serveur était revenu avec le jus d'orange et deux assiettes de raviolis. Les petits carrés de pâte étaient merveilleusement frais, fourrés de champignons sauvages et accompagnés d'une salade de roquette au parmesan. Alex en goûta un. Succulent. Mme Rothman n'avait pas exagéré.

— Quel est le problème de Nile ? demanda Alex.
— Nile est exceptionnellement stupide. Il agit d'abord et pose les questions ensuite. Il ne prend jamais le temps de réfléchir.
— Non, je pensais à sa peau.
— Oh, ça ! Il souffre de dépigmentation. Tu as dû en entendre parler. C'est une maladie. Sa peau manque de cellules de pigmentation, ou quelque chose de ce

genre. Pauvre Nile ! Il est né noir et mourra blanc. Mais passons. Nous avons bien d'autres sujets de conversation.

— Mon père, par exemple. Vous le connaissiez.

— Oui, je le connaissais très bien, Alex. C'était un ami très proche. Tu es son portrait craché. Tu n'imagines pas comme c'est étrange, pour moi, d'être assise en face de toi. Je suis là, avec quinze ans de plus, et toi...

Elle plongea son regard dans le sien. Elle l'observait mais, en même temps, Alex avait l'impression qu'elle l'absorbait.

— C'est comme s'il était de retour.

— Parlez-moi de lui.

— Que veux-tu savoir que tu ne saches déjà ?

— Je ne connais rien de mon père, sauf ce que m'en a dit Yassen Gregorovitch.

Alex s'interrompit. C'était le moment tant redouté. La raison même de sa présence ici.

— Mon père était-il un assassin ?

Mme Rothman ne répondit pas. Son regard s'éloigna.

— Ainsi, tu as rencontré Yassen Gregorovitch ? Est-ce lui qui t'a conduit à moi ?

— J'étais près de lui lorsqu'il est mort.

— Oui, j'ai appris qu'il avait été tué. J'en ai été désolée.

— Je veux tout savoir sur mon père, insista Alex. Il travaillait pour une organisation appelée Scorpia. Est-ce vrai qu'il était un tueur ?

— Ton père était mon ami.

— Vous ne répondez pas à ma question, coupa Alex, en s'efforçant de ne pas céder à la colère.

Il n'ignorait pas que Mme Rothman, malgré son air aimable et chaleureux, était immensément riche et impitoyable. Mieux valait ne pas s'en faire une ennemie.

Elle affichait un calme olympien.

— Je ne désire pas parler de John. Pas maintenant. Pas avant que nous ayons discuté de toi.

— Que voulez-vous savoir sur moi ?

— Oh, je sais déjà beaucoup de choses, Alex. Tu as une réputation exceptionnelle. C'est la raison pour laquelle nous sommes ici ce soir. J'ai une offre à te faire, qui va probablement te causer un choc. Mais, d'abord, je tiens à te dire que tu es totalement libre. Tu peux partir quand tu le souhaites. Je ne te veux aucun mal. Bien au contraire. Tout ce que je te demande, c'est de réfléchir à ma proposition et de me dire ce que tu en penses.

— Ensuite vous me parlerez de mon père ?

— Je répondrai à toutes tes questions.

— D'accord.

Mme Rothman avait terminé sa coupe de champagne. Elle fit un discret signe de la main et le serveur réapparut aussitôt pour lui remplir son verre.

— J'adore le champagne. Tu es sûr de ne pas en vouloir un peu ?

— Je ne bois pas d'alcool.

— C'est probablement plus sage, dit-elle en redevenant soudain sérieuse. D'après mes informations, tu as travaillé à quatre reprises avec le MI 6. Il y a eu l'affaire des ordinateurs Stormbreaker, puis le pensionnat dans les Alpes françaises, ensuite les Caraïbes, et enfin cette histoire avec Damian Cray. Ce que j'aimerais comprendre, c'est pourquoi tu as fait cela...

— Qu'entendez-vous par là ?
— On t'a payé ?
— Non.
— Alors... tu es un patriote ?
— J'aime mon pays, déclara Alex en haussant les épaules. Et je suppose que je me battrais s'il était en guerre. Mais je ne me considère pas comme un patriote. Non.

— Dans ce cas, réponds à ma question. Pourquoi risques-tu ta vie pour le MI 6 ? Ne me dis pas que c'est par amitié pour Alan Blunt et Mme Jones. Je les ai rencontrés et ils ne m'ont pas fait grande impression ! Tu as mis ta vie entre leurs mains, Alex. Tu as été blessé. Et même failli être tué. Pourquoi ?

Alex était désorienté.

— Où voulez-vous en venir ? Pourquoi toutes ces questions ?

— Parce que, comme je te l'ai annoncé, j'ai une proposition à te faire.

— Quelle proposition ?

Mme Rothman mangea quelques raviolis. Elle n'utilisait que sa fourchette et coupait chacun en deux, avec une extrême délicatesse. Le plaisir se lisait dans ses yeux. Pour elle, ce n'était pas seulement de la nourriture : c'était de l'art.

— Ça te plairait de travailler pour moi ?
— Pour Scorpia ?

— Oui.
— Comme mon père ?
Elle hocha la tête.
— Vous me demandez de devenir un tueur ?
— Peut-être, sourit-elle. Tu as de nombreux talents, Alex. Et, bien sûr, ton jeune âge est un atout dans de nombreuses situations. J'imagine que c'est la raison pour laquelle Alan Blunt et Mme Jones ne veulent pas te lâcher. Tu peux réaliser toutes sortes de missions et t'introduire dans des endroits inaccessibles à des adultes.
— Que fait Scorpia ? Que faisiez-vous dans l'usine ? Que fabrique Consanto ? Pourquoi avez-vous éliminé le Dr Libermann ?

Mme Rothman termina ses raviolis et reposa sa fourchette. Alex était hypnotisé par les diamants qu'elle portait au cou. Ils réfléchissaient la lueur des bougies, multipliant et grossissant les petites flammes jaunes.

— Quel flot de questions ! Consanto est une entreprise pharmaceutique parfaitement ordinaire. Si tu veux en apprendre davantage, regarde dans un annuaire. Consanto a des bureaux dans toute l'Italie. Quant à ce que nous faisions dans cette usine, je ne peux pas t'en parler. Pour le moment, nous sommes engagés dans une opération baptisée *Épée invisible*, mais tu n'as aucune raison d'en savoir davantage. Pas encore. Néanmoins, je vais t'expliquer pourquoi nous avons éliminé le Dr Libermann. C'est très simple. Le Dr Libermann n'était pas fiable. Nous lui avons versé une somme considérable en échange de son aide. Ce qu'il avait à faire l'inquiétait beaucoup et il exigeait encore plus d'argent. Un tel homme ne pouvait que nous mettre en danger. Il était plus sûr de nous en débarrasser.

« Mais revenons à ta première question. Tu veux savoir ce qu'est Scorpia. C'est la raison pour laquelle tu étais à Venise et m'as suivie jusqu'ici. Très bien, je vais te le dire.

Mme Rothman but une gorgée de champagne. Alex se rendit soudain compte que leur table était placée de telle façon que personne ne pouvait les entendre. Pourtant, Mme Rothman se pencha vers lui pour poursuivre à mi-voix.

— Tu l'as deviné, Scorpia est une organisation criminelle. Le S signifie « sabotage ». CORP, « corruption ». I, « intelligence », c'est-à-dire espionnage. A, « assassinats ». Ce sont nos principaux domaines d'activité. Mais il y en a d'autres. Nous sommes très performants et c'est ce qui nous rend si puissants. Nous sommes présents dans le monde entier. Les services secrets ne peuvent rien contre nous. Notre organisation est devenue trop importante et ils se sont réveillés trop tard. Il arrive même que certains services secrets fassent appel à nous. Ils nous paient pour faire le sale boulot à leur place. Bref, eux et nous avons appris à cohabiter !

— Et vous voulez m'enrôler ? demanda Alex en posant sa fourchette. Je ne suis pas comme vous. Pas du tout.

— Comme c'est étrange. Ton père l'était, lui.

Cette remarque lui fit mal. Mme Rothman parlait

d'un homme qu'il n'avait pas eu la chance de connaître, mais ses paroles l'atteignirent en plein cœur.

— Alex, tu dois grandir un peu et cesser de voir tout en noir et blanc. Tu travailles pour le MI 6. Imagines-tu vraiment que ce sont les gentils chevaliers blancs ? Et nous les vilains méchants ? Malheureusement, les choses ne sont plus aussi simples de nos jours. Songe un instant à Alan Blunt. En dehors même des innombrables personnes qu'il a fait tuer de par le monde, songe à la façon dont il t'a utilisé ! Est-ce qu'il t'a gentiment demandé ton avis avant de t'arracher à ton collège pour te transformer en espion ? Je ne crois pas ! Tu as été exploité, Alex, et tu le sais.

— Je ne suis pas un tueur ! protesta Alex. Jamais je ne pourrais l'être !

— C'est étrange de t'entendre dire cela. Je ne vois pas Damian Cray assis à une table de ce restaurant. Je me demande ce qui lui est arrivé ! J'ai cru comprendre qu'il n'avait pas survécu à sa dernière entrevue avec toi.

— C'était un accident.

— Tu sembles avoir causé beaucoup d'accidents au cours de ces derniers mois.

Mme Rothman s'interrompit. Lorsqu'elle reprit la parole, sa voix était plus douce, comme celle d'une institutrice s'adressant à son élève préféré.

— Je te vois très contrarié au sujet du Dr Libermann. Alors laisse-moi te rassurer. Ce n'était pas un brave homme et je doute qu'il manque à quiconque. En fait, je ne serais pas surprise que sa femme nous envoie une lettre de remerciement, dit-elle avec un sourire amusé.

Sa mort nous a tout juste fait l'effet de... d'une piqûre dans le bras. Rien de plus. Et n'oublie pas une chose, Alex. C'était son choix. S'il n'avait pas menti ni trahi son entreprise pour se joindre à nous, il serait encore en vie. Il est le seul fautif.

— Non ! C'est votre faute ! Vous l'avez tué !

— Oui, je l'admets. Mais nous sommes une organisation internationale. Il arrive parfois que des gens croisent notre chemin et y perdent la vie. J'en suis désolée, mais c'est ainsi.

Un garçon vint desservir leurs assiettes. Alex termina son jus d'orange, espérant que les glaçons lui rafraîchiraient les idées.

— Je ne peux quand même pas travailler pour Scorpia.

— Pourquoi ?

— Je dois retourner au collège.

— Tu as raison, dit Mme Rothman en se penchant de nouveau vers lui. Nous avons une école. Je veux t'y envoyer. Mais c'est une école qui t'enseignera des choses un peu plus utiles que les logarithmes et la grammaire.

— Quel genre de choses ?

— L'art de tuer. Tu prétends en être incapable, mais comment peux-tu en être si sûr ? Si tu vas à Malagosto, tu le découvriras. Nile est un ancien élève. C'est un tueur chevronné. Du moins théoriquement... Il a de fâcheuses faiblesses.

— Vous parlez de sa maladie ?

— Non. C'est beaucoup plus ennuyeux que cela, dit Mme Rothman après une hésitation. Avec le temps, je suis certaine que tu seras meilleur que lui. Bien que ce sujet te gêne, apprends que ton père était instructeur à Malagosto. Un instructeur très brillant. Sa mort nous a tous profondément affectés.

La douleur revint. Tout commençait et finissait avec John Rider. Alex ne pouvait éviter le sujet plus longtemps. Il fallait qu'il sache.

— Je vous en prie, parlez-moi de mon père. C'est pour ça que je suis ici. La seule raison. Comment en est-il venu à travailler pour vous ? Et comment est-il mort ? Je ne sais strictement rien.

— Es-tu certain de vouloir tout connaître ? Tu risques d'en souffrir.

Alex demeura silencieux.

Le serveur revint avec le plat principal. Mme Rothman avait choisi de l'agneau rôti ; la viande était légèrement rosée et aillée. Un second serveur vint lui resservir du champagne.

— Bien, reprit Mme Rothman une fois les serveurs partis. Terminons notre repas et changeons de sujet. Parle-moi de Brookland. De la musique que tu aimes, de ton équipe de football préférée. As-tu une petite amie ? Je suis certaine qu'un aussi joli garçon que toi a plein d'occasions. Ah, voilà que je te fais rougir ! Allons, mange. Je te promets que tu n'as jamais goûté d'agneau aussi délicieux. Après dîner, nous monterons et je te dirai tout ce que tu veux savoir.

9

Albert Bridge

Mme Rothman conduisit Alex dans une chambre située au dernier étage de l'hôtel. Il n'y avait pas de lit, seulement deux sièges et une table à tréteaux sur laquelle étaient posés un magnétoscope et quelques dossiers.

— J'ai fait venir cela de Venise dès que j'ai appris que tu étais ici, expliqua Mme Rothman. J'ai pensé que tu aimerais visionner ce film.

Alex hocha la tête. Après l'animation du restaurant, il se sentait désorienté dans cet endroit – un peu comme un acteur sur scène après que le décor a été enlevé. La pièce était spacieuse, haute de plafond, et sa nudité renvoyait tous les échos. Alex s'approcha de la table, saisi d'une soudaine nervosité. Dans le restaurant, il avait posé certaines questions. Maintenant, il était près d'entendre les réponses. Mais aimerait-il ce qu'on allait lui révéler ?

Mme Rothman le rejoignit. Ses talons aiguilles cliquetaient sur le sol de marbre. Elle semblait parfaitement détendue.

— Assieds-toi, Alex.

Il ôta sa veste et la suspendit sur le dossier d'une chaise. Puis il desserra son nœud de cravate et s'assit. Debout près de la table, Mme Rothman l'observait. Elle mit un moment avant de parler.

— Alex, il n'est pas trop tard pour changer d'avis.

— Je ne veux pas changer d'avis.

— Vois-tu, si je commence à évoquer ton père, il se peut que je dise des choses qui te peinent et je ne le souhaite pas. Le passé est-il si important ?

— Oui, très important.

— Bien. Comme tu voudras.

Mme Rothman ouvrit un dossier dont elle sortit une photographie en noir et blanc. On y découvrait un beau jeune homme en uniforme militaire, coiffé d'un béret. Il regardait droit vers l'objectif, les épaules redressées, les mains jointes derrière le dos. Il était rasé de près et avait un œil attentif et intelligent.

— Voici ton père à l'âge de vingt-cinq ans. Cette photo a été prise cinq ans avant ta naissance. Tu ignores vraiment tout de lui ?

— Mon oncle m'en a un peu parlé.

— Alors je vais peut-être pouvoir combler quelques lacunes. Tu sais sans doute que John est né à Londres et a fait ses études secondaires à Westminster. Ensuite, il est allé à l'université d'Oxford et a obtenu un diplôme de politique et d'économie. Mais il avait toujours désiré entrer dans l'armée. Et c'est ce qu'il a fait. Il a été incorporé dans le régiment parachutiste d'Aldershot. En soi, c'était déjà une réussite. C'est un des régiments les plus durs de l'armée britannique, juste après le SAS[1]. On ne s'y engage pas. Il faut y être invité.

« John a passé trois ans chez les paras. Il a effectué des missions en Irlande du Nord et en Gambie, et fait partie de l'attaque sur Goose Green, dans les Malouines, en mai 1982. Là-bas, il a ramené un soldat blessé, sous les tirs ennemis – ce qui lui a valu de recevoir une médaille de la reine et le grade de capitaine.

Alex avait vu cette médaille un jour : la Croix militaire. Ian Rider la conservait dans le premier tiroir de son bureau.

— À son retour en Angleterre, il s'est marié, poursuivit Mme Rothman. Il avait rencontré ta mère à Oxford, où elle étudiait la médecine. Pour finir, elle était devenue infirmière. Mais je ne peux guère t'en dire plus sur elle. Je ne l'ai jamais rencontrée et il ne parlait jamais d'elle. En tout cas pas à moi.

« Malheureusement, les choses ont commencé à se gâter peu après leur mariage. Oh, je ne blâme pas ta mère, bien sûr. Mais, quelques semaines après l'avoir épousée, ton père s'est trouvé dans un pub, à Londres, où il a été impliqué dans une bagarre. Des gens ont fait des commentaires déplaisants sur la guerre des Malouines : ils étaient probablement ivres. Je ne connais pas les détails. Bref, il y a eu une échauffourée. Ton père a frappé un homme et celui-ci est mort. Un simple coup

---

1. Special Air Service. Équivalent du GIGN français.

porté à la gorge, comme John avait appris à le faire à l'entraînement.

Mme Rothman sortit une coupure de presse du dossier et la tendit à Alex. L'article remontait à plus de quinze ans. Le papier était jauni et l'encre passée. Le titre en était :

> *UN HÉROS DE GUERRE*
> *INCULPÉ DE MEURTRE*

Sous le texte figurait une photo de John Rider en tenue civile, descendant d'une voiture et cerné par des photographes. Le cliché était un peu flou mais on percevait la douleur de cet homme qui sentait le monde dressé contre lui. Alex lut l'article :

John Rider, décrit comme un brillant soldat par ses supérieurs, a été condamné à quatre ans de prison pour homicide involontaire sur la personne d'Ed Savitt, dans un bar de Soho, il y a neuf mois.

Le jury a tenu compte du fait que Rider, âgé de vingt-sept ans, avait beaucoup bu avant d'être mêlé à une bagarre avec Savitt, un chauffeur de taxi. Rider, décoré pour sa bravoure pendant la guerre des Malouines, expert en arts martiaux, a tué Savitt d'un coup à la tête.

En résumant les faits, le juge Gillian Padgham a déclaré : « Le capitaine Rider a mis fin à une prometteuse carrière militaire dans un instant de folie. J'ai pris en considération ses excellents états de service. Mais il a ôté la vie à un citoyen et la société réclame qu'il en paie le prix... »

— Je suis désolée, dit doucement Mme Rothman, qui avait observé Alex avec attention. Tu l'ignorais.
— Mon oncle m'a montré sa médaille, bredouilla Alex d'une voix rauque et mal assurée. Mais il ne m'a jamais parlé de ça.
— Ce n'était pas la faute de John. On l'a provoqué.
— Qu'est-il arrivé ensuite ?
— Il est allé en prison. Cela a déclenché un tollé général. Il avait toute la sympathie du public. Mais il était responsable de la mort d'un homme et le juge n'avait pas le choix.
— Et après ?
— Il n'y est resté qu'un an. Sa sortie s'est faite dans la plus grande discrétion. Ta mère l'avait soutenu. Elle n'a jamais douté de lui et il est retourné auprès d'elle. Malheureusement, sa carrière militaire était terminée ; l'armée l'a limogé pour conduite déshonorante et il s'est retrouvé bien seul.
— Continuez, dit Alex d'une voix froide.
— Il a eu beaucoup de mal à obtenir du travail. Ce n'était pas sa faute. La vie est ainsi faite. Mais il avait attiré l'attention de notre service du personnel. Scorpia est toujours à la recherche de nouveaux talents. À nos yeux, ton père avait subi une injustice. Et, pour nous, il avait le profil idéal.
— Vous l'avez approché ?

— Oui. À l'époque, tes parents gagnaient très peu d'argent. Ils étaient désespérés. Un de nos hommes est entré en contact avec John et, deux semaines plus tard, il est venu passer des tests. Nous testons toutes les nouvelles recrues, précisa Mme Rothman avec un sourire. Si tu décides de nous rejoindre, nous te conduirons au même endroit où nous avons envoyé ton père.

— Où ?

— Je te l'ai dit. Malagosto. Près de Venise, ajouta-t-elle sans plus de précisions. Nous avons tout de suite vu que ton père était un homme endurci et extrêmement talentueux. Il a passé toutes les épreuves avec brio. Nous savions qu'il avait un frère, Ian, qui travaillait pour le MI 6. Cela m'a toujours un peu surprise que Ian ne cherche pas à lui venir en aide quand il a eu des ennuis, mais je suppose qu'il ne pouvait pas. Quoi qu'il en soit, peu nous importait qu'ils soient frères. John était pour nous une recrue parfaite. Et après ce qu'il avait subi, je peux dire que Scorpia était idéale pour lui aussi.

La fatigue commençait à gagner Alex. Il était plus de onze heures. Mais il savait qu'il ne quitterait pas cette pièce avant d'avoir entendu toute l'histoire.

— Donc, il a rejoint les rangs de Scorpia.

— Oui. Ton père a travaillé pour nous comme tueur. Il a passé quatre mois sur le terrain.

— Combien de... personnes a-t-il « éliminées » ?

— Cinq ou six. Mais il préférait se rendre utile comme instructeur dans l'école d'entraînement où il avait passé ses tests. Yassen Gregorovitch a été son élève.

Ton père lui a même sauvé la vie, un jour, lors d'une mission dans la jungle amazonienne.

Alex ne doutait pas que Mme Rothman disait la vérité. Yassen Gregorovitch lui avait raconté la même chose, quelques secondes avant de mourir.

— J'ai appris à très bien connaître ton père, poursuivit-elle. Nous avons très souvent dîné ensemble. Notamment dans cet hôtel.

Elle rejeta la tête en arrière, ses cheveux noirs tombant sur ses épaules, et son regard devint lointain.

— J'étais très attirée par lui, reprit-elle enfin. C'était un homme très séduisant. Il était aussi très intelligent et me faisait beaucoup rire. Dommage qu'il ait été marié avec ta mère.

— Elle savait ce qu'il faisait ? Elle connaissait votre existence ?

— J'espère sincèrement que non, répondit Mme Rothman en reprenant son ton de femme d'affaires. Je dois maintenant te raconter comment ton père est mort. J'aurais préféré ne pas avoir à le faire. Es-tu certain de vouloir l'entendre ?

— Oui.

— Très bien, dit-elle avec une profonde inspiration. Le MI 6 souhaitait l'abattre. C'était un de nos meilleurs agents et il entraînait les autres à devenir aussi performants que lui. Ils l'ont traqué. Je n'entrerai pas dans les détails, mais ils lui ont tendu un piège sur l'île de Malte. Il se trouve que Yassen Gregorovitch était présent lui aussi. Yassen a pu s'échapper mais John a été capturé. Nous craignions ne plus jamais le revoir vivant. Même si la peine de mort a été abolie en Grande-Bretagne, il arrive des... accidents. Mais il s'est produit des faits nouveaux.

« Scorpia avait enlevé le fils d'un haut fonctionnaire britannique, qui exerçait une forte influence sur le gouvernement. Du moins c'est ce que nous pensions. C'est une histoire très compliquée et je n'entrerai pas, là non plus, dans les détails, car il est tard. En résumé, nous voulions que le père suive nos instructions en échange de la vie du fils.

— Vous pratiquez aussi le chantage, si je comprends bien.

— Oui. Chantage, corruption, assassinat. Autant de cordes à notre arc. Bref, nous avons vite découvert que le haut fonctionnaire ne pouvait nous rendre les services que nous espérions. Malheureusement, cela impliquait de tuer son fils. On ne peut pas lancer une menace et se rétracter ensuite, sinon on perd toute crédibilité et tout moyen de pression. Nous comptions donc éliminer le fils de la façon la plus dramatique possible. C'est alors que le MI 6 nous a contactés pour nous proposer un marché.

« Un échange en bonne et due forme. Ils nous rendaient John Rider contre le fils de leur haut fonctionnaire. Le bureau exécutif de Scorpia s'est réuni et, à une courte majorité, a décidé d'accepter l'offre. Normalement, nous ne procédons jamais ainsi, mais John nous était très précieux et, comme je te l'ai dit, j'étais personnellement très proche de lui. Nous avons donc passé un accord. L'échange devait s'opérer en mars, à six heures du matin, sur l'Albert Bridge.

— En mars de quelle année ?

— Il y a quatorze ans, Alex. Le 13 mars. Tu avais deux mois.

Mme Rothman se rapprocha de la table et posa la main sur le téléviseur.

« Scorpia a toujours l'habitude de tout enregistrer. Il y a une bonne raison à cela. Nous sommes une organisation criminelle et, par conséquent, personne ne nous fait confiance. Pas même nos clients. Ils supposent d'emblée que nous mentons. Donc nous filmons tout ce que nous faisons pour prouver que nous sommes, à notre façon, honnêtes. Cela explique pourquoi nous avons filmé l'échange de l'Albert Bridge. Si le fils du haut fonctionnaire avait été blessé, nous aurions pu prouver que ce n'était pas notre faute.

Mme Rothman appuya sur un bouton et l'écran scintilla, révélant des images prises dans le passé, quand Alex n'avait que huit semaines. La première séquence montrait l'Albert Bridge, sur la Tamise, avec le parc de Battersea d'un côté et Chelsea de l'autre. Il y avait du crachin.

— Nous avions trois caméras, expliqua Mme Rothman. Elles étaient bien cachées pour que le MI 6 ne les enlève pas. Tu vas voir, les images parlent d'elles-mêmes.

Première scène. Trois hommes en costume et imperméable. Avec eux, un jeune homme d'environ dix-huit ans, les mains liées devant lui. Sans doute le fils du haut fonctionnaire. Il frissonne.

— Ce que tu vois est filmé depuis l'extrémité sud du pont, expliqua Mme Rothman. Les choses se déroulaient comme convenu. Nos agents devaient amener le jeune homme en partant du parc de Battersea, ton père arrivant de Chelsea, sur l'autre rive. Les deux prisonniers étaient censés se croiser au milieu du pont. C'était simple.

— Il n'y a pas de circulation, remarqua Alex.

— À six heures du matin ? Ce n'est pas une heure d'affluence. Et je soupçonne le MI 6 d'avoir bloqué les routes d'accès au pont.

Changement de plan. Alex sentit son estomac se nouer. La deuxième caméra devait être dissimulée en hauteur, sur le côté du pont. Elle montrait John Rider. C'était la première image animée qu'Alex voyait de son père. Celui-ci portait un blouson matelassé. Il regardait autour de lui, enregistrant les moindres détails. Alex aurait voulu que la caméra fasse un zoom sur son visage.

— C'est la méthode d'échange classique, commenta Mme Rothman. Un pont est un terrain neutre. Les deux participants, en l'occurrence ton père et le jeune homme, sont seuls. Normalement, rien n'aurait dû clocher.

Elle pressa le bouton de pause du magnétoscope.

— Alex, ton père est mort sur ce pont. Je sais que tu n'as pas eu la chance de le connaître, puisque tu étais encore un bébé quand cela s'est produit. Mais je persiste à penser que tu ne devrais pas regarder ces images.

— Je veux les voir, insista Alex.

Mme Rothman hocha la tête et relança la lecture de la vidéo.

Troisième plan. Cette fois, la scène est tournée par une caméra tenue à l'épaule. L'image est floue. On discerne toute la travée du pont, les centaines d'ampoules suspendues en arc de cercle, la rivière et, dans le lointain, apparaissent brièvement les hautes cheminées de la centrale électrique de Battersea. Coupe. Maintenant l'image est stable, sans doute prise au grand angle depuis un bateau.

Les trois hommes de Scorpia sont avec le fils du haut fonctionnaire d'un côté du pont. John Rider de l'autre. Derrière lui, on distingue trois silhouettes. Probablement des agents du MI 6. La qualité de la prise de vue est mauvaise. L'aube vient de se lever et la lumière est faible. L'eau du fleuve est sans couleur. Quelqu'un a dû donner un signal car le jeune homme se met en marche. En même temps, John Rider quitte l'autre groupe. Lui aussi a les mains liées devant lui.

Alex avait envie de toucher l'écran. Il regardait son père avancer à la rencontre des trois agents de Scorpia. La silhouette sur l'écran ne mesurait qu'un centimètre, pourtant il ne doutait pas que ce fût son père. Le visage était le même que sur les photos qu'il avait vues. Mais la caméra était trop loin. Impossible de deviner si John Rider était détendu, en colère ou anxieux. S'il pressentait ce qui allait se passer.

John Rider et le fils du haut fonctionnaire se croisent au milieu du pont. Ils s'arrêtent et semblent échanger quelques mots, mais le seul son capté par la caméra est le crachotement de la pluie et le ronronnement occasionnel et lointain d'un moteur de voiture. Puis les deux otages se remettent en marche. Le jeune homme est maintenant du côté nord, contrôlé par le MI 6. John Rider se dirige vers le sud, un peu plus vite à présent, vers les hommes de Scorpia qui l'attendent.

— C'est maintenant, prévint Mme Rothman d'une voix douce.

John marche vite, presque au pas de course. Il doit craindre un coup fourré. Sa démarche est maladroite, gênée par ses mains ligotées devant lui. Du côté nord du pont, un des agents du MI 6 sort un émetteur radio et dit quelques mots. Une seconde plus tard retentit une détonation. John Rider semble vaciller et Alex comprend qu'il a été touché dans le dos. Il fait encore deux pas, pivote sur lui-même et s'effondre.

— Tu veux que j'arrête, Alex ?
— Non.
— Il y a un plan rapproché...

La scène est maintenant filmée en plongée. John Rider gît sur le flanc. Les trois hommes de Scorpia ont dégainé leurs armes. Ils courent en visant le fils du haut fonctionnaire.

Alex se demanda alors pourquoi. Le jeune homme n'avait rien à voir dans l'histoire. Puis il comprit. Le MI 6 avait abattu John Rider et n'avait pas respecté sa part de l'échange. Le fils devait donc mourir lui aussi.

Mais celui-ci a réagi très vite. Il court déjà, tête baissée. On dirait qu'il sait exactement ce qui vient de se passer. L'un des hommes de Scorpia tire et le manque.

Puis on entend une soudaine explosion. Une mitrailleuse ouvre le feu. Les balles ricochent sur les poutrelles métalliques du pont, entaillent l'asphalte. Des ampoules volent en éclats. Les hommes de Scorpia hésitent puis battent en retraite. Pendant ce temps, le jeune homme parvient à l'autre extrémité du pont. Une voiture a surgi et il s'y engouffre.

Mme Rothman arrêta l'image.

— Le MI 6 voulait récupérer le fils du haut fonctionnaire sans avoir à libérer ton père. Ils nous ont doublés et l'ont abattu sous nos yeux, comme tu as pu le constater.

Alex resta muet. Autour de lui, la pièce lui semblait plongée dans l'obscurité. Il se sentait glacé de la tête aux pieds.

— Il reste une séquence, reprit Mme Rothman. Je déteste être obligée de te la montrer, Alex. Mais autant aller jusqu'au bout.

Les images révèlent les derniers instants de la vie de John Rider. Il a réussi à se relever et essaie de courir, tandis que l'autre prisonnier s'enfuit de l'autre côté.

— Regarde bien l'agent du MI 6 qui a donné l'ordre d'ouvrir le feu, dit Mme Rothman.

Alex observa les minuscules silhouettes sur le pont.

— Nous avons grossi l'image grâce à l'ordinateur.

De fait, elle est amplifiée d'un coup. Alex peut maintenant distinguer le visage de l'agent du MI 6 qui tient l'émetteur. C'est une femme, vêtue d'un imperméable noir.

— On peut encore zoomer.

La caméra semble faire un bond en avant.

La même action est répétée une troisième, puis une quatrième fois. La femme sort son émetteur radio. Mais là, son visage apparaît en gros plan. Ses mains le tiennent devant sa bouche. Il n'y a pas de son, mais on voit ses lèvres remuer, et on devine distinctement les mots qu'elle prononce : « Tuez-le. »

— Il y avait un tireur d'élite embusqué dans un immeuble de bureaux, sur la rive nord de la Tamise, précisa Mme Rothman. Tout était parfaitement chronométré. La femme que tu vois a dirigé toute l'opération. C'est un de ses premiers succès sur le terrain. Cela lui a valu une belle promotion. Tu la connais, Alex.

Alex l'avait en effet reconnue immédiatement. Malgré les quatorze années écoulées, elle avait peu changé. Il n'y avait pas d'erreur possible. Mêmes cheveux noirs coupés court, même visage pâle et autoritaire. Et ces yeux d'encre, pareils à ceux d'un corbeau.

Mme Jones, directrice adjointe des Opérations spéciales au MI 6.

Mme Jones, qui avait assisté au premier recrutement d'Alex et prétendu être son amie. Quand il était revenu à Londres, blessé, épuisé, après sa rude épreuve auprès de Damian Cray, elle l'avait réconforté. Elle disait s'inquiéter pour lui. En fait, elle mentait. Elle s'était assise à côté de lui, avec un sourire bienveillant, alors qu'elle lui avait ôté son père quelques semaines après sa naissance.

Mme Rothman éteignit le téléviseur.

Il y eut un long silence.

— Ils ont prétendu qu'il était mort dans un accident d'avion, dit Alex d'une voix qu'il ne reconnut pas.

— Évidemment. Ils voulaient te cacher la vérité.

— Et ma mère ? Que lui est-il arrivé ?

Un espoir fou venait de s'emparer de lui. Si on lui avait menti sur son père, peut-être sa mère n'était-elle pas morte ! Était-ce possible ?

— Je suis désolée, Alex. Il y a réellement eu un accident d'avion. Quelques mois plus tard. C'était un avion privé, qui se rendait en France. Ta mère voyageait seule, dit Mme Rothman en lui posant une main sur le bras. Rien ne peut rattraper le mal qui t'a été fait, ni les mensonges que l'on t'a racontés. Si tu souhaites rentrer en Angleterre, retourner à l'école, je comprendrai. Je suis sûre que tu veux oublier tout ça. Nous chasser tous de ton esprit. Mais, si cela peut te consoler, sache que j'aimais beaucoup ton père. Je l'adorais. Il me manque encore. Tiens, voici le dernier message qu'il m'a envoyé, juste avant d'être capturé à Malte.

Elle avait ouvert un autre dossier pour en tirer une carte postale. Une plage et un soleil couchant. Quelques mots étaient écrits à la main :

Ma très chère Julia,
Sans vous, le temps est monotone. J'ai hâte de vous retrouver au Palais de la Veuve.   John R.

Sans l'avoir jamais vue, Alex reconnut l'écriture de son père. Cette fois, ses derniers doutes – s'il en avait – s'envolèrent.

L'écriture était celle de John Rider.

Mais elle était identique à la sienne.

— Il est très tard, reprit Mme Rothman. Il faut que tu ailles dormir. Nous en reparlerons demain.

Alex regarda l'écran, comme s'il s'attendait à voir Mme Jones se moquer de lui par-delà les années, détruisant sa vie avant qu'elle n'eût réellement commencé. Il resta longtemps immobile et silencieux. Puis il se leva.

— Je veux devenir membre de Scorpia.

— Tu en es certain ?

— Oui.

Va à Venise. Trouve Scorpia. Tu connaîtras ton destin, avait dit Yassen Gregorovitch. Le Russe ne s'était pas trompé. Alex avait pris sa décision. Il ne reviendrait pas en arrière.

10

L'art de tuer

L'île ne se trouvait qu'à quelques kilomètres de Venise, et pourtant elle avait été oubliée pendant une centaine d'années. Malagosto avait vaguement la forme d'un croissant de lune, long d'environ huit cents mètres. Six bâtiments y étaient construits, apparemment condamnés, entourés d'herbes folles et de peupliers. Le plus grand était un monastère, bâti autour d'une cour intérieure ; à côté se dressait une tour de briques rouges, qui penchait un peu. Il y avait aussi un hôpital en ruine et une rangée d'habitations, avec des fenêtres cassées et des trous béants dans le toit. Quelques bateaux passaient près de Malagosto mais ne s'y arrêtaient jamais. C'était interdit. L'endroit avait mauvaise réputation.

Autrefois, une petite communauté prospère habitait l'île. Mais cela remontait au Moyen Âge. Après son pillage en 1380 pendant la guerre contre Gênes, elle avait servi d'hospice pour les pestiférés. Un dicton disait : « Éternuez à Venise, vous finirez à Malagosto. » Lorsque la peste fut vaincue, l'île devint un centre de quarantaine, puis, au XVIIIe siècle, un asile d'aliénés. Finalement abandonnée, on la laissa tomber en décrépitude. Mais certains pêcheurs affirmaient que, par les froides nuits d'hiver, on entendait encore les cris et les rires des déments, derniers résidents de l'île.

Malagosto était l'endroit idéal pour accueillir le Centre d'évaluation et d'entraînement de Scorpia. L'organisation avait acheté l'île au gouvernement italien au milieu des années 1980. Si quelqu'un demandait ce qui s'y passait, on lui répondait qu'il s'agissait d'un centre d'affaires où avocats, banquiers, cadres d'entreprise venaient suivre des séminaires de motivation et de formation aux techniques relationnelles. C'était évidemment un mensonge. En vérité, Scorpia y envoyait ses nouvelles recrues pour leur apprendre à tuer.

Assis à l'avant de la vedette, Alex regardait l'île approcher. C'était la même vedette qui l'avait guidé jusqu'au Palais de la Veuve ; le scorpion argenté ornant la proue luisait au soleil. Nile se tenait assis en face de lui, vêtu d'un pantalon blanc et d'un blazer.

— J'ai passé ici trois mois d'entraînement, déclara-il d'une voix forte pour couvrir le bruit du moteur. Mais c'était bien après l'époque de ton père.

Alex hocha la tête sans rien dire. Il regardait la tour penchée qui s'élevait au-dessus des peupliers. C'était en fait un campanile : une tour carrée dotée d'un clocher.

Le vent s'engouffrait dans ses cheveux et les embruns dansaient devant ses yeux.

Julia Rothman avait quitté Positano avant eux, le matin même, pour se rendre à Venise où l'appelait une affaire urgente. Alex l'avait vue brièvement au petit déjeuner ; elle avait repris son air austère et professionnel. Elle l'avait informé qu'il passerait les prochains jours à Malagosto, non pour commencer le véritable entraînement mais pour y subir des tests d'évaluation, des examens médicaux, psychologiques, et un inventaire général de ses aptitudes physiques. Ces quelques jours devaient aussi permettre à Alex de réfléchir.

Mais le cerveau d'Alex était comme mort. Il avait pris sa décision et, en ce qui le concernait, rien d'autre ne comptait. Malgré tout, une chose réconfortante s'était produite : il n'avait pas oublié Tom et Jerry Harris. Les deux frères étaient sans nouvelles de lui depuis son saut sur le toit de l'usine, et la question de l'équipement de Jerry perdu dans l'explosion restait en suspens. Alex avait rappelé à Mme Rothman sa promesse de régler le problème.

— Téléphone à tes amis, avait-elle répondu. Je ne voudrais surtout pas qu'ils s'inquiètent pour toi et donnent l'alarme. Quant au parachute et au matériel, je vais envoyer un chèque pour couvrir les frais. Cinq mille euros feront l'affaire, je pense ? Tu vois, Alex, ceci te prouve à quel point tu comptes à nos yeux, avait-elle ajouté en souriant.

Après son départ, Alex avait appelé Tom de sa chambre. Tom n'avait pas caché sa joie.

— On t'a vu atterrir sur le toit, et on a compris que tu ne t'étais pas écrabouillé ! Ensuite, on a attendu. Il ne se passait rien. Et puis, tout d'un coup, il y a eu cette énorme explosion. C'était toi ?

— Pas exactement.

— Où es-tu ?

— À Positano. Je vais bien. Mais... écoute, Tom...

— J'ai compris, coupa Tom d'une voix sombre. Tu ne reviens pas à l'école.

— Pas tout de suite.

— Encore le MI 6 ?

— Plus ou moins. Je te raconterai tout un jour.

C'était un mensonge. Alex savait qu'il ne reverrait plus jamais son ami.

— Dis à Jerry qu'il va recevoir un chèque pour rembourser son matériel. Et remercie-le pour moi.

— Et... à Brookland, je dis quoi ?

— Rien. Tu ne m'as pas vu. Qu'ils restent avec l'idée que j'ai disparu à Venise, un point c'est tout.

— Alex... tu as une drôle de voix. Tu es sûr que ça va ?

— Je vais très bien, Tom. Au revoir.

En raccrochant, il sentit une vague de tristesse l'envahir. Il avait l'impression que Tom était son dernier lien avec le monde qu'il avait connu, et il venait de le couper.

La vedette accosta. Il y avait une jetée, soigneusement

dissimulée dans une faille naturelle de la roche, si bien que personne ne pouvait être vu en train d'arriver ou de quitter l'île. Nile sauta à terre. Il possédait l'aisance et la grâce d'un danseur classique. Alex s'était fait la même remarque à propos de Yassen Gregorovitch.

— Par ici, Alex.

Ils gravirent un sentier qui cheminait entre les arbres. Pendant un moment, les bâtiments disparurent de leur vue.

— Je peux te dire quelque chose ? reprit Nile avec un sourire amical. J'ai été ravi d'apprendre que tu rejoignais nos rangs. C'est formidable de te savoir du côté des gagnants.

— Merci.

— J'espère que tu ne changeras jamais d'avis. J'espère que tu ne chercheras pas à nous doubler ou à nous jouer un sale tour. Non. Tu ne le feras pas, j'en suis sûr. Mais après ce qui s'est passé au Palais de la Veuve, je détesterais devoir te tuer à nouveau.

— Oui. Ce n'était pas très rigolo, la première fois.

— Ça m'a vraiment contrarié. Tu sais, Mme Rothman attend beaucoup de toi. Je te souhaite de ne pas la décevoir.

Ils avaient dépassé le boqueteau de peupliers et le monastère réapparut, avec ses hauts murs décrépits par le temps. La façade s'ornait d'une haute et massive porte de bois, dans laquelle était insérée une autre porte, plus petite. Sur le côté, un clavier digital avec une caméra vidéo intégrée prouvait que la modernité avait finalement rattrapé Malagosto. Nile tapa un code et la petite porte s'ouvrit.

— Bienvenue à l'école ! annonça-t-il.

Alex hésita. Le trimestre de rentrée allait débuter dans quelques jours à Brookland. Or voilà qu'il s'apprêtait à commencer des cours d'un genre bien différent. Mais il était trop tard pour reculer. Il suivait la voie tracée par son père.

Nile attendait. Alex entra.

Il déboucha dans une cour de cloître, avec une galerie couverte courant sur trois côtés et le campanile se dressant sur le quatrième. La cour formait un carré planté de gazon, avec deux cyprès placés côte à côte à une extrémité. Un toit pentu et formé de tuiles couvrait les cloîtres. Cinq hommes vêtus de blanc entouraient un instructeur : un vieil homme tout vêtu de noir. Juste au moment où Nile et Alex approchaient, ils avancèrent d'un pas tous ensemble, les poings en avant, en lançant un cri – le *kiai* bien connu des karatékas.

— Parfois, lorsqu'il faut tuer en silence, il n'est pas possible de crier, expliqua l'instructeur avec un accent d'Europe centrale. Mais n'oubliez jamais la puissance du *kiai* silencieux. Utilisez-le pour placer votre *chi* dans la zone de frappe. Ne sous-estimez pas son pouvoir au moment de tuer.

Nile se pencha vers Alex.

— C'est le Pr Yermalov. J'ai suivi ses leçons lorsque j'étais ici. Mieux vaut ne pas l'avoir contre soi. Je l'ai vu terminer un combat avec un seul doigt. Il est rapide comme un serpent et presque aussi amical.

Ils traversèrent la cour et passèrent sous une porte voûtée donnant dans une vaste salle, avec un sol de mosaïque multicolore, des fenêtres ornementées, des colonnes, des anges en bois sculpté logés dans des niches murales. Autrefois dédiée à la prière, la salle était désormais un réfectoire et un lieu de réunion, meublée de longues tables, de canapés modernes, avec un passe-plats ouvrant sur les cuisines. Le plafond était doté d'un dôme, où l'on discernait encore les vestiges d'une fresque. Là aussi il y avait eu des anges, mais ils étaient passés depuis longtemps.

Nile marcha vers une porte située au fond de la salle et donna trois coups secs.

— Entrez ! lança une voix française d'un ton chaleureux.

Ils pénétrèrent dans une haute pièce octogonale, dont cinq des huit murs étaient recouverts de livres. Le plafond, peint en bleu avec des étoiles argent, mesurait au moins vingt mètres de hauteur. Un escabeau à roulettes permettait d'atteindre les rayonnages supérieurs des bibliothèques. Deux fenêtres donnaient sur un espace boisé, mais la végétation filtrait la lumière extérieure. Un lustre en fer forgé, pourvu d'une douzaine d'ampoules électriques, pendait à une lourde chaîne. Un bureau massif occupait le centre de la pièce, avec deux fauteuils anciens devant et un derrière. Sur ce troisième fauteuil était assis un petit homme grassouillet, vêtu d'un costume trois-pièces. Il travaillait sur un ordinateur portable ; ses doigts courts et boudinés pianotaient sur le clavier à une vitesse stupéfiante. Il fixait l'écran à travers des lunettes à monture dorée. Son visage s'ornait d'une barbe noire, effilée au menton. Ses cheveux étaient gris.

— Alex Rider ! Je t'en prie... approche, approche.

L'homme l'observa par-dessus l'écran de l'ordinateur avec un plaisir évident.

— Je t'aurais reconnu sans hésiter. J'ai très bien connu ton père et tu lui ressembles beaucoup.

Hormis un léger accent français, il parlait un anglais impeccable.

— Je m'appelle Olivier d'Arc. Je suis, pourrait-on dire, le directeur de cet établissement. Le professeur principal. Justement, j'étais en train de consulter ton dossier sur Internet.

Alex s'assit dans l'un des deux fauteuils anciens.

— J'ignorais que mon dossier scolaire figurait sur Internet.

— Tout dépend du moteur de recherche utilisé, sourit Olivier d'Arc avec malice. Mme Rothman t'a dit que ton père avait enseigné ici. J'ai travaillé avec lui et nous étions bons amis. Mais jamais je n'aurais imaginé rencontrer un jour son fils. Et c'est Nile qui t'a amené ! Nile a été formé chez nous, lui aussi. C'était un élève brillant. Le second de sa classe.

Alex glissa un coup d'œil vers Nile et vit pour la première fois une expression de contrariété affecter son habituelle impassibilité. Une remarque de Mme Rothman lui revint en mémoire. Une allusion au sujet d'une faiblesse de Nile. Était-ce cette faiblesse qui l'avait empêché d'être premier de sa classe ?

— As-tu soif, Alex ? Puis-je te servir quelque chose ? Un sirop de grenadine, peut-être ?

Alex tressaillit. Le sirop de grenadine était sa boisson préférée lorsqu'il était en France. Arc avait-il aussi appris ce détail sur Internet ?

— C'est ce que ton père avait l'habitude de boire, expliqua Olivier d'Arc, devinant ses pensées.

— Non, je n'ai pas soif. Merci.

— Alors laisse-moi te mettre au courant du programme. Nile te présentera aux autres élèves présents à Malagosto. Nous n'en recevons jamais plus de quinze. En ce moment ils sont onze. Neuf hommes et deux femmes. Tu te joindras à eux, et, dans quelques jours, nous examinerons tes progrès. Si, à la fin, je considère que tu as les aptitudes requises pour devenir membre de Scorpia, je rendrai mon rapport et ton véritable entraînement commencera. Mais je n'ai aucun doute, Alex. Certes, tu es très jeune, mais tu es le fils de John Rider. Et il était le meilleur.

— Il y a une chose que je dois vous dire, intervint Alex.

— Parle, je t'en prie, l'encouragea Olivier d'Arc en souriant.

— Je veux entrer dans l'organisation. Je veux prendre part à vos activités. Mais je ne me sens pas capable de tuer quelqu'un. Je l'ai dit à Mme Rothman mais elle ne me croit pas. Elle affirme que je pourrai faire ce que mon père a fait. Pourtant je sais, au fond de moi, que je suis différent de lui.

Alex se demandait comment Olivier d'Arc allait réagir. Le petit homme ne parut nullement troublé.

— Il y a de nombreux domaines d'action qui n'impliquent pas l'assassinat. Tu pourrais nous être très utile dans le chantage, par exemple. Ou bien comme messager. Qui soupçonnerait un garçon de quatorze ans en voyage scolaire de transporter de la drogue ou des explosifs ? Mais n'allons pas trop vite, Alex. Tu dois nous faire confiance. Nous découvrirons ce que tu peux ou ne peux pas faire, et déterminerons quelle tâche te convient le mieux.

— J'avais dix-huit ans quand j'ai tué mon premier homme, intervint Nile. Seulement quatre ans de plus que ton âge actuel.

— Mais tu étais exceptionnel, Nile, ronronna Olivier d'Arc.

On frappa à la porte et une jeune femme entra. C'était une Thaïlandaise, mince et délicate, un peu plus petite qu'Alex. Elle avait des yeux sombres et intelligents, des lèvres qui semblaient dessinées par la main d'un artiste. Elle s'immobilisa et fit le salut traditionnel des Thaïlandais, les mains jointes comme pour une prière, la tête inclinée.

— *Sawasdi*, Alex, dit-elle. Ravie de te rencontrer.

Elle parlait d'une voix douce et, comme d'Arc, son anglais était excellent.

— Je te présente Mlle Binnag, déclara Olivier d'Arc.

— Mon prénom est Eijit. Mais tu peux m'appeler Jet. Je vais t'accompagner à ta chambre.

— Repose-toi, cet après-midi. Nous nous reverrons au dîner, dit Olivier d'Arc en se levant.

Il était vraiment de très petite taille. Debout, sa barbiche frôlait le dessus du bureau.

— Je suis enchanté de t'avoir ici, Alex. Bienvenue à Malagosto.

L'adolescent suivit Jet. Ils revinrent dans le hall d'entrée et s'engagèrent dans un corridor au plafond très haut et voûté, aux murs de plâtre nu.

— Que faites-vous, à Malagosto ? s'informa Alex.

— J'enseigne la botanique.

— La botanique ?

— C'est une matière importante du programme, expliqua Jet. De nombreuses plantes nous sont utiles dans notre métier. Le laurier-rose, par exemple. On extrait de ses feuilles un poison similaire à la digitaline, qui paralyse le système nerveux et provoque une mort immédiate. Les baies du gui peuvent également être mortelles. Ainsi que la graine-réglisse. Une seule graine peut tuer un adulte en quelques minutes. Demain, tu viendras visiter ma serre, Alex. Tu verras, chaque fleur est fatale.

Jet parlait de tout cela avec un naturel déconcertant. Alex éprouva un sentiment désagréable mais ne dit rien.

Ils passèrent devant une salle de classe qui avait sans doute été autrefois une chapelle, avec des fresques défraîchies sur les murs et aucune fenêtre. Un autre professeur, à la tignasse rousse et au visage rougeaud et hâlé, se tenait devant un tableau noir et s'adressait à une demi-douzaine d'étudiants, dont deux femmes. Un diagramme complexe était tracé sur le tableau et chaque étudiant examinait, devant lui, une sorte de boîte à cigares.

— ... et vous pouvez introduire le circuit principal par le couvercle, puis revenir dans le plastic, disait-il. C'est ici, devant la serrure, que je place toujours le vibreur...

Jet s'arrêta un bref instant à la porte et murmura :

— Voici M. Ross. Expert en technologie. C'est un de tes compatriotes. Il est de Glasgow. Tu feras sa connaissance ce soir.

Ils se remirent en route. Alex entendit la voix de M. Ross décroître derrière eux :

— Veuillez vous concentrer, je vous prie, Miss Craig. Nous ne tenons pas à ce que vous nous fassiez tous sauter...

Ils quittèrent le bâtiment principal pour se diriger vers la première habitation qu'Alex avait aperçue depuis le bateau. Là aussi la façade était décrépite, mais l'intérieur était moderne et élégant. Jet le conduisit à une chambre climatisée au premier étage. La pièce était sur deux niveaux, avec un immense lit sur une mezzanine dominant un salon spacieux, meublé de sofas et d'un bureau. Des portes-fenêtres donnaient sur un balcon, avec vue sur la mer.

— Je reviendrai te chercher à cinq heures, dit Jet. Tu as rendez-vous avec l'infirmière. Mme Rothman a demandé un examen médical complet. Tout le monde se réunit pour l'apéritif à six heures. Le dîner est servi à sept heures. Ce soir, il y a un exercice de plongée nocturne. Mais ne t'inquiète pas. Tu n'y prendras pas part.

Elle le salua d'une nouvelle inclinaison de la tête et le laissa seul. Alex s'assit sur l'un des sofas et remarqua que le salon était équipé d'un réfrigérateur, d'une télévision, et même d'une PlayStation 2 – on avait pensé à lui.

Dans quoi s'était-il aventuré ? Avait-il pris la bonne décision ? Des doutes s'insinuaient dans son esprit et il les refoula avec force. Il se remémora la vidéo que lui avait montrée Mme Rothman. Les images terribles, Mme Jones prononçant les deux mots fatals dans l'émetteur radio. Il ferma les yeux.

Dehors, des vagues clapotaient contre le rivage de l'île, et les cinq élèves vêtus de blanc répétaient inlassablement le mouvement du coup mortel et silencieux.

À mille trois cents kilomètres de là, la femme qui hantait les pensées d'Alex était en train d'examiner une photo. Une simple feuille de papier y était agrafée, et les deux documents étaient timbrés en rouge de ces deux mots : *TOP SECRET*. La femme savait ce que signifiait ce cliché. Une seule solution s'offrait à elle. Mais, pour la toute première fois de sa carrière, elle hésitait. C'est dans ces moments-là que l'on commettait des erreurs, et dans le métier qui était le sien cela pouvait conduire au désastre. Pourtant...

Mme Jones ôta ses lunettes et se massa les yeux. La photo et le rapport lui étaient parvenus quelques minutes plus tôt. Depuis, elle avait passé deux appels téléphoniques, espérant s'être trompée. Mais il n'y avait aucun doute possible. La preuve s'étalait devant ses yeux. Elle pressa le bouton de son téléphone et dit :

— William, est-ce que M. Blunt est dans son bureau ?

Dans une pièce voisine, son assistant, William Dearly, jeta un coup d'œil à son ordinateur. Il était âgé de vingt-trois ans, diplômé de Cambridge, et se déplaçait en fauteuil roulant.

— Il n'a pas encore quitté l'immeuble, Mme Jones.
— Des rendez-vous ?
— Aucun de prévu.
— Bien. Je vais le voir maintenant.

Mme Jones prit la photo et la feuille dactylographiée, puis s'engagea dans le couloir du seizième étage de l'immeuble, occupé prétendument par une banque internationale, mais qui abritait en réalité le quartier général des Opérations spéciales du MI 6. Alan Blunt était son supérieur hiérarchique direct. Elle se demandait quelle serait sa réaction en apprenant qu'Alex Rider avait été recruté par Scorpia.

Le bureau de Blunt se trouvait tout au bout du couloir ; sa fenêtre donnait sur Liverpool Street. Mme Jones entra sans frapper. Inutile. William aurait prévenu de son arrivée. En effet, Alan Blunt ne manifesta aucune surprise à son intrusion. Son visage ne trahissait d'ailleurs jamais la moindre émotion. Lui aussi était en train de lire un rapport, de plusieurs centimètres d'épaisseur. Il avait inscrit quelques annotations dans la marge au stylo à plume vert.

— Oui ? dit-il lorsqu'elle se fut assise.

— Ceci vient de nous parvenir de Sat.Int. Je pense que vous devriez y jeter un coup d'œil.

Sat.Int. était l'abréviation de Satellite Intelligence. Autrement dit, « satellite espion ». Elle lui tendit les documents.

Mme Jones observa attentivement Alan Blunt pendant qu'il lisait. Elle était son adjointe depuis sept ans, et avait travaillé sous ses ordres dix autres années auparavant. Elle n'était jamais allée chez lui, n'avait jamais rencontré sa femme. Pourtant, elle le connaissait probablement mieux que quiconque dans cet immeuble. Et elle s'inquiétait pour lui. Récemment, il avait commis une énorme erreur en refusant de croire Alex dans l'affaire Damian Cray. Résultat, Cray avait été à deux doigts de détruire la moitié du monde. Blunt avait reçu un savon du ministre de l'Intérieur, mais ce n'était pas ce qu'il avait le plus mal supporté. C'était d'avoir été surpassé par un garçon de quatorze ans. Lui, le patron des Opérations spéciales ! Mme Jones se demandait combien de temps il le resterait encore.

Blunt étudia la photo sans ciller derrière ses lunettes à monture d'acier. On y voyait deux silhouettes, celles d'un homme et d'un adolescent descendant d'un bateau. Le cliché avait été pris au-dessus de Malagosto et agrandi plusieurs fois. Les visages étaient flous.

— Alex Rider ? s'enquit Blunt, d'une voix glacée.

— Cette image provient d'un satellite espion. Mais Smithers l'a passée dans un de ses ordinateurs. Il s'agit bien d'Alex.

— Qui est l'homme avec lui ?

— Nous pensons qu'il s'agit d'un agent de Scorpia du nom de Nile. C'est difficile à affirmer. La photo est en noir et blanc, mais l'homme aussi... Je vous ai téléchargé son dossier.

— Faut-il en déduire qu'Alex a décidé de changer de camp ?

— J'ai parlé avec sa gouvernante, Jack Starbright. Il semble qu'Alex ait disparu il y a quatre jours, lors d'un voyage scolaire à Venise.

— Disparu où ?

— Elle l'ignore. Je trouve bizarre qu'il n'ait pas cherché à la contacter. Elle est sa plus proche amie.

— Est-il possible que le jeune Rider se soit trouvé en travers du chemin de Scorpia et qu'on l'ait enlevé ?

— J'aimerais le croire, soupira Mme Jones. Mais... mais il y a toujours le risque que Yassen Gregorovitch lui ait parlé avant de mourir. Quand j'ai rencontré Alex, après l'affaire Cray, j'ai senti que quelque chose n'allait pas. Je pense que Yassen lui a raconté l'histoire de John Rider.

— L'Albert Bridge.

— Oui.

— C'est très regrettable.

Il y eut un long silence. Mme Jones devinait qu'Alan Blunt était en train de passer en revue une douzaine de possibilités, pesant et éliminant chacune d'elles en quelques secondes. Jamais elle n'avait observé chez quiconque un tel esprit d'analyse.

— Scorpia n'a pas été très actif, ces temps-ci, remarqua Blunt.

— C'est exact. Ils sont restés très discrets. Nous supposons qu'ils sont impliqués dans le sabotage de l'entreprise Consanto, près d'Amalfi, hier soir.

— La firme pharmaceutique ?

— Oui. Nous venons tout juste de recevoir les premiers rapports et nous les étudions. Il y a peut-être un lien.

— Si Scorpia a recruté Alex, ils vont l'utiliser contre nous.

— Je sais.

Blunt jeta un dernier coup d'œil à la photo et reprit :

— C'est Malagosto. Cela signifie qu'il n'est pas leur prisonnier. Ils l'entraînent. Je crois que nous devrions relever votre coefficient de protection, avec effet immédiat.

— Et le vôtre ?

— Je n'étais pas sur l'Albert Bridge, répondit Blunt en posant la photo. Je veux que tous les agents présents à Venise soient placés en alerte. Contactez aussi tous les aéroports et tous les points d'entrée dans le Royaume-Uni. J'exige qu'on me ramène Alex.

— Sain et sauf, ajouta Mme Jones, d'un ton qui sonnait comme un défi.

— Coûte que coûte, conclut M. Blunt en posant sur elle son regard vide.

11

Le campanile

— Alors, Alex, dis-moi ce que tu vois ?

Alex était assis dans un fauteuil de cuir, dans une salle blanchie à la chaux, au fond du monastère. En face de lui, derrière un bureau, se tenait un homme souriant, d'âge moyen. Le Dr Karl Steiner, contrairement à ce que laissait supposer son léger accent allemand, venait d'Afrique du Sud. Il était psychiatre et en avait l'air, avec ses lunettes cerclées d'argent, son front dégarni et son regard plus inquisiteur qu'amical. Le Dr Steiner montrait à Alex un carton blanc sur lequel figurait une forme noire.

La forme ne représentait rien ; ce n'était qu'un ensemble de taches. Pourtant, Alex était censé l'interpréter.

Il réfléchit un instant. Pour l'avoir vu un jour dans un film, il savait qu'on appelait cet exercice le test de

Rorschach. C'était probablement important, cependant, il n'était pas certain de discerner un dessin particulier sur le carton.

— Je suppose qu'il s'agit d'un homme volant en chute libre, avec un sac à dos, suggéra-t-il enfin.

— Excellent ! Très bien ! l'encouragea le Dr Steiner en posant le carton pour en prendre un autre. Et celui-ci ?

Là, c'était plus facile.

— Je vois un ballon qu'on est en train de gonfler, dit Alex.

— Bon. Je te remercie.

Karl Steiner reposa le deuxième carton et resta silencieux un bref instant. Dehors, retentirent des coups de feu. Les autres élèves étaient au champ de tir, mais on ne les apercevait pas de la fenêtre. Peut-être était-ce la raison pour laquelle le psychiatre avait choisi cette pièce.

— Alors, Alex, tu t'adaptes ?

— Oui, ça va, répondit-il avec un haussement d'épaules.

— Tu n'as pas d'angoisses ? Rien dont tu aimerais parler ?

— Non, tout va bien, docteur.

— Bon. Parfait.

Le psychiatre semblait bien décidé à se montrer positif. Alex se demanda si l'entretien était terminé, mais le Dr Steiner ouvrit une chemise cartonnée et annonça :

— J'ai ici ton dossier médical.

Alex se sentit soudain nerveux. Il avait subi des tests physiques dès son premier jour sur l'île. Une infirmière italienne qui parlait à peine anglais lui avait fait passer différents examens. Analyses de sang et d'urine, pression sanguine et pulsations cardiaques, vision, audition, réflexes. Avait-on décelé chez lui des anomalies ?

Le Dr Steiner souriait toujours.

— Tu es en parfaite santé, Alex. Je suis ravi de constater que tu prends soin de toi. Pas trop de hamburgers, pas de tabac. C'est très bien.

Il ouvrit un tiroir de son bureau et en sortit une seringue hypodermique et un flacon. Puis il inséra l'aiguille dans le flacon pour remplir la seringue.

— Qu'est-ce que c'est ? s'inquiéta Alex.

— Le rapport médical indique un état de fatigue. C'est sans doute normal après les épreuves que tu viens de traverser. Et la vie sur l'île est éprouvante. L'infirmière suggère un apport de vitamines. Ce n'est rien d'autre qu'un petit remontant, le rassura le Dr Steiner en faisant gicler quelques gouttes. Tu veux bien retrousser ta manche ?

Alex hésita.

— Je vous croyais psychiatre.

— Je suis tout à fait qualifié pour te faire une piqûre, répondit le Dr Steiner en pointant sur lui un doigt accusateur. Ne me dis pas que tu as peur d'une petite aiguille ?

— De l'aiguille, non, marmonna Alex en relevant sa manche gauche.

Deux minutes plus tard, il était dehors.

Sa visite médicale lui avait fait manquer le début de

l'entraînement de tir et il rejoignit les autres. Le champ de tir se trouvait sur le côté ouest de l'île, à l'opposé de Venise. Bien que légalement propriétaire de Malagosto, Scorpia ne tenait pas à attirer l'attention par des détonations, et les bosquets d'arbres offraient un écran naturel. C'était un terrain long et plat, sans autre relief que des herbes folles. On y avait construit une ville de carton-pâte, avec de fausses façades de bureaux et de magasins, comme un décor de cinéma. Alex y était déjà venu deux fois, pour tirer avec un revolver sur des cibles en carton – des cercles noirs avec un centre rouge – qui surgissaient aux fenêtres et aux portes.

Gordon Ross, le spécialiste technique rouquin, qui semblait avoir développé la plupart de ses talents dans les plus durs pénitenciers d'Écosse, était responsable du champ de tir. Il hocha la tête en voyant approcher Alex.

— Bonjour, Rider. Comment s'est passée ta visite chez le psy ? A-t-il constaté que tu es fou ? Sûrement, sinon tu n'as rien à faire ici !

Autour de lui, plusieurs élèves déchargeaient et vérifiaient leurs armes. Alex les connaissait tous, désormais. Klaus, le mercenaire allemand qui avait suivi l'entraînement des talibans en Afghanistan. Walker, qui avait passé cinq ans à la CIA, à Washington, avant de décider qu'il gagnerait beaucoup plus d'argent dans l'autre camp. Amanda, soldate de l'armée israélienne dans la bande de Gaza, s'était liée d'amitié avec Alex, et il se demandait si Scorpia l'avait spécialement désignée pour le surveiller. Amanda lui adressa un petit signe de bienvenue, apparemment ravie de le voir.

D'ailleurs ils semblaient tous ravis. Il avait été accepté dans la vie quotidienne de Malagosto sans le moindre problème. En soi, c'était plutôt étonnant, surtout quand il se souvenait du mauvais accueil que lui avait réservé le commando du SAS, au pays de Galles. Dès son arrivée là-bas, on l'avait considéré comme un étranger indésirable, un enfant dans un monde d'adultes. Ici aussi il était de loin le plus jeune de tous, mais ça ne gênait personne. Bien au contraire. Les autres stagiaires l'acceptaient et même l'admiraient. Il était le fils de John Rider, et chacun savait ce que cela signifiait.

— Tu débarques juste à temps pour nous montrer de quoi tu es capable, annonça Gordon Ross, dont l'accent écossais faisait sonner ses moindres paroles comme un défi. Tu as réalisé un très bon score, avant-hier. En fait, tu es arrivé second du groupe. Voyons si tu peux faire mieux aujourd'hui. Mais, cette fois, j'ai intégré une petite surprise !

Il tendit à Alex un pistolet semi-automatique FN, de fabrication belge. Alex le soupesa, essayant de trouver l'équilibre entre l'arme et lui. Ross leur avait expliqué que c'était essentiel dans la technique du « tir instinctif ».

— N'oublie pas. Tu dois tirer tout de suite. Ne pas t'arrêter pour viser. Si tu traînes, tu es mort. En situation réelle, on n'a pas le temps de lambiner. Ton flingue et toi, vous ne faites qu'un. Et si tu te crois capable d'atteindre ta cible, tu l'atteindras. Le tir d'instinct repose là-dessus.

Alex avança d'un pas, le pistolet sur le côté, les yeux

fixés sur les fausses portes et fenêtres. Il savait qu'il n'y aurait pas d'avertissement. La cible pouvait apparaître à tout moment. Il lui faudrait pivoter vers elle et faire feu.

Il patienta. Il sentait le regard des autres élèves posés sur lui. À la limite de son champ de vision, il apercevait la silhouette de Gordon Ross. L'instructeur était-il en train de sourire ?

Un mouvement soudain.

Une cible venait de surgir à une fenêtre élevée. Alex s'aperçut aussitôt que les cibles habituelles, avec leurs cercles impersonnels, avaient été remplacées. Cette fois, c'était la photo grandeur nature d'un jeune homme. Il ignorait de qui il s'agissait mais c'était sans importance : c'était une cible.

Pas le temps d'hésiter.

Alex leva son arme et tira.

Plus tard, ce jour-là, Olivier d'Arc, le principal du Centre d'évaluation et d'entraînement de Scorpia, était assis dans son bureau de Malagosto et s'entretenait au téléphone avec Julia Rothman. Le visage de la jeune femme emplissait l'écran de l'ordinateur et la Webcam perchée sur une étagère renvoyait simultanément sa propre image, quelque part dans le Palais de la Veuve, à Venise. Mme Rothman ne venait jamais dans l'île. Sachant que les services secrets américains et britanniques surveillaient Malagosto, elle craignait qu'ils décident un jour d'y envoyer un engin balistique conventionnel. C'était trop dangereux.

C'était la deuxième conversation qu'ils avaient à propos d'Alex depuis son arrivée. Il était sept heures du soir. Le soleil avait commencé à décliner sur la lagune.

— Il fait des progrès ? demanda Mme Rothman.

Sa Webcam ne renvoyait pas d'elle une image flatteuse. Sur l'écran, son visage paraissait froid et livide.

Olivier d'Arc réfléchit avant de lui répondre. Il fit glisser le pouce et l'index sur sa barbiche soigneusement taillée.

— C'est un garçon vraiment exceptionnel, murmura-t-il. Bien sûr, son oncle, Ian Rider, l'a formé depuis son plus jeune âge. Et il faut reconnaître qu'il a fait du très bon travail.

— Mais ?

— Le jeune Alex est très intelligent. Très vif. Tout le monde l'apprécie. Malheureusement, je doute qu'il puisse nous être utile.

— Je suis navrée de l'apprendre, Pr d'Arc. Expliquez-vous, je vous prie.

— Je vais vous donner deux exemples, Mme Rothman. Aujourd'hui, Alex a participé aux exercices de tir. Nous lui avons fait passer un test de tir instinctif. Il ne l'avait jamais fait et je dois admettre qu'il faut généralement plusieurs semaines à nos élèves pour maîtriser cette discipline. À l'issue de la deuxième journée, il avait un score de soixante-douze pour cent.

— Je ne vois là rien d'inquiétant.

Olivier d'Arc gigota sur son siège. Dans son costume strict, rétréci pour cadrer dans l'écran de Mme Rothman, il avait un peu l'air d'une marionnette de ventriloque.

— Aujourd'hui, nous avons changé les cibles, expliqua-t-il. Au lieu de cartons à cercles noirs et rouges, Alex a dû tirer sur des photos d'hommes et de femmes. Il était censé viser les points les plus vulnérables : le cœur, entre les deux yeux.

— Et alors ?

— Le problème est là. Son score est tombé à quarante-six pour cent. Il a manqué plusieurs cibles.

Olivier d'Arc ôta ses lunettes pour les essuyer avec un chiffon.

— J'ai également reçu les résultats de son test de Rorschach. Il devait identifier certaines taches...

— Je sais ce qu'est un test de Rorschach, professeur.

— Bien sûr. Pardonnez-moi. Eh bien, il y a une tache d'encre que tous les élèves de Malagosto identifient comme un homme gisant dans une mare de sang. Alex, non. Il y a vu un homme volant dans les airs avec un sac à dos. Dans une autre tache, généralement interprétée comme un revolver pointé sur la tête d'un individu, Alex a vu quelqu'un en train de gonfler un ballon. Dès notre première entrevue, il m'a confié qu'il se sentait incapable de tuer. Et je dois dire que, psychologiquement parlant, il semble manquer de l'instinct du tueur.

Il y eut un long silence. Sur l'écran, l'image tressauta.

— C'est extrêmement décevant, reprit Olivier d'Arc. Ayant vu Alex à l'œuvre, j'ai conscience qu'un assassin de son âge nous serait fort utile. Les possibilités sont presque illimitées. Et je suggère que nous recherchions d'urgence un adolescent qui nous serait entièrement acquis.

— Je doute que nous en trouvions un autre possédant les qualités d'Alex, objecta Mme Rothman.

— C'est ce que je pensais au début. Toutefois...

Il y eut un nouveau silence. Mme Rothman prit sa décision.

— Alex a-t-il vu le Dr Steiner ?

— Oui, répondit Olivier d'Arc. Nous avons suivi toutes vos instructions à la lettre.

— Très bien. Vous dites qu'il sera incapable de tuer, mais vous pouvez vous tromper. Peut-être suffit-il de lui donner la cible adéquate ? Et cette fois je ne parle pas de cible en carton.

— Vous voulez l'envoyer en mission ?

— Comme vous le savez, professeur, l'opération *Épée invisible* va entrer dans sa phase finale et critique. Mettre Alex dans le coup pourrait nous fournir une intéressante diversion. Et si par chance il réussit, ce dont je le crois capable, il nous sera finalement très utile. Tout compte fait, cela tombe à pic.

Julia Rothman se pencha en avant, de telle sorte que ses yeux envahirent tout l'écran.

— Voici ce que vous allez faire...

Il y avait deux cent quarante-sept marches pour monter en haut du campanile. Alex les avait comptées une à une. Le rez-de-chaussée, simple salle aux murs de briques nues imprégnée d'une odeur d'humidité, était désert. Manifestement, les lieux étaient à l'abandon depuis des années. Les cloches elles-mêmes avaient disparu. Volées, ou bien tombées et délaissées. L'escalier de pierre montait en colimaçon, faiblement éclairé par d'étroites fenêtres. Une porte s'ouvrait au sommet. Alex ignorait si elle serait close ou non. Le campanile était parfois utilisé comme poste d'observation pendant les exercices de camouflage, lorsque les élèves devaient traverser l'île en rampant. Mais il n'y était jamais venu seul.

La porte s'entrebâilla. Elle menait à une terrasse d'environ dix mètres. Une balustrade devait autrefois la protéger mais elle avait été enlevée. Si l'on n'y prenait garde, on risquait une chute mortelle.

Alex s'approcha du bord avec précaution et regarda en bas. Il se trouvait juste à l'aplomb de la cour du monastère, déjà plongée dans l'obscurité, impénétrable. Le soleil sombrait dans la mer, jetant ses derniers rayons sur la surface de l'eau. Au loin scintillaient les lumières de Venise. Que se passait-il là-bas, en ce moment ? Des touristes quittaient leur hôtel à la recherche d'un restaurant ou d'un bar. Des concerts allaient commencer dans des églises. Les gondoliers amarraient leurs bateaux. L'hiver était encore loin mais les nuits étaient déjà trop froides pour des promenades nocturnes sur les canaux. Alex avait du mal à croire que l'île, avec tous ses secrets, pouvait exister à côté de l'une des destinations les plus touristiques du monde. Deux univers à part. Côte à côte. Mais l'un des deux était aveugle, ignorant de l'existence de l'autre.

Il resta immobile, les cheveux balayés par la brise du soir. Il ne portait qu'un jean et une chemise à manches longues, et il avait conscience de la fraîcheur ambiante. Pourtant, elle lui semblait lointaine. Il avait l'impression de faire partie du campanile, comme une gargouille ou une statue. Il se trouvait à Malagosto parce qu'il n'avait nulle part où aller et n'avait plus le choix.

Il passa en revue les deux semaines écoulées. Depuis combien de temps était-il sur l'île ? Il avait perdu la notion du temps. Sous bien des aspects, il menait une vie d'écolier. Il y avait des professeurs, des salles de classe, des cours séparés. Les jours se suivaient et se ressemblaient. Seules les matières différaient radicalement de celles étudiées à Brookland.

D'abord il y avait l'histoire, enseignée par Gordon Ross. Mais cette version n'avait rien à voir avec les rois et les reines, les batailles et les traités. Gordon Ross était spécialisé dans l'histoire des armes.

— Voici le couteau de commando à double tranchant, mis au point pendant la Seconde Guerre mondiale par Fairbairn et Sykes. Le premier était un pro du meurtre silencieux, le second un as du fusil. C'est une beauté, ce joujou, non ? Il a une lame de dix-neuf centimètres, avec une traverse et un filet central strié des deux côtés. Le manche est spécialement conçu pour la forme de la paume. Tu le trouveras peut-être un peu lourd, Alex, car ta main n'a pas encore atteint sa taille définitive. Mais c'est la meilleure arme mortelle jamais inventée. Les armes à feu sont bruyantes et peuvent s'enrayer. Tandis que le poignard de commando est un ami véritable. Il fait son travail à la seconde et ne vous laisse jamais tomber.

Venaient ensuite les cours pratiques avec le Pr Yermalov. Comme Nile l'avait fait remarquer, c'était le membre le moins sympathique de l'équipe de Malagosto : un homme d'une cinquantaine d'années, renfrogné, silencieux, avare de son temps. Alex avait compris pourquoi : Yermalov était tchétchène, et toute sa famille avait été décimée lors de la guerre contre la Russie.

— Aujourd'hui, je vais vous apprendre à vous rendre invisibles.

Alex n'avait pu retenir un sourire. Yermalov l'avait vu.

— Vous pensez que je plaisante, M. Rider ? Vous croyez que je vous parle d'un conte de fées ? Ou d'un manteau invisible ? Vous avez tort. Je vais vous apprendre les techniques des *ninjas*, les plus grands espions qui aient jamais vécu. Les tueurs *ninjas* du Japon médiéval avaient la réputation de pouvoir disparaître comme par magie. En vérité, ils utilisaient les cinq éléments de l'évasion et du camouflage. Ce n'était pas de la magie mais de la science. Ils savaient se cacher sous l'eau en respirant par un tube. Ils savaient s'enfouir sous quelques centimètres de terre. En revêtant des vêtements de protection, ils pouvaient se dissimuler dans un feu. Pour s'évanouir dans les airs, ils utilisaient une corde, ou bien une échelle dérobée. Les possibilités étaient multiples. Ils exploitaient l'art de l'écran et de l'aveuglement. En aveuglant l'ennemi avec de la fumée ou des produits chimiques, on devient invisible. C'est ce que je vais vous enseigner maintenant. Et, cet après-midi, Mlle Binnag vous montrera comment confectionner une poudre aveuglante avec du piment rouge...

Il y avait bien d'autres exercices. Apprendre à monter et démonter un pistolet automatique les yeux bandés (Alex avait fait tomber toutes les pièces, au grand amusement des autres élèves). À utiliser la peur. La surprise. Comment cibler une agression. Outre les travaux pratiques, il y avait la théorie, avec des livres, dont un manuel écrit par le Dr Three sur les points les plus vulnérables du corps humain, des exposés au tableau noir, et même des examens écrits. La seule différence avec une école ordinaire était que Malagosto enseignait l'art de tuer.

D'ailleurs, il y avait eu une impressionnante démonstration. Jamais Alex ne l'oublierait.

Un après-midi, on avait rassemblé les élèves dans la cour principale. Olivier d'Arc était là, ainsi que Nile, vêtu de sa tenue de judoka, une ceinture noire à la taille. Décidément, Nile semblait cerné par le noir et le blanc. C'était comme une moquerie permanente à sa maladie de peau.

— Nile a été l'un de nos plus brillants élèves, expliqua Olivier d'Arc. Depuis sa formation chez nous, il a monté en grade dans les rangs de Scorpia et accompli avec succès plusieurs missions à Washington, Londres, Bangkok, Sydney. Dans le monde entier, en vérité. Il a gentiment accepté de vous montrer certaines de ses techniques. Je suis certain que vous apprendrez beaucoup avec lui. Merci, Nile.

Pendant les trente minutes qui suivirent, Alex assista

à une exhibition de force, d'agilité et de performance physique. Nile fracassa des briques et des planches avec ses coudes, ses poings et ses pieds nus. Trois élèves armés de longs bâtons de bois l'assaillirent. Il les vainquit tous à mains nues, esquivant adroitement tous les coups, et portant des attaques si vives qu'on distinguait à peine ses mouvements. Ensuite, il se lança dans une démonstration des différentes armes *ninjas* : couteaux, sabres, lances, chaînes. Alex le vit lancer une dizaine de *hira shuriken* sur une cible en bois. Les projectiles mortels, en forme d'étoile, dont chaque pointe était aiguisée comme un rasoir, se fichèrent l'un après l'autre dans le centre de la cible. Pas une fois Nile ne manqua son coup. Et Mme Rothman lui reprochait une certaine faiblesse ? Quelle ironie ! L'adolescent ne décelait rien de déficient chez Nile, et il comprenait pourquoi celui-ci l'avait si facilement assommé au Palais de la Veuve. Contre un adversaire tel que Nile, Alex n'avait aucune chance. Mais ils étaient maintenant dans le même camp.

Alex y songeait en regardant la nuit tomber et l'obscurité envahir l'île. Il avait fait son choix. Désormais, il était membre de Scorpia.

Comme son père.

Avait-il pris la bonne décision ? Sur le moment, tout lui avait paru simple. Yassen Gregorovitch avait dit la vérité. Mme Rothman lui avait montré le film. Mais à présent, il était moins sûr de lui. Dans la brise du soir, une petite voix lui chuchotait qu'il avait commis une erreur terrible, qu'il n'aurait pas dû être là, qu'il n'était pas trop tard pour fuir. Mais où aller ? Comment retourner en Angleterre en sachant ce qu'il savait ? ... Albert Bridge. Il ne parvenait pas à effacer les images de son esprit. Les trois agents de Scorpia qui attendaient. Mme Jones qui parlait dans l'émetteur radio. La trahison. John Rider qui s'écroulait, touché à mort.

Alex sentit une vague de haine l'envahir. C'était un sentiment plus violent que tout ce qu'il avait jamais éprouvé jusqu'ici. Lui serait-il possible de mener un jour une vie normale ? Il n'avait nul endroit où aller. Peut-être serait-il plus simple de faire un pas en avant ? Le dernier. Il était juste au bord de la terrasse. Pourquoi ne pas laisser la nuit l'engloutir ?

— Alex ?

Il n'avait entendu personne approcher. Il se retourna et vit Nile dans l'encadrement de la porte.

— Je te cherchais, Alex. Qu'est-ce que tu fabriques ?
— Rien. Je réfléchissais.
— Le Pr Yermalov a pensé que je te trouverais ici. Tu n'as rien à faire là.
— Je voulais juste être un peu seul.
— Tu devrais redescendre. C'est dangereux. Tu risques de tomber.

Après une hésitation, Alex acquiesça.

Il suivit Nile dans l'escalier en colimaçon et ils émergèrent dans la cour.

— Le professeur d'Arc veut te voir, dit Nile.
— Pour me recaler ?
— Quelle drôle d'idée ! Tu te débrouilles très bien.

Tout le monde est content de toi. Tu n'es ici que depuis quinze jours mais tu as fait d'énormes progrès.

Ils marchèrent côte à côte et croisèrent deux élèves qui marmonnèrent quelques amabilités. La veille, Alex les avait vus s'affronter dans un duel féroce à l'escrime. C'étaient de redoutables tueurs. C'étaient ses amis. Il secoua la tête et suivit Nile dans le monastère.

Comme à son habitude, Olivier d'Arc était assis derrière son bureau, en train de pianoter sur son ordinateur.

— J'ai ici quelques-uns de tes résultats, Alex, annonça-t-il en guise d'accueil. Tu seras content d'apprendre que tous les instructeurs disent grand bien de toi. Toutefois... nous avons un petit ennui. Ton profil psychologique...

L'intéressé hocha la tête sans rien dire.

— Ta capacité à tuer. J'ai entendu ce que tu m'as déclaré le jour de ton arrivée et, je le répète, il y a bien d'autres choses que tu pourrais faire pour Scorpia. Pourtant c'est un problème, mon cher enfant. Tu as peur de tuer, donc tu as peur de Scorpia. Tu n'es pas tout à fait l'un des nôtres, et je crains que tu ne le deviennes jamais. Ce n'est pas satisfaisant.

— Vous voulez que je parte ?

— Pas du tout. Je te demande seulement de nous faire un peu plus confiance. J'ai cherché un moyen pour que tu t'intègres totalement. Et je crois l'avoir trouvé.

Olivier d'Arc éteignit l'ordinateur et se leva pour faire le tour de son bureau. Il arborait un nouveau costume – le principal en changeait chaque jour. Celui-ci était marron, avec un dessin à chevrons.

— Il te faut apprendre à tuer, Alex, reprit-il soudain. Tu dois tuer sans hésiter. Lorsque tu l'auras fait une fois, tu t'apercevras que ce n'est pas si difficile, en fin de compte. C'est comme de sauter dans une piscine. Aussi simple que ça. Mais pour devenir vraiment des nôtres, Alex, tu dois franchir un obstacle psychologique. Je sais que tu es très jeune. Je sais que ce n'est pas facile pour toi. Alors je veux t'aider. Je veux te rendre la tâche moins pénible. Et je crois avoir la solution.

« Demain, je t'envoie en Angleterre. Le soir même, tu accompliras ta première mission pour Scorpia. Si tu réussis, il n'y aura pas de retour en arrière. Tu sauras que tu es réellement avec nous et nous saurons que nous pouvons te faire confiance. Maintenant... la bonne nouvelle.

Olivier d'Arc sourit, découvrant ses dents qui n'avaient pas l'air très naturel.

— Mon cher Alex, reprit-il, nous avons choisi la personne au monde qui mérite le plus de disparaître. Je pense que tu seras d'accord avec nous. C'est une personne que tu as toutes les raisons de haïr, et nous espérons que ta haine et ta colère te guideront, en t'ôtant les derniers doutes que tu peux avoir.

« Je parle de Mme Jones, la directrice adjointe des Opérations spéciales du MI 6. Elle est responsable de la mort de ton père. Nous savons où elle habite. Nous t'aiderons à t'approcher d'elle. C'est la personne que nous te chargeons de supprimer.

12

Cher premier Ministre...

Peu avant seize heures, cet après-midi-là, un homme descendit d'un taxi à Whitehall, régla la course avec un billet de vingt livres flambant neuf, et parcourut à pied la courte distance qui conduit jusqu'à Downing Street. L'homme avait pris le taxi à Paddington, mais ce n'était pas là qu'il habitait. Âgé d'une trentaine d'années, les cheveux blonds et courts, il portait un costume et une cravate.

Il n'est plus possible de pénétrer dans Downing Street, où réside le Premier ministre britannique, depuis que Margaret Thatcher a fait ériger d'immenses grilles antiterroristes. La Grande-Bretagne est la seule démocratie dont les dirigeants éprouvent le besoin de se cacher derrière des barreaux. Comme toujours, un policier filtrait les entrées. Son tour de garde de huit heures touchait à sa fin.

L'homme s'approcha et lui tendit une enveloppe blanche au papier délicat. Plus tard, lorsque l'enveloppe serait analysée, on découvrirait qu'elle provenait d'un fournisseur napolitain. Et l'on n'y décèlerait aucune empreinte. Pourtant le messager ne portait pas de gants. En fait, il n'avait pas d'empreintes digitales : une opération chirurgicale l'en avait débarrassé.

— Bonjour, dit-il poliment au policier d'une voix où ne perçait aucun accent d'aucune sorte.

— Bonjour, monsieur.

— Voici une lettre pour le Premier ministre.

Le policier avait entendu cette phrase des dizaines de fois. Toutes sortes d'excentriques, de groupes de pression, de rouspéteurs, de nécessiteux venaient déposer des lettres ou des pétitions, dans l'espoir qu'elles arriveraient sur son bureau. Le policier l'accueillit avec courtoisie, ce à quoi il était formé.

— Merci, monsieur. Laissez-moi votre lettre. Je la remettrai.

L'agent de garde prit l'enveloppe ; ses empreintes seraient les seules que l'on détecterait ensuite. Sur l'enveloppe était inscrit d'une écriture fine et nette : *À l'attention de Monsieur le Premier ministre de Grande-Bretagne, 10 Downing Street.* Il l'emporta dans le long bureau étroit, à peine plus grand qu'une baraque de chantier, par lequel passent obligatoirement tous les visiteurs de la célèbre rue. Normalement, la lettre n'aurait pas dû approcher davantage du numéro 10, mais être réorientée vers le secrétariat, où l'un des nombreux fonctionnaires l'ouvrirait et la lirait. Si nécessaire, elle serait acheminée jusqu'au service concerné. Mais, plus probablement, son expéditeur recevrait une lettre-réponse type quelques semaines plus tard.

Cependant cette lettre n'était pas ordinaire.

Lorsque le secrétaire de service la reçut, il retourna l'enveloppe et remarqua, au verso, un scorpion argenté imprimé en relief dans un coin. Les organisations criminelles et terroristes utilisent de nombreux sigles et noms de code, destinés à être immédiatement identifiables afin que les autorités prennent les messages au sérieux. Le fonctionnaire comprit immédiatement qu'il tenait là un message de Scorpia, et il pressa un bouton pour alerter la douzaine de policiers de garde à l'extérieur.

— Qui vous a apporté ce pli ? questionna-t-il l'un d'eux.

— Un homme, répondit le policier qui était vieux et en fin de carrière (après cet incident, sa carrière allait d'ailleurs toucher à sa fin bien plus tôt que prévu). Il était jeune, blond, vêtu d'un costume.

— Vite ! Tâchez de le rattraper.

Trop tard. Quelques secondes après avoir remis sa lettre, l'individu était monté dans un autre taxi. Ce taxi n'avait pas de licence et sa plaque minéralogique était fausse. Au bout de sept ou huit cents mètres, il en était descendu et s'était fondu dans la foule qui affluait de la gare de Charing Cross. Ses cheveux étaient maintenant châtain foncé, il n'avait plus de veste et portait des lunettes de soleil. Plus jamais on ne le reverrait.

Vers dix-sept heures trente, la lettre avait été photographiée, le papier analysé, l'enveloppe auscultée pour vérifier qu'elle ne contenait aucun produit chimique. Le Premier ministre n'était pas à Londres mais à Mexico, où il participait à un sommet mondial sur l'environnement. On l'avait interrompu pendant une séance de photos pour l'informer de l'arrivée de la lettre. Il avait aussitôt sauté dans son avion.

Pendant ce temps, deux hommes étaient assis dans son bureau privé. L'un d'eux était le secrétaire permanent du Cabinet. L'autre, le directeur de la Communication. Chacun avait devant lui une copie de la lettre. Trois feuillets dactylographiés, non signés.

On y lisait ceci :

Monsieur le Premier ministre,
C'est avec regret que nous devons vous informer de l'acte terroriste que nous allons perpétrer dans votre pays.
Nous agissons sur l'ordre d'un client étranger qui désire apporter quelques modifications à l'équilibre des forces dans le monde.
Il a quatre exigences :
1° Les Américains doivent retirer toutes leurs troupes et tous leurs espions de tous les pays du monde. Jamais plus les Américains ne devront agir comme des gendarmes internationaux. 2° Les Américains doivent annoncer leur intention de détruire leur armement nucléaire ainsi que leur armement conventionnel de longue portée. Nous autorisons un délai de six mois pour opérer cette destruction. Au terme de ces six mois, les États-Unis devront être désarmés.
3° Un milliard de dollars devront être versés à la

Banque mondiale. Cet argent servira à rebâtir les pays pauvres et les pays ravagés par des guerres récentes.

4° Le Président des États-Unis doit démissionner immédiatement.

Monsieur le Premier ministre, peut-être vous demandez-vous pourquoi cette lettre vous est adressée alors que nos exigences concernent le gouvernement américain ?

La raison en est très simple. Vous êtes le meilleur ami des Américains. Vous avez toujours soutenu leur politique étrangère. Aujourd'hui, le moment est venu de savoir s'ils seront aussi loyaux envers vous que vous l'avez été envers eux.

S'ils vous abandonnent, c'est vous qui en paierez le prix.

Nous vous donnons deux jours. Pour être plus précis, nous sommes prêts à vous accorder quarante-huit heures, à compter de la remise de cette lettre. Nous attendons la déclaration du Président des États-Unis annonçant qu'il accepte nos conditions. S'il refuse, nous infligerons un châtiment terrible à la population britannique.

Nous tenons à vous informer, Monsieur le Premier ministre, que nous venons de mettre au point une nouvelle arme, baptisée Épée invisible*. Cette arme est amorcée et opérationnelle. Si le Président américain choisit de ne pas se plier à nos exigences dans le temps imparti, à seize heures précises, mardi, plusieurs milliers d'enfants de Londres et de ses environs périront. Vous ne pourrez pas éviter ce drame. La technologie est en place, les cibles sélectionnées. Ce n'est pas une vaine menace.*

Toutefois, il est normal que vous doutiez du pouvoir de notre arme.

Nous avons donc prévu une démonstration d'Épée invisible. Ce soir, l'équipe anglaise de football rentre en Grande-Bretagne après sa tournée de matchs-exhibition au Nigeria. Quand vous lirez cette lettre, ils seront déjà dans l'avion. Ils atterriront sur l'aéroport de Heathrow à dix-neuf heures cinq.

À dix-neuf heures quinze exactement, les dix-huit joueurs de l'équipe et les entraîneurs mourront. Vous ne pouvez pas les sauver. Vous ne pouvez pas les protéger. Vous pouvez seulement regarder. Par cette action, nous espérons que vous prendrez nos menaces au sérieux et que vous interviendrez très vite auprès des Américains pour les convaincre d'obtempérer. Ainsi, vous éviterez un massacre aussi terrible qu'inutile.

Nous avons pris la liberté d'adresser une copie de cette lettre à l'ambassadeur des États-Unis à Londres. Nous serons à l'écoute des chaînes d'information dans l'attente d'une déclaration du Président. Vous ne recevrez plus de message de notre part. Encore une fois, nos exigences ne sont pas négociables. Le compte à rebours a déjà commencé.

Sincèrement vôtre,

SCORPIA.

Seul le tic-tac d'une horloge ancienne perturbait le silence. Les deux hommes relisaient la lettre pour la cinquième fois. Chacun guettait la réaction de l'autre. Leurs caractères étaient radicalement opposés et ils se détestaient.

Sir Graham Adair était haut fonctionnaire depuis la nuit des temps. Il ne faisait partie d'aucun gouvernement mais servait ceux qui se succédaient, prodiguant ses conseils et exerçant son influence de façon parcimonieuse. Âgé d'une soixantaine d'années, il avait les cheveux argentés et un visage entraîné à dissimuler ses émotions. Comme à son habitude, il était vêtu d'un costume sombre de coupe classique. C'était le genre d'homme économe de ses mouvements, qui ne dit jamais rien avant d'y avoir longuement réfléchi. Il avait collaboré avec six Premiers ministres, et chacun d'eux lui inspirait une opinion bien particulière. Mais jamais il n'avait dévoilé à quiconque, pas même à sa femme, ses réflexions intimes. Il était l'incarnation parfaite du haut fonctionnaire. Comptant parmi les quelques personnages les plus puissants du pays, il se réjouissait que son nom soit peu connu du public.

Le directeur de la Communication n'était pas encore né quand Sir Graham avait fait ses débuts à Downing Street. Mark Kellner était l'un des nombreux « conseillers spéciaux » dont le Premier ministre aimait s'entourer. Et le plus influent. Il avait fait ses études universitaires – politique et économie – avec l'épouse du Premier ministre. Après avoir travaillé quelque temps à la télévision, il avait tenté sa chance dans les couloirs du pouvoir. Petit, mince, il avait des lunettes et d'abondants cheveux frisés. Lui aussi portait un costume ; le col de sa veste était maculé de pellicules.

Ce fut Kellner qui rompit le silence le premier, avec un juron de cinq lettres... Sir Graham lui jeta un regard irrité. Lui n'employait jamais ce genre de langage.

— Vous ne croyez tout de même pas ces âneries, j'espère ? s'exclama Kellner.

— Cette lettre est signée *Scorpia*, mon cher. J'ai eu plusieurs contacts avec eux par le passé, et je peux vous assurer qu'ils ne lancent pas de menaces à la légère.

— Vous pensez vraiment qu'ils ont inventé une arme secrète ? Une épée invisible ? dit Mark Kellner sans pouvoir masquer son mépris. Alors que va-t-il se passer, selon vous ? Ils vont agiter leur baguette magique et tout le monde va tomber raide mort ?

— Je vous le répète, Kellner. À mon avis, les chefs de Scorpia n'auraient jamais envoyé cette lettre s'ils n'étaient pas en mesure de mettre leurs menaces à exécution. C'est probablement l'organisation criminelle la plus dangereuse qui existe. Plus étendue que la Mafia, plus impitoyable que les Triades.

— Expliquez-moi quel genre d'arme peut atteindre des enfants. Des milliers d'enfants, selon eux ! Comment vont-ils procéder ? Poser des bombes dans toutes les cours de récréation ? À moins qu'ils ne fassent la tournée des écoles avec des grenades à main !

— Ils disent que l'arme est amorcée et opérationnelle.

— Elle n'existe pas ! s'emporta Kellner en abattant son poing sur sa copie de la lettre. Et même si elle existait, leurs exigences sont ridicules. Le Président des États-Unis ne démissionnera pas. Sa popularité n'a jamais été aussi grande. Quant à cette idée absurde de demander aux Américains de démanteler leur armement, imaginez-vous une seconde qu'ils vont même l'envisager ? Ils adorent les armes ! Ils en possèdent plus que n'importe qui au monde. Si nous montrons cette lettre au Président, il va nous rire au nez.

— Le MI 6 n'exclut pas l'existence de cette arme.

— Vous en avez discuté avec eux ?

— J'ai eu une conversation téléphonique avec Alan Blunt, tout à l'heure. Je lui ai fait parvenir une copie de la lettre. Lui aussi estime que nous devons prendre ces menaces très au sérieux.

— Le Premier ministre a écourté sa visite au Mexique, murmura Kellner. À cette heure, il est dans l'avion. Que voulez-vous de plus sérieux !

— Nous sommes tous reconnaissants au Premier ministre d'avoir interrompu sa conférence, répliqua sèchement Sir Graham. Mais c'est surtout l'avion qui transporte les footballeurs auquel nous devons nous intéresser. J'ai téléphoné à British Airways. Le vol 0074 a été retardé à son départ de Lagos et n'a décollé qu'à midi et demi, de notre heure. Il devrait atterrir à Heathrow à dix-neuf heures et quinze minutes, l'horaire indiqué dans la lettre. Et l'équipe de football est bien dans l'avion.

— Dans ce cas, que suggérez-vous ? demanda Kellner.

— C'est simple. La menace portant sur l'avion concerne Heathrow. Scorpia nous fournit un indice en indiquant l'heure et le lieu. Il suffit de dérouter l'avion sur un autre aéroport. À Birmingham ou Manchester. Notre priorité est d'assurer la sécurité des joueurs.

— Je ne suis malheureusement pas d'accord avec vous.

Sir Graham lança au directeur de la Communication un regard empreint d'un mépris glacial. Au cours de sa discussion avec Alan Blunt, ils avaient anticipé la réaction de Kellner.

— Laissez-moi vous exposer mon point de vue, reprit celui-ci en levant deux doigts en l'air, comme pour encadrer ses propos. Je sais que Scorpia vous fait peur. Vous avez été clair là-dessus. Mais j'ai lu attentivement leurs exigences et, personnellement, je les tiens pour une bande d'abrutis. Quoi qu'il en soit, ils nous donnent une chance de les mettre au pied du mur. Il ne faut surtout pas dérouter l'avion des footballeurs. Au contraire, utilisons l'arrivée de leur avion pour tester cette prétendue *Épée invisible*. À dix-neuf heures seize minutes ce soir, nous saurons qu'elle n'existe pas et nous pourrons mettre la lettre de Scorpia à la place qui lui revient, c'est-à-dire dans la corbeille !

— Vous voulez risquer la vie des joueurs ?

— Il n'y a aucun risque. Nous allons mettre un dispositif de sécurité autour de Heathrow qui empêchera quiconque d'approcher de l'équipe. La lettre précise que l'attaque aura lieu à dix-neuf heures quinze. D'ici là, nous avons le temps de savoir qui voyage dans l'avion. Ensuite, nous déploierons une centaine de soldats sur la piste d'atterrissage. Si Scorpia sort son arme magique, nous saurons de quoi il s'agit. Et si quelqu'un essaie de mettre un pied sur l'aéroport, nous l'arrêterons. Fin de l'histoire. Fin de la menace.

— Et comment comptez-vous placer cent hommes armés à Heathrow ? Vous allez provoquer la panique.

Kellner sourit.

— Vous me croyez incapable de gérer cette situation, Sir Graham ? J'annoncerai qu'il s'agit d'un exercice d'entraînement et personne ne sourcillera.

Le Secrétaire permanent poussa un soupir. Certains jours, il se trouvait trop vieux pour ce genre de travail. Et ce jour-là en était un. Il restait un point d'interrogation, mais il connaissait déjà la réponse.

— Avez-vous fait part de votre plan au Premier ministre ?

— Oui. Pendant que vous discutiez avec le MI 6, je m'entretenais avec lui. Il est d'accord avec moi. Je crains donc que, pour la situation qui nous occupe, vous ne soyez hors jeu, Sir Graham.

— Le Premier ministre a-t-il conscience des risques ?

— Nous ne pensons pas qu'il y ait le moindre risque, Sir Graham. Mais c'est très simple. Si nous n'agissons pas maintenant, nous n'aurons pas l'occasion de voir cette arme en action. Avec mon plan, nous forçons Scorpia à dévoiler son jeu.

— Bien, dit Sir Graham en se levant. Il me semble que la discussion est close.

— Je vous suggère d'aller au MI 6.

— J'y vais de ce pas, acquiesça Sir Graham. Une dernière question. Que ferez-vous si votre plan échoue ? Si, par malheur, les footballeurs sont tués ?

Kellner haussa les épaules.

— Au moins nous saurons à quoi nous avons affaire. Et puis... ils ont perdu tous leurs matchs au Nigeria. Nous n'aurons aucun mal à constituer une équipe de remplacement.

L'avion qui approchait de l'aéroport de Heathrow était un Bœing 747, vol BA 0074, en provenance de Lagos. Il volait depuis six heures et trente-cinq minutes. Son départ avait été retardé, pour un problème technique inexpliqué. Problème orchestré par Scorpia, bien entendu. Il était important que le Bœing suive l'horaire imposé. L'avion devait impérativement atterrir à dix-neuf heures et quinze minutes. En fait, il toucha la piste dix minutes plus tôt.

Les footballeurs voyageaient en classe « affaires ». Ils avaient les traits tirés et les yeux rougis, pas seulement à cause du voyage mais aussi de la série de défaites qu'ils avaient subies. La tournée avait été un désastre du début à la fin. Il s'agissait seulement de matchs amicaux, les résultats n'avaient aucune importance, mais l'humiliation n'en était pas moindre.

Alors qu'ils contemplaient la lumière grise et le tarmac gris sous le crépuscule londonien, la voix du commandant de bord se fit entendre dans les haut-parleurs :

— Bonsoir, mesdames et messieurs, et bienvenue à l'aéroport de Heathrow. Je vous présente encore mes excuses pour notre retard. La tour de contrôle vient de me prévenir que nous sommes détournés du terminal 1. Ce qui va nous retarder de quelques minutes supplémentaires. Veuillez garder vos ceintures attachées jusqu'à l'arrêt complet de l'appareil.

Ce n'était pas tout. Alors que l'avion roulait vers un autre terminal, deux Jeeps surgirent de part et d'autre pour l'escorter. Dans les Jeeps, il y avait des soldats armés de mitraillettes. Le commandant de bord suivit les instructions de la tour de contrôle et dirigea le Bœing à l'écart du grand terminal, accompagné des deux Jeeps.

Alan Blunt observait la manœuvre depuis la tour de contrôle avec une paire de jumelles. Il regarda sans bouger le 747 rouler vers une aire d'entrepôts. Puis, il abaissa ses jumelles mais garda les yeux fixés au loin. Il n'avait pas prononcé un mot depuis plusieurs minutes. C'est à peine s'il avait respiré. Il n'y a rien de plus dangereux qu'un gouvernement qui ne fait pas confiance à ses propres services de renseignements. Malheureusement, le Premier ministre avait manifesté son antipathie envers le MI 6 et le MI 5 dès son arrivée au pouvoir. Alan Blunt était bien placé pour le savoir. Et on allait en voir le résultat.

— Et maintenant ? demanda Sir Graham, à côté de lui.

Le Secrétaire permanent du Cabinet connaissait bien Alan Blunt. Ils se rencontraient une fois par mois pour discuter de questions d'espionnage. Mais ils étaient aussi membres du même club et jouaient parfois au bridge ensemble. En ce moment, Alan Blunt surveillait le ciel et la piste comme s'il s'attendait à voir un missile fondre sur le Bœing.

— Nous allons assister à la mort de dix-huit personnes, dit le patron des Opérations spéciales.

— Kellner est un crétin, mais je ne vois pas comment Scorpia va pouvoir attaquer. L'aéroport est bouclé depuis dix-huit heures. On a triplé la sécurité. Tout le monde est en alerte maximum. Vous avez vérifié la liste des passagers ?

Alan Blunt connaissait absolument tout sur chaque homme, chaque femme et chaque enfant qui avait pris place dans l'avion à Lagos. Des centaines d'agents des services de renseignements avaient passé au crible leur *curriculum vitae*, à la recherche du moindre élément suspect. Dans le même temps, on avait demandé aux membres d'équipage de noter toute anomalie. Si un quelconque passager s'avisait de se lever avant que l'équipe de football ait débarqué, ils devaient donner l'alerte.

— Évidemment, grogna Blunt d'un ton irrité.

— Et alors ?

— Des touristes, des hommes d'affaires, des familles. Deux météorologues et un cuisinier célèbre. Personne ne semble comprendre ce qui nous attend.

— C'est-à-dire ?

— Que Scorpia va mettre sa menace à exécution. C'est aussi simple que ça. Scorpia tient toujours parole.

— Cette fois, ce sera peut-être plus difficile, dit Sir Graham en jetant un coup d'œil à sa montre (il était dix-neuf heures et neuf minutes). Il se peut qu'ils aient commis une erreur en nous prévenant.

— Ils nous ont prévenus uniquement parce qu'ils savaient que nous ne pourrions rien faire.

L'avion s'immobilisa, encadré par les deux Jeeps. D'autres soldats apparurent. Il y en avait partout. Certains, par petits groupes au sol, surveillaient l'appareil à travers le viseur télescopique de leurs armes automatiques. Des tireurs d'élite reliés par radio étaient postés sur les toits. Des policiers avec des chiens montaient la garde devant l'accès du terminal principal. Toutes les portes étaient protégées. Personne n'était autorisé à entrer ni sortir.

Soixante secondes s'écoulèrent. Il était dix-neuf heures dix. Soit cinq minutes avant l'heure limite.

À bord du Boeing, le commandant éteignit les moteurs. En temps normal, les passagers auraient déjà dû être debout, pressés de récupérer leurs affaires dans les coffres à bagages et de descendre. Mais tous savaient qu'il se passait quelque chose d'anormal. L'avion était arrêté au milieu de nulle part. De puissants projecteurs étaient braqués sur lui, l'épinglant au sol. Il n'y avait aucun tunnel reliant la porte au terminal. Un véhicule approcha avec l'échelle. Des soldats armés, avec casques et visières, couraient à côté. Par tous les hublots, les passagers voyaient des uniformes kaki cerner l'appareil.

Le commandant de bord reprit la parole, d'une voix volontairement calme.

— Mesdames et messieurs, nous sommes apparemment en présence d'une situation inhabituelle. Mais la tour de contrôle nous assure qu'il s'agit d'un simple exercice de routine. Rien d'inquiétant, donc. Nous allons ouvrir la porte avant dans un instant, mais je vous demande de rester assis jusqu'à ce que l'on vous donne l'autorisation de quitter l'appareil. Nous laisserons d'abord descendre les passagers de la classe « affaires ». À commencer par ceux des rangs sept à neuf. Pour les autres, merci de patienter encore quelques instants.

Rangs sept à neuf. Le commandant savait qu'il s'agissait des sièges occupés par l'équipe de football. Aucun des joueurs n'avait été informé de ce qui se passait.

Il ne restait que quatre minutes.

Les footballeurs se levèrent pour prendre leurs bagages à main, pour la plupart des sacs de sport et des souvenirs : vêtements africains colorés et objets en bois sculpté. Ils étaient ravis d'avoir été choisis pour sortir les premiers. Certains trouvaient l'incident plutôt amusant.

L'échelle se plaqua contre le flanc du Bœing. Blunt vit un homme en combinaison orange gravir les marches en courant et se poster près de la porte. Il portait une tenue de technicien mais c'était un agent du MI 6. Une douzaine de soldats accoururent pour former un cercle au pied de la passerelle, leurs armes pointées vers l'extérieur. On aurait dit un porc-épic humain. Tous les angles étaient couverts. Le bâtiment le plus proche se trouvait à une cinquantaine de mètres.

Presque au même instant, un bus apparut. C'était l'un des deux véhicules que l'aéroport réservait à des situations exceptionnelles. Il avait l'aspect d'un bus ordinaire, mais la carrosserie était en acier blindé et les vitres à l'épreuve des balles. Blunt avait organisé tous ces préparatifs en collaboration avec la police et les autorités de Heathrow. Dès que les footballeurs seraient à bord du bus, celui-ci quitterait l'aéroport sans passer par la douane. Des voitures rapides attendaient à la sortie du périmètre de sécurité. Les footballeurs y prendraient place par groupes de deux ou trois, et seraient conduits à Londres, dans un lieu secret, hors de danger.

Du moins c'est ce que tout le monde espérait. Mais Blunt avait des doutes.

— Je ne vois rien, murmura Sir Graham. Personne ne peut approcher.

Il avait raison. La zone autour de l'avion était déserte, à l'exception de la cinquantaine de soldats et de policiers.

— Scorpia aura prévu tout ce dispositif, dit Blunt.

— Et si l'un des soldats... ?

— Non. Ils ont été soigneusement sélectionnés. J'ai personnellement étudié le cas de chacun.

— Mais alors, pour l'amour du Ciel...

La porte de l'appareil s'ouvrit.

Une hôtesse apparut en haut des marches et cligna nerveusement des yeux sous l'éclairage cru des projecteurs. Elle mesurait seulement maintenant la gravité de la situation. L'avion semblait avoir atterri sur un champ de bataille. Il était totalement cerné.

L'agent du MI 6 en combinaison orange lui chuchota quelques mots et elle battit en retraite à l'intérieur. Puis le premier des footballeurs apparut à son tour, un sac de sport sur l'épaule.

— Je le reconnais, dit Sir Graham. C'est Hill-Smith, le capitaine de l'équipe.

Blunt consulta sa montre. Dix-neuf heures quatorze.

Edmund Hill-Smith était un athlète aux cheveux sombres. Il regarda autour de lui, visiblement intrigué. Un de ses coéquipiers surgit derrière lui. Un Noir, portant des lunettes de soleil. C'était le gardien de but, Jackson Burke. Puis vint un des buteurs, un grand blond qui tenait à la main un chapeau de paille, sans doute acheté sur un marché nigérian. L'un après l'autre, les joueurs sortirent de l'avion et descendirent la passerelle vers le bus qui les attendait.

Blunt se taisait. Une petite veine battait sur sa tempe. Les dix-huit membres de l'équipe étaient maintenant à découvert. Sir Graham scrutait le terrain à droite et à gauche. D'où l'attaque allait-elle venir ? Hill-Smith et Burke avaient rejoint le bus. Ils étaient à l'abri.

L'un des derniers joueurs à quitter le Bœing parut trébucher. Sir Graham vit un soldat se tourner vers lui, alarmé. Dans le bus, Burke tomba brutalement en avant contre une vitre. Un de ses coéquipiers, à mi-parcours de la passerelle, lâcha son sac et porta les deux mains à son torse, le visage déformé par la douleur. Il bascula en avant et renversa les deux hommes qui le précédaient. Eux aussi paraissaient être la proie d'une force invisible...

Un à un les footballeurs s'écroulèrent. Les soldats hurlaient, gesticulaient. Il n'y avait pas d'ennemi en vue. Ce qui se passait était incompréhensible. Personne n'avait rien fait. Et pourtant dix-huit athlètes en parfaite santé s'effondraient sous leurs yeux. Sir Graham aperçut l'un des soldats parler fébrilement dans un émetteur radio. Une seconde plus tard, un convoi d'ambulances arriva à toute allure, gyrophare clignotant. Quelqu'un avait donc prévu le pire. Sir Graham jeta un coup d'œil à Blunt et comprit que c'était lui.

Mais les ambulances arrivaient trop tard. Burke, étendu sur le dos, était en train d'expirer. Hill-Smith gisait près de lui, les lèvres violettes, le regard sans vie. Les marches de la passerelle étaient jonchées de corps. Certains agités de spasmes, d'autres inertes. L'agent en combinaison orange était perdu au milieu d'un amas de cadavres. Le chapeau de paille avait roulé sur la piste, emporté par le vent.

Sir Graham bafouillait, incapable de trouver ses mots.

— *Épée invisible*, soupira Blunt.

Au même instant, à huit cents mètres de là, dans le terminal 2, des passagers débarquaient du vol en provenance de Rome. Au contrôle des passeports, un policier remarqua un homme et une femme avec leur fils. Le garçon avait dans les quatorze ans. Il était gros, avec des cheveux noirs bouclés, des lunettes épaisses, une peau horrible, et un mince duvet ombrait sa lèvre supérieure. Un Italien. Son passeport était au nom de Federico Casali.

Le policier aurait dû examiner plus attentivement l'adolescent. Un avis de recherche avait été lancé contre un certain Alex Rider. Mais l'agent était au courant de ce qui se passait sur la piste. Tout le monde était au courant. L'aéroport était en état d'alerte et il était distrait. Il ne songea même pas à comparer le visage bouffi du jeune Italien avec la photo qu'on leur avait distribuée. Les événements qui se déroulaient sur la piste d'atterrissage étaient beaucoup plus importants.

Scorpia avait tout minuté à la perfection.

Le gros garçon reprit son passeport et s'éloigna.

Alex Rider était de retour chez lui.

13

Pizza à domicile

Les espions doivent choisir leur logement avec soin.

Un citoyen ordinaire est sensible à la vue dont jouit une maison ou un appartement, à la disposition des pièces, à l'atmosphère qui s'en dégage. Pour l'espion, la priorité est la sécurité. Le salon est confortable, mais la fenêtre n'offre-t-elle pas une cible facile pour un tireur d'élite ? Le jardin est joli, mais la clôture est-elle assez haute, et n'y a-t-il pas trop de buissons offrant un abri à un intrus éventuel ? Et les voisins, bien sûr, sont examinés à la loupe. Ainsi que le facteur, le laitier, le laveur de vitres, et tout autre visiteur susceptible de frapper à la porte. La porte elle-même doit être munie d'au moins cinq verrous, d'un système d'alarme, de caméras de surveillance nocturne et de boutons d'alerte. Quelqu'un a dit que, pour un Anglais, sa maison est son château. Pour un espion, c'est aussi sa prison.

Mme Jones occupait l'appartement en terrasse au neuvième étage d'une résidence de Clerkenwell, non loin de l'ancienne halle aux viandes de Smithfields. L'immeuble comptait quarante appartements, et le contrôle effectué par le MI 6 avait révélé que la plupart des copropriétaires étaient des banquiers ou des avocats travaillant à la City de Londres. La résidence *Melbourne* n'était pas bon marché. Mme Jones disposait de cinq cents mètres carrés au dernier étage, avec deux terrasses privées. C'était beaucoup, surtout si l'on considérait qu'elle y vivait seule. Normalement, elle aurait dû payer cet appartement au moins un million de livres sterling lorsqu'elle l'avait acheté, sept ans plus tôt. Mais, par un heureux hasard, le MI 6 possédait un dossier sur le promoteur immobilier. Après l'avoir lu, l'intéressé s'était déclaré ravi de baisser le prix.

L'appartement était sûr. Et dès l'instant où Alan Blunt avait décidé que son adjointe avait besoin de protection, il était devenu encore plus sûr.

La double porte d'entrée ouvrait sur un hall de réception, long et assez sombre, avec un bureau, deux figuiers, et un unique ascenseur à l'extrémité. Des caméras vidéo en circuit fermé étaient installées au-dessus du seuil principal et dans le hall, pour filmer toutes les personnes qui entraient. La résidence *Melbourne* embauchait des gardiens, qui travaillaient vingt-quatre heures sur vingt-quatre, sept jours par semaine, mais Blunt les avait remplacés par des agents de ses services, qui resteraient là aussi longtemps que nécessaire. Il avait également ment fait installer un détecteur de métaux à côté du bureau de réception, identique à ceux que l'on trouve dans les aéroports. Tous les visiteurs devaient le franchir.

Les autres résidents avaient assez mal accueilli ces transformations, mais on leur avait certifié que c'était provisoire, et ils avaient fini par se résigner de mauvaise grâce. Tous savaient que la femme du dernier étage travaillait pour un service gouvernemental. Ils savaient aussi qu'il valait mieux ne pas poser trop de questions. Le détecteur de métaux fut donc installé et la vie reprit son cours.

Il était impossible de pénétrer dans la résidence *Melbourne* sans passer devant les deux agents de la réception. L'issue réservée aux livraisons, derrière l'immeuble, était verrouillée et sous alarme. Les façades lisses étaient impossibles à escalader, et quatre agents patrouillaient alentour. Un autre montait la garde devant la porte de Mme Jones, d'où il pouvait surveiller les deux ailes du couloir. Relié par contact radio avec les gardiens du hall d'entrée, il était armé d'un pistolet automatique dernier cri, avec capteur sensible, dont il était le seul à pouvoir se servir. Si – chose improbable – un assaillant parvenait à le maîtriser, son arme serait inutilisable.

Mme Jones avait protesté contre tous ces aménagements. C'était même l'une des rares fois où elle s'était opposée à son supérieur :

— Mais enfin, Alan ! Il s'agit d'Alex Rider !

— Non, Mme Jones. Il s'agit de Scorpia.

Fin de la discussion.

À onze heures et demie, ce soir-là, soit à peine quelques heures après l'hécatombe de l'aéroport de

Heathrow, deux agents étaient assis derrière le bureau de réception de la résidence *Melbourne*, vêtus de leurs uniformes de vigiles. Tous deux avaient une vingtaine d'années. L'un avait des cheveux courts et blonds, et un visage juvénile qui semblait n'avoir jamais besoin de rasoir. Il s'appelait Lloyd. Lorsque le MI 6 l'avait recruté dès sa sortie de l'Université, il avait sauté de joie. Mais il avait très vite déchanté. Ce genre de mission, par exemple, ne répondait pas à ses attentes. Son collègue avait le teint sombre et un type étranger. On aurait pu le prendre pour un footballeur brésilien. Il fumait une cigarette – alors que c'était interdit – et cela irritait Lloyd. Il s'appelait Ramirez. Tous deux avaient commencé leur tour de garde depuis plusieurs heures et resteraient jusqu'à sept heures le lendemain matin, quand Mme Jones quittait son domicile.

Lloyd et Ramirez s'ennuyaient ferme. Ils étaient persuadés que personne n'avait la moindre chance d'approcher leur patronne, au neuvième étage. Pour comble de tout, on leur avait donné l'ordre de rechercher un adolescent de quatorze ans, dont ils avaient la photo, et ils trouvaient cela totalement absurde. Pourquoi un garçon de quatorze ans tenterait-il d'abattre l'ajointe du directeur des Opérations spéciales ?

— C'est peut-être sa tante, marmonna Lloyd. Peut-être qu'elle a oublié de lui souhaiter son anniversaire et craint qu'il ne vienne se venger.

— Tu le crois vraiment ? soupira Ramirez en soufflant une bouffée de fumée.

— Je ne sais pas. Qu'est-ce que tu en penses, toi ?

— Moi, je m'en fiche. On perd notre temps, c'est tout.

Les événements survenus à Heathrow les préoccupaient bien davantage. Bien qu'agents du MI 6, ils étaient d'un grade trop subalterne pour savoir ce qui était réellement arrivé aux joueurs de football. Selon la radio, les sportifs avaient contracté une maladie rare au Nigeria. Mais personne n'avait encore expliqué par quel mystère ils étaient tous morts en même temps.

— C'est probablement la malaria, dit Lloyd. Ils ont des nouveaux moustiques, là-bas.

— Des moustiques ?

— Des supermoustiques. Génétiquement modifiés.

— Ouais, tu parles !

À cet instant, les portes s'ouvrirent et un jeune Noir entra d'un air fanfaron, vêtu d'une tenue de motard en cuir, un casque sous le bras et un sac de toile accroché à l'épaule. Un sigle identique ornait sa poitrine et le sac :

Pizzas Perelli
Faites-vous plaisir, offrez-vous une pizza !

Les deux agents l'inspectèrent de la tête aux pieds. Dix-sept ou dix-huit ans, petit, cheveux crépus, barbe clairsemée. Une dent en or. Très frimeur. Le motard souriait du coin des lèvres, comme s'il faisait bien autre chose que de livrer une pizza dans un immeuble de luxe. Il se comportait comme s'il vivait ici.

Lloyd l'arrêta.

— À qui livrez-vous cette pizza ?

Le Noir parut surpris. Il plongea la main dans sa poche et en sortit un bout de papier froissé.

— *Foster*, lut-il. *Sixième étage.*

Ramirez s'intéressa lui aussi au livreur. La nuit s'annonçait longue. Personne n'était encore entré ni sorti.

— On va jeter un coup d'œil dans votre sac.

L'interpellé leva les yeux au ciel.

— Vous rigolez, les gars ? C'est juste une pizza en train de refroidir. Où on est, ici ? À Fort Knox ?

— Nous devons vérifier votre sac, insista Lloyd.

— Bon, d'accord. Allez-y.

Le livreur l'ouvrit et en sortit une bouteille de Coca-Cola, qu'il posa sur le bureau.

— Vous parliez d'une pizza, lui fit remarquer Lloyd.

— Une pizza, un Coca. Vous voulez appeler ma boîte ?

Les deux agents échangèrent un regard.

— Il y a autre chose ? insista Lloyd.

— Vous voulez tout voir ?

— Oui. C'est exactement ce que nous voulons.

— D'accord !

Le Noir posa son casque à côté de la bouteille. Puis il sortit de son sac une poignée de pailles, dans leur emballage de papier, ainsi qu'un bristol rectangulaire d'environ quinze centimètres de long.

— Ça, qu'est-ce que c'est ? demanda Lloyd.

— À votre avis ? soupira le livreur. Je suis censé le donner au client. C'est une sorte de... promotion. Vous ne savez pas lire ?

— Si vous désirez monter votre pizza, je vous conseille de surveiller vos manières.

— C'est des prospectus. On en distribue dans toute la ville.

Lloyd examina le bristol. On y voyait des photos de pizzas, recto verso, et une liste d'offres spéciales. Pizza familiale, Coca et pain à l'ail pour seulement neuf livres cinquante. Une livre de réduction si on passait la commande avant dix-neuf heures.

— Ça vous tente ? plaisanta le livreur.

Il prenait les deux agents à rebrousse-poil.

— Non, grogna Lloyd. Mais on veut voir la pizza.

— Pas question ! C'est pas hygiénique !

— Vous nous la montrez, sinon vous ne montez pas.

— D'accord, les gars. Si ça vous chante. Vous savez, j'ai fait des livraisons dans toute la ville et c'est la première fois que ça m'arrive !

La mine renfrognée, il sortit du sac un carton tiède et le posa sur le bureau. Lloyd souleva le couvercle et découvrit une pizza quatre-saisons – jambon, fromage, tomate et olives noires. Le parfum de la mozzarella lui monta aux narines.

— Vous voulez peut-être aussi la goûter ? ironisa le livreur.

— Non. Qu'est-ce que vous avez d'autre ?

— Rien. Regardez vous-même, dit-il en ouvrant grand le sac pour leur montrer le fond. Vous savez, si vous êtes si inquiets, vous n'avez qu'à la livrer vous-même !

Lloyd referma la boîte, conscient que c'est en effet ce

qu'il aurait dû faire. Mais il était un agent secret, pas un livreur de pizzas ! D'ailleurs, la pizza était destinée au sixième étage. Du bureau, ils voyaient l'ascenseur et, sur le côté, le petit panneau chromé avec les numéros de un à neuf. Chaque numéro s'allumait lorsque la cabine atteignait l'étage, et si le livreur de pizzas essayait de monter plus haut, ils le repéreraient aussitôt. Quant à l'escalier, il était équipé de caméras de surveillance. Même les conduites d'air conditionné avaient été placées sous alarme. Aucun danger.

— D'accord, acquiesça Lloyd. Vous pouvez circuler. Mais vous allez directement au sixième, et nulle part ailleurs. C'est bien compris ?

— Pourquoi voulez-vous que j'aille ailleurs ? J'apporte une pizza à une Mme Foster, et elle habite au sixième.

Le Noir remit la pizza dans son sac et s'éloigna.

— Passez par le détecteur de métaux, ordonna Ramirez.

— Vous avez aussi un détecteur de métaux ? Ça alors ! Je me croyais dans un immeuble, pas dans un aéroport !

Le livreur tendit son casque à Ramirez et, le sac sur l'épaule, franchit le cadre du détecteur. La machine resta silencieuse.

— Voilà, messieurs ! Je suis nickel chrome ! Et maintenant, je peux porter ma pizza ?

— Une minute ! l'arrêta Lloyd d'un air menaçant. Vous avez oublié le Coca et votre prospectus.

Il ramassa la boisson et la fiche sur le bureau pour les rendre au livreur.

— Ah, merci, dit celui-ci.

Puis il se dirigea vers l'ascenseur. Il avait prévu ce petit intermède.

Sous la perruque et le masque en latex, Alex Rider poussa un soupir de soulagement. Le déguisement avait trompé les deux gardes. Nile lui avait affirmé qu'il n'avait aucune raison d'en douter. Il s'était appliqué à parler d'une voix plus grave, et avec un accent authentique. Le blouson de cuir rembourré avait étoffé sa carrure, et des chaussures spéciales le surélevaient de trois bons centimètres. La fouille du sac ne l'avait pas inquiété. Dès l'instant où il avait aperçu Lloyd et Ramirez, Alex avait compris qu'ils étaient novices.

S'ils avaient accepté sa suggestion de téléphoner à la pizzeria, Alex leur aurait donné une carte de visite professionnelle avec un numéro de téléphone. Et c'est bien sûr quelqu'un de Scorpia qui aurait répondu. S'ils avaient fait du zèle en appelant le sixième étage, ils n'auraient pas eu Sarah Foster (qui était absente) mais une personne de Scorpia, car la ligne téléphonique de Sarah Foster avait été interceptée et détournée.

Tout s'était déroulé exactement selon le plan.

On avait conduit Alex de Malagosto à Rome, où il avait pris un avion avec deux membres de Scorpia qu'il n'avait jamais vus auparavant. Ceux-ci l'avaient accompagné au contrôle des passeports pour s'assurer qu'il n'y avait pas de problème. Mais quels problèmes pouvait-il y avoir ? Alex avait un déguisement et un faux passeport. Sans oublier l'état d'alerte qui régnait à l'aéroport, probablement orchestré par Scorpia.

De Heathrow, on l'avait emmené dans une maison au centre de Londres, dont il n'avait eu le temps d'apercevoir que la porte d'entrée, et la rue calme et bordée d'arbres. Nile l'y attendait, assis dans un fauteuil ancien, les jambes croisées.

— Federico ! s'exclama-t-il en employant le prénom du faux passeport.

Alex se montra peu loquace. Nile le mit rapidement au courant. On allait lui fournir un autre déguisement – de livreur de pizzas, cette fois –, et tout ce dont il aurait besoin pour s'introduire dans l'appartement de Mme Jones et la tuer. À lui de se débrouiller ensuite pour prendre la fuite.

— Rien de plus simple, conclut Nile. Tu n'auras qu'à sortir par où tu es venu. S'il y a le moindre pépin, je suis certain que tu trouveras une solution. J'ai entière confiance en toi, Alex.

Scorpia avait déjà effectué une reconnaissance des lieux. Nile lui montra les plans. Ils savaient où étaient les caméras, combien de contacts d'alarme étaient installés, combien d'hommes montaient la garde. Tout avait été programmé, jusqu'à la bouteille de Coca qu'Alex avait délibérément laissée sur le bureau et qui lui avait été rendue par le gardien *sans passer par le détecteur de métaux*. Simple technique de base. Comment suspecter une bouteille en plastique remplie de liquide de contenir un objet métallique ?

Alex arriva devant l'ascenseur et s'arrêta. C'était l'instant crucial.

Le dos tourné aux deux agents, il se trouvait entre eux et l'ascenseur, bloquant leur champ visuel. Tout en marchant, il avait déjà sorti le prospectus des offres spéciales, et le tenait à deux mains. En fait, une face du bristol se décollait, révélant une mince feuille argentée, gravée de chiffres allant de un à neuf et parfaitement identique à la plaque placée sur le côté de l'ascenseur. L'autre face était aimantée. D'un geste naturel, Alex se pencha et appliqua la fausse plaque sur la vraie. Elle s'y fixa immédiatement. En se collant, elle s'activait. Désormais, ce n'était plus qu'une question de minutage.

La porte de l'ascenseur s'ouvrit et Alex y entra. En se retournant, il vit les agents qui l'observaient. Il pressa le bouton du neuvième étage. La porte se referma doucement, l'isolant du regard des gardiens. Une seconde plus tard, la cabine se mit à monter.

Les gardes virent les numéros défiler sur la plaque à côté de l'ascenseur. *RdC, 1... 2...* Ils ne pouvaient se douter qu'ils ne suivaient pas la réelle progression de la cabine. Une microplaquette et une pile de montre intégrées dans la plaque argentée éclairaient les faux numéros, tandis que les vrais étaient masqués derrière.

Alex atteignit le neuvième étage.

Le six s'alluma.

Il lui avait fallu trente secondes. Pendant ce temps, il s'était débarrassé de ses vêtements de motard, sous lesquels il portait la tenue noire et légère des *ninjas*. Il enleva sa perruque et arracha le masque de latex qui lui couvrait le visage. Puis il ôta sa dent en or. La porte de la cabine s'ouvrit. Alex était redevenu lui-même.

Il avait mémorisé le plan de l'immeuble. L'appartement de Mme Jones se trouvait sur la droite. Or, le système de sécurité présentait deux failles impardonnables. D'une part, l'escalier de secours était équipé de caméras de surveillance, mais pas le couloir. D'autre part, la sentinelle qui gardait la porte de Mme Jones avait une vue sur l'ensemble du couloir, mais pas sur l'intérieur de l'ascenseur. Il y avait donc deux angles morts, dont Alex allait profiter.

L'agent posté au neuvième étage entendit la cabine arriver. Comme ses collègues Lloyd et Ramirez, il était novice. Il se demanda pourquoi ils avaient envoyé l'ascenseur et songea à leur poser la question par l'émetteur radio. Mais avant qu'il ait mis son idée à exécution, un adolescent aux cheveux blonds et au regard menaçant en surgit. Alex tenait l'une des pailles que les deux agents de l'entrée avaient négligé d'examiner. Il l'avait démaillotée de son enveloppe de papier et la mit entre ses lèvres. Il souffla.

Le *fukidake* – ou sarbacane – était l'une des armes mortelles utilisées par les *ninjas*. Une fléchette tirée dans une veine majeure pouvait tuer sur le coup. Mais certaines autres étaient évidées et remplies de poison. Un *ninja* pouvait atteindre un homme à une distance de vingt mètres ou plus sans le moindre bruit. Alex était beaucoup plus près que cela du garde. Heureusement pour celui-ci, la fléchette projetée au moyen de la paille ne contenait qu'un puissant somnifère. Elle l'atteignit à la joue. L'agent entrebâilla la bouche pour crier mais n'émit aucun son. Il regarda Alex d'un air hébété, puis s'écroula.

Alex savait qu'il devait agir vite. Loyd et Ramirez, à la réception, attendaient son retour d'ici quelques minutes. Il saisit la bouteille et l'ouvrit, non pas en tournant seulement le bouchon mais toute la bouteille, qui se scinda en deux. Un liquide brunâtre s'en échappa et tacha la moquette. À l'intérieur, se trouvait un petit paquet enveloppé de plastique marron, de la même couleur que le Coca-Cola, totalement dissimulé par l'étiquette. Alex déchira le plastique et dégagea un pistolet.

C'était un Kahr P9 semi-automatique, fabriqué en Amérique. Quinze centimètres de long, en inox et polymère, il pesait à peine cinq cents grammes. L'un des plus petits et des plus légers au monde. Le magasin pouvait normalement contenir sept balles mais, pour l'alléger encore, Scorpia n'en avait mis qu'une. Cela suffisait à Alex.

Le sac à pizzas sur l'épaule, il enjamba le garde endormi pour s'approcher de la porte de Mme Jones. Il y avait trois serrures, comme indiqué sur le plan. Alex souleva le couvercle de la pizza, y préleva trois olives noires, et les écrasa contre les trois serrures. Puis il ouvrit le double fond du sac de toile et déroula trois fils qu'il connecta aux fausses olives. Une boîte de plastique et un bouton étaient fixés dans le double fond. Alex s'accroupit et appuya sur le bouton. Les olives explosèrent en silence mais avec un éclat brillant, désintégrant les serrures. L'odeur de métal fondu se répandit dans le couloir et la porte céda.

Tenant le pistolet bien calé dans sa main, Alex pénétra dans un vaste salon. Le mur du fond était drapé de rideaux gris. Il y avait une table entourée de quatre chaises et plusieurs canapés de cuir. Un éclairage jaune et doux émanait d'une lampe unique. Le mobilier était moderne et dépouillé. Le décor ne révélait rien sur Mme Jones que l'adolescent ne savait déjà. Même les tableaux accrochés aux murs étaient abstraits, taches de couleurs impénétrables. Pourtant il remarqua quelques indices. Sur une étagère, une photo d'elle plus jeune, avec un garçon et une fille de six et quatre ans environ qui lui ressemblaient. Un neveu et une nièce ?

Mme Jones lisait beaucoup. Elle possédait une télévision haut de gamme et un lecteur DVD. Il y avait aussi un jeu d'échecs. Une partie était en cours. Mais qui était l'autre joueur ? Nile lui avait affirmé que Mme Jones vivait seule. Il entendit un léger ronronnement et vit un chat siamois étendu sur l'un des canapés. Jamais il n'aurait imaginé que la directrice adjointe des Opérations spéciales avait besoin d'une compagnie quelconque.

Le ronronnement s'accentua. Comme si le chat essayait de prévenir sa maîtresse qu'elle avait de la visite. Presque aussitôt, une porte s'ouvrit de l'autre côté du salon.

— Qu'y a-t-il, Kiou ?

Mme Jones fit quelques pas en direction du chat, puis soudain aperçut l'intrus et se figea.

— Alex !

— Mme Jones.

Elle était vêtue d'un peignoir de soie gris. Alex eut une vision fugitive du vide de sa vie. Elle rentrait du travail, prenait une douche, dînait seule. Puis elle se mettait devant son échiquier. Peut-être jouait-elle sur Internet ? Ensuite, elle regardait le journal télévisé du soir. En caressant le chat.

Mme Jones était plantée au milieu de la pièce. Elle ne semblait pas du tout alarmée. Elle ne pouvait rien faire. Il n'y avait aucun bouton d'alarme à proximité. Ses cheveux étaient encore mouillés de la douche, ses pieds nus. Alex leva la main et elle vit son arme.

— C'est Scorpia qui t'envoie ?
— Oui.
— Pour me tuer.
— Oui.

Elle hocha la tête.

— Ils t'ont raconté, pour ton père.
— Oui.
— Je suis désolée, Alex.
— De l'avoir fait exécuter ?
— Non. De ne pas te l'avoir dit moi-même.

Elle n'essayait pas de bouger. Elle restait là, face à lui. Alex savait qu'il n'avait pas beaucoup de temps. À tout instant, l'ascenseur risquait de redescendre. Et dès que les vigiles verraient qu'il était vide, ils donneraient l'alarme. Peut-être même étaient-ils déjà en train de monter ?

— Qu'est-il arrivé à Winters ? demanda Mme Jones.
— Qui ?

— L'homme qui surveillait le couloir.
— Il dort.
— Donc tu as réussi à passer les deux agents du hall, te rendre jusqu'ici et forcer la porte. Scorpia t'a bien formé.
— Ce n'est pas Scorpia mais vous qui m'avez formé, Mme Jones.
— Mais maintenant tu es chez Scorpia.
— Oui.
— J'ai du mal à t'imaginer en assassin, Alex. Je comprends que tu ne m'aimes pas, ni Alan Blunt. Mais je te connais. Et je pense que tu ignores dans quoi tu t'es fourré. Je parie que les gens de Scorpia t'ont fait des sourires. Ils devaient être ravis de t'accueillir. Mais ils t'ont menti...
— Ça suffit ! coupa Alex.

Son index se crispa sur la détente. Il savait qu'elle essayait de lui compliquer la tâche. On l'avait prévenu de ce qu'elle chercherait à faire. En parlant avec lui, en l'appelant par son prénom, elle lui rappelait qu'elle n'était pas une simple cible en carton découpé. Elle semait le doute dans son esprit. Et, bien sûr, elle jouait la montre.

Nile lui avait conseillé d'agir vite, dès l'instant où il la verrait. Déjà Alex avait commis une erreur en la laissant prendre l'avantage. Il se remémora les images que Mme Rothman lui avait montrées à Positano. L'Albert Bridge. La mort de son père. Et la responsable se trouvait devant lui.

— Pourquoi avez-vous fait ça, Mme Jones ? demanda-t-il d'une voix rauque.

Il s'efforçait de canaliser toute la haine qu'il avait en lui, de lui permettre de mener à bien ce pour quoi il était là.

— Pourquoi j'ai fait quoi, Alex ?

— Vous avez supprimé mon père.

Mme Jones le regarda un long moment. Il était impossible de déchiffrer ce que masquaient ses yeux noirs, mais il devinait qu'elle faisait des calculs. Sa vie entière n'était qu'une série de calculs et, en général, lorsqu'elle était parvenue à un résultat, quelqu'un mourait. La seule différence était que, cette fois, c'était elle qui allait mourir.

Mme Jones sembla parvenir à une décision.

— Tu attends mes excuses, Alex ? reprit-elle d'un ton soudain cassant. Nous parlons de John Rider, un homme que tu n'as pas connu. Tu ne lui as jamais parlé. Tu n'as aucun souvenir de lui. Tu ne sais rien de lui.

— Il était mon père !

— Il était un tueur. Il travaillait pour Scorpia. Sais-tu combien de personnes il a tuées ?

Cinq ou six, lui avait dit Mme Rothman.

— Je peux t'en citer plusieurs. Un homme d'affaires qui travaillait au Pérou et qui avait un fils de ton âge. Un prêtre, à Rio de Janeiro, qui essayait de secourir les enfants sans foyer mais qui s'était fait trop d'ennemis et l'a payé de sa vie. Un policier anglais. Un agent américain. Et puis une femme, qui s'apprêtait à dénoncer les malversations d'une importante entreprise, à Sydney.

Elle avait vingt-six ans, Alex. Il l'a tuée alors qu'elle descendait de voiture...

— Taisez-vous ! cria l'adolescent en pointant son arme avec ses deux mains. Je ne veux rien entendre.

— Oh si, tu en as envie, Alex. Tu m'as posé la question. Tu voulais savoir pourquoi nous avons éliminé ton père. Car tu es sur le point de suivre ses traces, n'est-ce pas ? Je suis certaine qu'ils vont t'envoyer dans tous les coins du monde pour tuer des gens que tu ne connais pas. Et je suis certaine que tu feras très bien ton travail. Ton père était l'un des meilleurs.

— Vous l'avez trahi. Il était votre prisonnier et vous aviez promis de le libérer en échange d'un otage. Mais vous lui avez tiré une balle dans le dos. J'ai vu...

— Je me suis toujours demandé s'ils avaient filmé la scène, murmura Mme Jones.

Elle esquissa un geste et Alex se raidit, croyant qu'elle cherchait à faire diversion. Mais ils étaient toujours seuls dans la pièce.

— Je vais te donner un conseil, Alex, reprit-elle. Tu en auras besoin si tu dois travailler pour Scorpia. Une fois que tu es de l'autre côté, il n'y a plus de règles. Ils ne jouaient pas franc jeu. Et nous non plus.

« Ils avaient enlevé un jeune homme de dix-huit ans. C'était le fils d'un haut fonctionnaire. Ils voulaient le tuer mais, d'abord, le torturer. Nous devions à tout prix le récupérer. Alors j'ai organisé l'échange. Mais il était hors de question pour nous de relâcher ton père. Il était bien trop dangereux. Il aurait causé la mort de trop de gens. Donc j'ai décidé de truquer l'échange. Deux hommes sur un pont. Un tireur d'élite. Le plan a très bien fonctionné et je m'en félicite. Tu peux me tuer si ça t'aide à te sentir mieux, Alex. Mais je te le répète : tu ne connaissais pas ton père. Et si c'était à refaire, je le referais.

— Si mon père était si mauvais que vous le dites, comment croyez-vous que je suis, moi ?

Alex essayait de se motiver. Il avait imaginé que sa colère lui donnerait la force de tirer, mais il était plus fatigué qu'en colère. Alors il cherchait un autre moyen de se persuader d'appuyer sur la détente. Il était le fils de son père. Le mal était en lui. C'était héréditaire.

Mme Jones fit un pas.

— Restez où vous êtes ! s'écria-t-il, le pistolet à moins d'un mètre de sa tête.

— Je doute que tu sois un tueur, Alex. Tu n'as jamais connu ton père. Pourquoi serais-tu comme lui ? Crois-tu que la personnalité d'un enfant est fixée dès sa naissance ? Non. J'estime que tu as le choix...

— Je n'ai jamais choisi de travailler pour vous.

— Ah non ? Après l'affaire Stormbreaker, tu pouvais t'en aller. Mais, rappelle-toi, c'est toi qui t'es compromis avec des dealers, et nous avons dû te tirer d'affaire. Ensuite, il y a eu Wimbledon. Tu es allé là-bas à découvert. Tu étais d'accord. Et si tu n'avais pas enfermé un gangster chinois dans un congélateur, nous n'aurions pas été obligés de t'expédier en Amérique.

— Vous déformez tout !

— Et pour finir, Damian Cray. Tu l'as poursuivi tout seul et nous t'en avons été très reconnaissants, Alex.

Mais tu viens de me demander ce que je pense de toi. Eh bien, je pense que tu es trop intelligent pour appuyer sur cette détente. Tu ne vas pas tirer sur moi. Ni maintenant, ni jamais.

— Vous avez tort.

Elle lui mentait. Il en était persuadé. Elle lui avait toujours menti. Il pouvait tirer. Il devait tirer. Il visa.

Il laissa la haine le submerger.

Et il tira.

Devant lui, tout sembla voler en éclats.

Mme Jones l'avait berné. Depuis le début elle l'avait trompé et il n'avait rien vu. La pièce était divisée en deux. Une immense cloison de verre translucide à l'épreuve des balles se dressait d'un mur à l'autre, du sol au plafond. Mme Jones se tenait d'un côté, Alex de l'autre. Dans la demi-pénombre, la cloison était invisible, mais maintenant le verre était comme givré, parcouru de milliers de fêlures concentriques autour de l'entaille faite par la balle. Mme Jones avait presque disparu. Son visage semblait morcelé. Et une alarme s'était déclenchée. Le sol se déroba sous les pieds d'Alex. Il fut empoigné et jeté sur un des canapés. On lui arracha son arme. Quelqu'un brailla quelque chose dans son oreille mais il ne saisit pas un mot. Le chat souffla et bondit du canapé. Alex eut les bras plaqués derrière le dos. Un genou se pressa contre ses omoplates. On lui couvrit la tête d'un sac et un ruban d'acier froid lui ceintura les poignets. Clic. Il ne pouvait plus bouger les mains.

Il parvint à distinguer plusieurs voix dans la pièce :

— Ça va, Mme Jones ?

— Nous sommes désolés, madame...
— La voiture est devant la porte...
— Ne lui faites pas de mal !

Alex fut soulevé du canapé, les mains menottées dans le dos. Il se sentait minable. Il avait la nausée. Il avait trahi Scorpia. Il avait trahi son père. Il s'était trahi lui-même.

Il ne poussa pas un cri. N'opposa aucune résistance. Le corps ramolli, inerte, il se laissa traîner hors de l'appartement, dans le couloir, et dans la nuit.

14

Cobra

La pièce était un cube blanc et nu, conçu pour intimider. Alex en avait mesuré la superficie : dix pas de long sur quatre de large. Il y avait une étroite couchette, sans drap ni couverture, et des toilettes derrière une cloison. Point. La porte, dépourvue de poignée, était si bien intégrée dans le mur qu'on la distinguait à peine. Il n'y avait pas de fenêtre. L'éclairage provenait d'une ampoule masquée par un panneau de verre encastré dans le plafond, actionnée de l'extérieur.

Alex n'avait aucune idée du laps de temps qu'il avait passé là. On lui avait ôté sa montre.

Une fois sorti de l'appartement de Mme Jones, on l'avait poussé dans une voiture, le sac noir toujours sur la tête. Il n'avait rien aperçu du trajet. Ils avaient roulé environ une demi-heure, puis la voiture avait ralenti et Alex avait senti qu'ils descendaient le long d'une rampe.

L'emmenait-on dans les sous-sols du quartier général de Liverpool Street ? Il y était venu une fois mais, ce soir-là, il ne fut pas en mesure de se repérer. La voiture s'arrêta. La portière s'ouvrit et on le tira dehors. Personne ne lui adressa la parole. Coincé entre deux gardes, il descendit une volée de marches. Puis on enleva ses menottes et le sac noir. Il eut tout juste le temps d'entrevoir Lloyd et Ramirez s'éloigner. Enfin, la porte se ferma derrière lui et il se trouva seul.

Allongé sur la couchette, il se remémora les derniers instants dans l'appartement de Mme Jones. Il n'arrivait pas à comprendre comment il avait pu ne pas remarquer la cloison de verre. Un système de sonorisation avait-il amplifié la voix de Mme Jones ? C'était sans importance. L'important était qu'il avait tenté de la tuer. Il avait fini par trouver la force de presser la détente, prouvant ainsi que Scorpia avait eu raison sur son compte.

C'était un assassin. Sais-tu combien de personnes il a tuées ?

Les paroles de Mme Jones étaient gravées dans sa mémoire. C'était elle qui avait donné l'ordre d'exécuter John Rider, qui avait tout organisé. Elle méritait de mourir.

Du moins Alex essayait-il de s'en persuader. En supposant que John Rider n'ait pas été tué sur l'Albert Bridge. En supposant qu'Alex ait grandi auprès de son père et découvert un jour ses activités. Comment aurait-il réagi ? Aurait-il réussi à lui pardonner ?

Seul dans cette austère pièce blanche, il songea à l'instant où il avait appuyé sur la détente. Il ressentait encore le tremblement de sa main. Il revoyait la paroi de verre se fissurer. Brave vieux Smithers ! L'auteur de la cloison invisible ne pouvait être que le monsieur Gadget du MI 6. En dépit de tout, Alex était soulagé. Il était heureux d'avoir manqué Mme Jones.

Et maintenant ? Le MI 6 allait-il le poursuivre en justice ? Probablement pas. Ils l'interrogeraient. Ils voudraient tout apprendre sur Malagosto, sur Mme Rothman et Nile. Ensuite, peut-être, le laisseraient-ils enfin tranquille ? Quoi qu'il arrive, jamais plus ils ne lui feraient confiance. Alex s'endormit. Exténué. Il s'enfonça dans un sommeil vide et noir, sans rêve, sans aucune sensation de confort ni de chaleur.

Le bruit de la porte qui s'ouvrait le réveilla en sursaut. Il cligna des yeux. Le fait de n'avoir aucune notion du temps le déconcertait. Il avait pu dormir quelques heures, ou la nuit entière. Sans fenêtre, impossible d'évaluer l'heure. Il ne se sentait pas reposé et son cou était endolori.

— Tu veux aller aux toilettes ?
— Non.
— Alors suis-moi.

L'homme qui se tenait sur le seuil lui était inconnu. Il avait un visage neutre et inintéressant. Le genre de figure que l'on oublie sitôt après l'avoir croisée. Alex quitta la couchette et se dirigea vers la porte, saisi d'une soudaine nervosité. Personne ne savait qu'il était là. Ni Tom, ni Jack Starbright. Personne. Le MI 6 pouvait facilement le faire disparaître. De façon permanente et définitive. Nul ne découvrirait jamais ce qu'il lui était arrivé.

Et il ne pouvait rien faire. Il suivit l'agent le long d'un couloir incurvé. Le sol était un treillis métallique, et de gros tuyaux parcouraient le plafond. On se serait cru dans la salle des machines d'un navire.

— J'ai faim, se plaignit-il.

C'était la vérité, mais il voulait surtout montrer qu'il n'avait pas peur.

— Je t'emmène prendre ton petit déjeuner.

Le petit déjeuner ! Cela signifiait qu'il avait dormi toute la nuit.

— Ne vous donnez pas cette peine. Déposez-moi au MacDo le plus proche.

— Désolé, c'est impossible. Entre ici...

Ils étaient arrivés devant une porte. Alex découvrit une pièce de forme bizarre, incurvée. De toute évidence, ils étaient encore sous terre. Le plafond se composait d'épais panneaux de verre, au travers desquels on distinguait des silhouettes – des piétons – qui marchaient au-dessus. La salle était située sous un trottoir. Des pieds de toutes tailles circulaient sur les dalles translucides. Déformés par le verre, les passants ressemblaient à des fantômes, qui se mouvaient en ondulant, sans bruit.

Une table était dressée dans un coin de la salle, avec de la salade de fruits, des céréales, du lait, des croissants et du café. Mais Alex perdit un peu de son appétit quand il reconnut l'homme avec qui il allait devoir partager son petit déjeuner. Alan Blunt l'attendait, assis à la table, vêtu d'un de ses éternels costumes gris. Il n'avait pas vraiment l'air du directeur de banque qu'il avait un jour prétendu être. C'était un homme d'une cinquantaine d'années, plus à l'aise avec les chiffres et les statistiques qu'avec les êtres humains.

— Bonjour, Alex.

Il ne répondit pas à son salut.

— Vous pouvez nous laisser, Burns. Merci.

L'agent hocha la tête et s'éclipsa. La porte se referma derrière lui. Alex vint s'asseoir en face d'Alan Blunt.

— Tu as faim, Alex ? Je t'en prie, sers-toi.

— Non, merci.

Malgré sa fringale, il se sentait gêné de manger devant cet homme.

— Allons, ne sois pas bête. Il faut te nourrir. Tu as une longue journée qui t'attend.

Blunt attendit qu'Alex dise quelque chose, mais devant son mutisme, il poursuivit.

— As-tu conscience des ennuis que tu t'es attirés ?

— Finalement, je vais prendre un peu de céréales.

Alex se servit, sous le regard glacial de Blunt.

— Nous avons peu de temps, Alex. J'ai quelques questions à te poser. Tu vas me donner des réponses complètes et honnêtes.

— Sinon ?

— À ton avis ? Tu crois que je vais t'injecter un sérum de vérité ou quelque chose de ce genre ? Non, Alex, tu vas me répondre parce que c'est ton intérêt. Pour le moment, tu ignores ce qui est en jeu. Mais tu peux me croire si je t'affirme que cet entretien est vital. Nous devons savoir ce que tu sais. Un nombre incalculable de vies en dépendent.

— Je vous écoute.

— C'est Julia Rothman qui t'a recruté ?
— Vous la connaissez ?
— Évidemment.
— Oui, c'est elle.
— Ils t'ont emmené à Malagosto ?
— Oui.
— Et ils t'ont envoyé tuer Mme Jones.

Alex éprouva le besoin de se justifier.

— Elle est responsable de la mort de mon père.
— Le problème n'est pas là.
— Pas pour vous, mais pour moi, si.
— Contente-toi de répondre à la question.
— Oui. Ils m'ont envoyé tuer Mme Jones.
— Bien. Maintenant je voudrais apprendre qui t'a conduit à Londres. Ce qu'on t'a dit, et ce que tu devais faire une fois ta mission accomplie.

Alex hésita. En avouant tout à Blunt, il trahirait Scorpia. Mais, tout à coup, cela lui fut totalement égal. On l'avait entraîné dans un univers où tout le monde trahissait tout le monde. Il n'avait qu'une envie : en sortir.

— Ils avaient un plan de son appartement, déclara Alex. Ils étaient au courant de tout, sauf de la paroi de verre. J'avais pour instruction d'attendre qu'elle apparaisse et de l'abattre. Deux de leurs agents m'ont conduit à Londres. Un couple. Nous étions supposés être une famille italienne. Ils ne m'ont pas dit leurs noms. J'avais un faux passeport.

— Où t'ont-ils emmené ?
— Je l'ignore. Dans une maison, quelque part. Je n'ai pas pu voir l'adresse.

Alex marqua un temps d'arrêt puis reprit :
— Où est Mme Jones ?
— Elle ne tenait pas à te voir.
— Je la comprends.
— Après l'avoir tuée, qu'étais-tu censé faire ?
— Ils m'ont donné un numéro de téléphone. Je devais appeler ce numéro après avoir exécuté leur ordre. Maintenant, ils doivent être au courant que vous m'avez capturé. Je suppose qu'ils surveillaient l'appartement.

Suivit un long silence. Blunt examinait Alex attentivement, comme un savant devant un intéressant spécimen de laboratoire. Mal à l'aise, ce dernier se trémoussa sur sa chaise.

— Veux-tu travailler pour Scorpia, Alex ?
— Je ne sais pas. Entre eux et vous, je ne vois pas de différence.
— Non, je refuse de croire que tu penses une chose pareille.
— La vérité, c'est que je ne veux travailler ni pour eux, ni pour vous ! Je veux juste retourner au collège et ne plus jamais vous voir.
— J'aimerais que ce soit possible, Alex. (Pour une fois, Blunt paraissait sincère.) Je vais t'avouer une chose qui va sans doute te surprendre. Toi et moi avons fait connaissance il y a six ou sept mois. À l'époque, tu t'es montré remarquablement utile. Ton intervention s'est avérée bien plus efficace que je l'avais imaginé. Pourtant, profondément, j'aurais préféré ne t'avoir jamais rencontré.
— Pourquoi ?
— Parce qu'il faut que la situation soit extrêmement

grave quand la sécurité d'un pays repose sur les épaules d'un garçon de quatorze ans. Crois-moi, je serais ravi de ne pas être obligé de faire appel à toi. Tu n'appartiens pas plus à mon monde que je n'appartiens au tien. Mais je ne peux pas te laisser repartir à Brookland, parce que, dans une trentaine d'heures, tous les élèves de ce collège seront morts. Eux et des milliers d'enfants de toutes les écoles de Londres. Voilà ce que tes petits amis de Scorpia ont promis, et je ne doute pas du sérieux de leur promesse.

— Des milliers d'enfants ?

Alex était livide. Pas une seconde il n'avait imaginé une chose de ce genre. Dans quelle sale histoire s'était-il engagé ?

— Peut-être davantage. Peut-être plusieurs milliers.

— Comment ?

— Nous l'ignorons. Ce que je peux t'affirmer, c'est que Scorpia exige des choses que nous ne pouvons leur donner. Et ils comptent nous faire payer le prix fort.

— Qu'attendez-vous de moi ? demanda Alex, qui sentait ses forces l'abandonner.

— Scorpia a commis une erreur. Ils t'ont envoyé à nous. Je veux savoir tout ce que tu as vu et tout ce que Julia Rothman t'a dit. Pour l'instant nous n'avons pas la moindre idée de ce qui nous attend. Tu pourras peut-être nous fournir un indice.

Des milliers d'enfants à Londres.

L'assassinat, Alex. C'est l'une de nos activités.

Voilà ce que Julia Rothman avait dit.

Et ne c'était pas des paroles en l'air.

— Je ne sais rien, soupira Alex, la tête basse.

— Tu en sais peut-être plus que tu ne crois. Tu es le seul obstacle entre Scorpia et un épouvantable bain de sang. Je connais ton opinion sur moi, et sur le MI 6. Mais veux-tu nous aider ?

Alex redressa lentement la tête. Il examina l'homme assis en face de lui et lut sur son visage une expression qu'il n'aurait jamais pensé y voir.

Alan Blunt avait peur.

— Oui, dit Alex. Je vous aiderai.

— Bien. Alors finis de déjeuner, va prendre une douche et habille-toi. Le Premier ministre a convoqué une réunion de Cobra. Je veux que tu y assistes.

*
* *

COBRA.

Les initiales de Cabinet Office Briefing Room A. Autrement dit, « la salle de conférences du 10 Downing Street ». Cobra est un conseil d'urgence, la réponse ultime du gouvernement en cas de crise majeure.

Bien entendu, le Premier ministre y participe. Ainsi que la plupart des ministres les plus importants, son chef de cabinet, les représentants de la police, de l'armée et des services de renseignements. Y prennent également part de hauts fonctionnaires, personnages en costume sombre affublés de titres aussi ronflants qu'obscurs. Tout ce qui se passe au cours des réunions de Cobra, tout ce qui se dit est enregistré, noté puis classé pendant trente ans en respect de la loi relative aux secrets d'État. On peut considérer la politique comme un jeu, mais Cobra est une chose mortellement sérieuse. Les décisions qui s'y prennent peuvent faire chuter un gouvernement. Et une mauvaise décision peut causer la perte du pays tout entier.

Alex Rider avait été conduit dans une autre pièce, où il avait pu se doucher et changer de vêtements. Il reconnut le jean Pepe et le maillot de rugby de la Coupe du monde : c'étaient les siens. Quelqu'un avait dû passer les chercher chez lui. En les voyant, Alex se sentit coupable. Il n'avait pas parlé avec Jack depuis son départ de Venise et se demandait si le MI 6 lui avait raconté ce qui se passait. Mais le MI 6 ne disait jamais rien à moins d'y être obligé.

Pourtant, en enfilant son jean, il sentit quelque chose bruisser dans sa poche arrière. Il en sortit un morceau de papier plié. En l'ouvrant, il reconnut l'écriture de Jack.

Alex,
Dans quoi t'es-tu fourré, cette fois ? Deux agents secrets attendent en bas. Costume et lunettes noires. Ils se croient futés, mais je parie qu'ils ne regardent jamais dans les poches. Je pense à toi. Prends soin de toi. Et tâche de revenir en un seul morceau. Je t'embrasse.

Jack.

Alex sourit. Il y avait bien longtemps que quelque chose ne lui avait pas remonté ainsi le moral.

Comme il l'avait deviné, la cellule et la salle d'interrogatoire se trouvaient dans les sous-sols du quartier général du MI 6. On le conduisit à un parking où l'attendait une Jaguar XJ6 bleu marine. Il s'installa sur la banquette de cuir. Il trouvait étrange d'être en compagnie du patron des Opérations spéciales sans une table ou un bureau pour les séparer.

Blunt n'était pas d'humeur bavarde.

— Tu seras briefé à la réunion, marmonna-t-il. Mais pendant le trajet, j'aimerais que tu réfléchisses à tout ce qui est arrivé pendant que tu étais chez Scorpia. Tout ce que tu as entendu. Si j'avais davantage de temps, je recueillerais moi-même ton témoignage. Mais Cobra n'attend pas.

Après cela, Blunt se plongea dans un dossier ouvert sur ses genoux et Alex eut l'impression d'être absolument seul. Il regarda par la vitre tandis que la voiture traversait Londres en direction de l'ouest. Il était neuf heures et quart. Les gens se pressaient vers leur travail. Les boutiques ouvraient. D'un côté de la vitre, la vie suivait son cours normal. Mais, une fois de plus, Alex eut la sensation de se trouver du mauvais côté, assis dans cette voiture avec cet homme inaccessible, allant vers Dieu savait quoi.

À Trafalgar Square, la voiture s'arrêta à un feu rouge. Blunt lisait toujours. Soudain, Alex éprouva le besoin de lui poser une question qui lui trottait dans la tête depuis quelque temps.

— Est-ce que Mme Jones est mariée ?
— Elle l'a été, répondit Blunt en levant les yeux.

— Dans son appartement, j'ai remarqué une photo d'elle avec deux enfants.

— C'étaient les siens. Ils auraient à peu près ton âge, aujourd'hui. Mais elle les a perdus.

— Ils sont morts ?

— On les a kidnappés.

Alex digéra l'information. Les réponses de Blunt le laissaient sur sa faim.

— Et vous, vous êtes marié ?

— Je ne discute jamais de ma vie privée, répondit Blunt.

Alex haussa les épaules. Le fait même que Blunt puisse avoir une vie privée le surprenait. Ils descendirent Whitehall et franchirent les grilles ouvertes à leur intention. La voiture s'immobilisa et Alex descendit, assez impressionné. Il se trouvait devant l'une des portes les plus célèbres du monde. Et, pour une fois, cette porte était ouverte. Un policier lui fit signe d'entrer. Blunt avait déjà disparu à l'intérieur.

L'intérieur du 10 Downing Street était impressionnant, trois ou quatre fois plus spacieux qu'il ne l'imaginait, s'étendant dans toutes les directions, avec des plafonds hauts et un couloir qui n'en finissait plus. Des lustres pendaient au plafond. Des œuvres d'art, prêtées par des galeries, ornaient les murs.

Blunt fut accueilli par un homme de haute taille, aux cheveux gris, vêtu d'un costume à l'ancienne mode et d'une cravate à rayures. Son visage n'aurait pas déparé dans un portrait du XIXe siècle. Il appartenait à un autre monde et, comme un tableau ancien, il semblait un peu défraîchi. Seuls ses yeux, petits et sombres, semblaient animés. Il cilla en regardant Alex et parut le reconnaître.

— Voici donc Alex Rider, dit-il en lui tendant la main. Je suis Graham Adair.

Il avait l'air de considérer Alex comme une vieille relation et pourtant celui-ci était certain de ne l'avoir jamais rencontré.

— Sir Graham est Secrétaire permanent du Cabinet, expliqua Blunt.

— J'ai beaucoup entendu parler de toi, Alex. Et je suis enchanté de faire enfin ta connaissance. Je te dois une fière chandelle. Bien plus que tu ne peux l'imaginer.

— Merci, dit Alex, décontenancé.

Il ignorait ce à quoi Sir Graham faisait allusion. Avait-il été mêlé à l'une de ses précédentes missions ?

— J'ai appris que tu assistais à Cobra et je m'en félicite. Toutefois je dois te prévenir qu'une ou deux personnes présentes à la réunion ne savent rien de toi et risquent de se montrer hostiles à ta présence.

— J'ai l'habitude, soupira Alex.

— Je n'en doute pas. Bien, suis-moi. J'espère que tu pourras nous aider. Nous sommes devant un problème très inhabituel et aucun de nous ne sait comment l'aborder.

Alex suivit l'homme dans le couloir. Ils franchirent une porte voûtée et débouchèrent dans une grande salle lambrissée, où une quarantaine d'individus étaient assis autour d'une immense table de conférence. À première vue, tous étaient d'âge mûr et, à de rares exceptions, tous étaient blancs et de sexe masculin. Puis, il s'aperçut qu'il en reconnaissait certains. Le Premier ministre se tenait assis en tête de table. Le vice-Premier ministre – gros et le visage flasque – était à côté de lui. Le ministre des Affaires étrangères tripotait sa cravate. Un autre ministre, probablement celui de la Défense, se trouvait en face. La plupart de ces hommes étaient en costume de ville, mais quelques-uns portaient un uniforme, de l'armée ou de la police. Tous avaient un dossier posé devant eux. Deux femmes d'un âge certain, en tailleur noir et chemisier blanc, se tenaient assises dans un angle et pianotaient sur ce qui ressemblait à de minuscules machines à écrire.

Blunt indiqua à Alex une chaise libre et s'assit près de lui. Sir Graham prit place face à eux. Plusieurs têtes pivotèrent dans leur direction mais personne ne prononça un mot.

Le Premier ministre se leva et Alex éprouva une fébrilité semblable à celle qui l'avait saisi lors de sa première rencontre avec Damian Cray – la sensation de voir de près un personnage connu dans le monde entier. Le Premier ministre avait l'air moins jeune et moins fringant qu'à la télévision. Ici, il n'y avait ni éclairage subtil ni maquillage. Il avait le visage défait.

— Bonjour, lança-t-il à la cantonade.

Aussitôt le silence se fit.

La réunion de Cobra venait de commencer.

15

Télécommande

Ils discutaient depuis trois heures.

Le Premier ministre avait lu à haute voix la lettre de Scorpia. Chacun disposait d'une copie et Alex avait relu le texte avec un sentiment d'incrédulité et de dégoût. Dix-huit innocents avaient déjà perdu la vie et personne dans cette pièce n'avait la moindre idée de ce qui avait causé leur mort. Scorpia mettrait-il à exécution sa menace de tuer des enfants à Londres ? Alex n'en doutait pas une seconde mais personne ne lui avait demandé son avis, et on avait tourné et retourné cette question pendant une heure entière. Pour finir, la moitié des participants de la réunion avait conclu à un bluff, tandis que l'autre moitié souhaitait faire pression sur les Américains pour qu'ils se plient aux exigences de Scorpia.

Mais c'était sans espoir. Le ministre des Affaires étrangères avait déjà rencontré l'ambassadeur des États-

Unis à Londres, et le Premier ministre s'était entretenu pendant plusieurs heures au téléphone avec le Président. La position américaine était ferme et définitive : Scorpia demandait l'impossible, sa requête était ridicule et insensée. Le Président avait cependant offert l'aide du FBI pour traquer Scorpia : deux cents agents américains étaient déjà en route. Mais il ne pouvait rien faire de plus. La Grande-Bretagne était seule.

La réponse américaine avait déclenché des réactions de colère au sein de Cobra. Le vice-Premier ministre avait écrasé son poing sur la table.

— C'est incroyable ! Un scandale ! Nous aidons les Américains. Nous sommes leurs plus proches alliés. Mais ils nous tournent le dos et nous disent de sauter à l'eau !

— Ce n'est pas exactement ce qu'ils ont dit, rectifia prudemment le ministre des Affaires étrangères. D'ailleurs, je ne vois pas ce qu'ils pourraient faire d'autre. Le Président a raison. Les exigences de Scorpia sont impossibles.

— Ils pourraient au moins essayer de négocier !

— La lettre précise que les conditions ne sont pas négociables...

— Ce sont des mots. Ça vaudrait quand même la peine d'essayer !

Les deux politiciens argumentaient et aucun ne prenait la peine d'écouter l'autre. Alex était sidéré. C'était donc ainsi que fonctionnait un gouvernement !

Vint ensuite l'exposé d'un expert médical, qui lut le rapport sur les causes du décès des footballeurs. C'était un homme petit, chauve, avec un visage rose et rond. Il avait revêtu un costume un peu froissé mais on le devinait plus habitué à porter une blouse blanche.

— Ils ont été empoisonnés, annonça-t-il. Nous avons retrouvé des traces de cyanure qui, semble-t-il, s'est répandu directement dans le cœur. Il y en a peu, mais cela a suffi.

— Comment le cyanure a-t-il été administré ? questionna un haut responsable de la police.

— Nous l'ignorons. Pas par injection cutanée, en tout cas. C'est certain. Il n'existe aucune perforation inexpliquée sur leur peau. Par ailleurs, nous avons relevé un seul autre indice surprenant. Nous avons décelé de minuscules particules d'or dans leur sang.

— De l'or ? s'exclama le directeur de la Communication, qui n'avait pas encore pris la parole.

Alex remarqua qu'il était assis à côté du Premier ministre. Il était le plus petit – et à bien des égards le moins imposant – des hommes présents dans la salle. Pourtant le seul son de sa voix attira sur lui tous les regards.

— Oui, de l'or, M. Kellner, confirma l'expert médical. Nous ne pensons pas que ces particules aient contribué à leur mort mais, chose étrange, nous en avons découvert chez tous les membres de l'équipe...

— Eh bien, tout cela me paraît clair, coupa Kellner d'un ton méprisant.

Il se leva et jeta un regard circulaire sur l'assistance, de ses yeux froids et arrogants. Alex le détesta aussitôt. À Brookland, il y avait des élèves du genre de ce Kellner. Petits et dédaigneux, ils ne cessaient d'asticoter leurs camarades, mais allaient pleurnicher devant les professeurs dès qu'ils recevaient une raclée.

— Tous ces gens sont morts exactement au même moment, poursuivit-il. Il me paraît donc évident qu'ils ont été empoisonnés en même temps. Quand ? À bord de l'avion, bien entendu ! J'ai vérifié. L'appareil a décollé à dix-huit heures trente-cinq, et on leur a servi un repas peu après le départ de Lagos. Il y avait probablement du cyanure dans la nourriture, et le poison a fait son effet juste après leur arrivée à Heathrow.

— Donc, à votre avis, il ne s'agit pas d'une arme secrète ? demanda le vice-Premier ministre, dont les paupières étaient agitées de clignements nerveux. Mais alors, que veut dire Scorpia avec son *Épée invisible* ?

— C'est une ruse. Ils cherchent à nous faire croire qu'ils sont capables de tuer les gens à distance, comme avec une télécommande...

Une télécommande. Le mot réveilla la mémoire d'Alex. Il avait vu quelque chose dans le Palais de la Veuve à Venise. Mais quoi ?

— ... Il n'y a pas d'*Épée invisible*, insista Kellner. Ils tentent simplement de nous effrayer.

— Je ne suis pas sûr d'être d'accord avec vous, M. Kellner, reprit l'expert médical, qui perdait visiblement ses moyens devant le directeur de la Communication. Les victimes ont pu absorber le poison en même temps, j'en conviens. Mais chacun de ces hommes avait son propre métabolisme. Le poison aurait agi plus vite dans certains cas que dans d'autres.

— Vous oubliez qu'il s'agit d'athlètes. Leurs métabolismes devaient plus ou moins être les mêmes.

— Non, M. Kellner. Je regrette. Il y avait aussi deux entraîneurs et un directeur sportif...

— Peu importe. Il n'y a *pas* de pseudo-*Épée invisible*. Scorpia se joue de nous. Ils présentent aux Américains des exigences irrecevables, puis ils nous menacent d'un désastre qui ne peut tout simplement pas se produire.

— Ce n'est pas l'attitude habituelle de Scorpia, intervint Blunt, à la surprise d'Alex.

Le patron des Opérations spéciales était assis à sa gauche. Sa voix était calme, presque neutre.

— Nous avons fait des transactions avec eux, par le passé. Jamais ils n'ont lancé de menaces en l'air.

— Vous étiez présent à Heathrow, M. Blunt. À votre avis, que s'est-il passé ?

— Je l'ignore complètement.

— Eh bien, voilà qui nous est utile ! Le service de renseignements vient à cette table et n'a aucun renseignement à nous fournir ! Mais, puisque vous êtes là, je serais curieux de savoir pourquoi vous nous avez amené ce... jeune garçon, dit Kellner, semblant pour la première fois remarquer la présence d'Alex. Est-ce votre fils, M. Blunt ?

— C'est Alex Rider, s'interposa Sir Graham en fixant de son regard noir le directeur de la Communication. Comme vous le savez, Alex nous a aidés en plusieurs occasions. Et il se trouve qu'il est la dernière personne à avoir eu des contacts avec Scorpia.

— Oh, vraiment ? Par hasard, je suppose ?

— Je l'ai envoyé à Venise en mission secrète, mentit Blunt avec une aisance qui stupéfia Alex. Scorpia possède une école d'entraînement sur l'île de Malagosto et nous voulions connaître certains détails. Alex y a suivi une formation pendant quelque temps.

Un des politiciens toussota.

— Est-ce vraiment nécessaire, M. Blunt ? Si l'on apprenait que le gouvernement emploie des adolescents pour ce genre de mission, cela pourrait nous nuire.

— Ce problème n'a guère de rapport avec ce qui nous occupe aujourd'hui, rétorqua Blunt.

Le chef de la police paraissait intrigué. C'était un homme d'un âge avancé, vêtu d'un uniforme bleu avec des boutons d'argent lustrés.

— Puisque vous connaissez Scorpia et que vous savez même où les trouver, pourquoi ne pas les éliminer ? Pourquoi ne pas envoyer les Sections spéciales ?

— Le gouvernement italien n'apprécierait pas que l'on envahisse son territoire, objecta Blunt. De plus, c'est loin d'être aussi simple. Scorpia est une organisation internationale. Nous connaissons certains chefs, mais pas tous. Si nous éliminons une branche, une autre reprendra la direction des opérations. Et ils se vengeront. Scorpia n'oublie et ne pardonne jamais. De plus, ce sont eux qui ont lancé les menaces, mais ils travaillent pour un client. C'est lui notre véritable ennemi.

— Qu'a découvert Alex, à Malagosto ? ironisa Kellner.

Le directeur de la Communication n'était pas prêt à

se laisser déloger de son piédestal par Alan Blunt. Et encore moins par un garçon de quatorze ans.

Tous les regards se braquèrent sur Alex. Il se trémoussa sur sa chaise, embarrassé, avant de répondre :

— Mme Rothman m'a invité à dîner et a mentionné *Épée invisible*. Mais sans préciser de quoi il s'agissait.

— Qui est cette Julia Rothman ? interrogea Kellner.

— Elle siège au conseil exécutif de Scorpia, expliqua Blunt. Elle est l'un des neuf membres fondateurs. Alex l'a rencontrée en Italie.

— Eh bien, c'est très instructif, dit Kellner. Mais si Alex n'a rien à nous apprendre de plus, nous n'avons plus besoin de lui à cette table.

— J'ai aussi entendu Mme Rothman parler d'une chaîne d'or, reprit Alex, se souvenant de la conversation qu'il avait surprise au Palais de la Veuve. J'ignore ce que ça signifie, mais il y a peut-être un rapport avec le reste.

Dans un coin de la salle, une jeune femme brune et élégante se redressa sur sa chaise et observa Alex avec un intérêt soudain.

Mais Kellner avait déjà repris la parole.

— On nous demande de croire que Scorpia peut empoisonner des milliers d'enfants et s'arranger pour les faire tourner de l'œil à seize heures précises demain après-midi.

— Juste au moment où ils sortiront de l'école, remarqua un militaire.

— C'est impossible ! L'hécatombe de l'équipe de football, c'est de l'intox ! Ils veulent nous effrayer et nous forcer à rendre la menace publique. Et si nous cédons, la crédibilité même du gouvernement en sera sapée. C'est peut-être ce qu'ils cherchent.

— Que suggérez-vous ? questionna Sir Graham.

Le Secrétaire permanent faisait des efforts surhumains pour masquer son mépris. Il se rappelait le spectacle terrible auquel il avait assisté à l'aéroport de Heathrow et ne tenait pas à le voir se reproduire partout dans Londres.

— Ignorons-les, répondit Kellner. Qu'ils aillent au diable !

— Ce serait de la folie ! se récria le ministre des Affaires étrangères qui, comme tous les autres, avait visiblement peur de Kellner mais voulait exposer son point de vue. Nous ne pouvons prendre un tel risque !

— Il n'y a *pas* de risque. Réfléchissez une minute. Les footballeurs ont été empoisonnés par du cyanure. Ils étaient tous dans le même avion. Ce n'était pas bien difficile. Mais comment voulez-vous empoisonner des milliers d'enfants ?

— Par injection, lança Alex.

Le mot lui avait échappé. Tout le monde se tourna vers lui. L'idée avait jailli d'un coup. Alex s'était souvenu d'un voyage qu'il avait fait en Amérique du Sud avec son oncle Ian. Puis il s'était rappelé ce qu'il avait vu dans l'usine Consanto : les éprouvettes, les appareils sophistiqués, les salles stériles. À quoi servaient-ils ? Le rôle du Dr Liebermann devenait évident. Et ce n'était pas tout. Lors du dîner avec Julia Rothman, celle-ci avait plaisanté sur le savant.

Sa mort nous a tout juste fait l'effet d'une piqûre dans le bras.

Une piqûre dans le bras. Une injection.

— Tous les écoliers ont des piqûres à un moment ou à un autre.

Alex avait conscience d'être devenu le centre d'attention. Le Premier ministre, la moitié de son cabinet, les chefs de l'armée et de la police, les hauts fonctionnaires, tous les personnages les plus puissants du pays étaient réunis dans cette salle. Autour de lui. Et ils l'écoutaient.

— Quand j'étais à Consanto, j'ai vu des tas d'éprouvettes remplies de liquide. Il y avait aussi des plateaux avec des sortes d'œufs.

— On développe certains vaccins dans des œufs, expliqua l'expert médical. Et Consanto fournit des vaccins dans le monde entier. Ah... et je crois aussi pouvoir expliquer ce que tu as entendu. Mais oui, bien sûr ! La chaîne d'or. Ce terme se réfère au transport des vaccins. Il faut les conserver en permanence à une certaine température. Si on brise la chaîne, le vaccin perd toute efficacité.

— Continue, Alex, l'encouragea Sir Graham.

— Je les ai vus tuer un certain Dr Libermann. Il travaillait à Consanto et Julia Rothman m'a expliqué qu'elle lui avait versé beaucoup d'argent en échange de ses services. Il a peut-être mis quelque chose dans les vaccins. Une sorte de poison. Dans des vaccins destinés à des écoliers. Il y a toujours des vaccinations au début du trimestre...

Alex jeta un coup d'œil vers l'expert médical, qui acquiesça de la tête.

— C'est exact. La semaine dernière, à Londres, on a procédé à des vaccinations par le BCG.

— La semaine dernière ! coupa Kellner, qui s'obstinait dans ses dénégations. Si on leur a injecté du cyanure il y a une semaine, ils devraient déjà être morts ! Comment cette Julia Rothman va-t-elle se débrouiller pour déclencher l'effet du poison demain, à seize heures précises ?

Autour de la table, quelques-uns l'approuvèrent d'un mouvement de tête. Kellner poursuivit.

— Et je ne pense pas que l'équipe de football ait reçu une injection de BCG pendant sa tournée en Afrique ! Je me trompe ?

— Pas le BCG, mais pour d'autres maladies, répliqua le Secrétaire permanent d'un ton cassant, incapable de cacher plus longtemps sa colère. Jamais on ne les aurait autorisés à partir au Nigeria sans être vaccinés.

— Mais oui, c'est évident ! renchérit l'expert médical, d'un ton soudain animé. On les a vaccinés contre la fièvre jaune.

— Il y a un mois, objecta Kellner.

— La question n'est donc plus de savoir comment on leur a administré le poison, conclut Sir Graham. Mais comment on retarde l'effet du poison jusqu'au moment choisi. Voilà le secret d'*Épée invisible*.

— Que peux-tu nous dire d'autre, Alex ? intervint Blunt.

— Eh bien... quelqu'un a parlé de télécommande. À

Venise, Mme Rothman avait un tigre de Sibérie dans son bureau. Il m'a attaqué et j'ai bien cru y rester...

— Tu penses sérieusement que nous allons croire ça ! ricana Kellner.

Alex l'ignora.

— Ensuite un homme est arrivé et il a pressé un bouton sur un petit appareil. On aurait dit une télécommande de télévision. Et tout à coup, le tigre s'est allongé et endormi.

— Nanoprojectiles, conclut d'un mot la jeune femme assise dans un coin qui avait observé Alex.

Apparemment, on ne l'avait pas estimée suffisamment importante pour lui offrir une place à la table. Elle se leva pour s'en approcher. Environ trente ans – avec Alex, c'était la plus jeune de l'assistance –, mince et pâle, elle portait un tailleur avec un chemisier blanc, et une chaîne d'argent autour du cou.

— De quoi s'agit-il ? questionna le vice-Premier ministre. Et, d'ailleurs, qui êtes-vous ?

— Je vous présente le Dr Rachel Stephenson, répondit le haut fonctionnaire chargé de la Santé. Elle est chercheur, auteur de divers ouvrages, et spécialiste en nanotechnologie[1].

— Nous voilà maintenant en pleine science-fiction, se lamenta Kellner.

— Ce n'est pas de la science-fiction, répliqua le Dr Stephenson, qui refusait de se laisser intimider. La nano-

---

1. Ensemble des sciences et techniques visant à la maîtrise et à la fabrication d'objets de dimension moléculaire et même atomique. L'unité de mesure est le nanomètre, c'est-à-dire le milliardième de mètre, soit à peu près la longueur de trois atomes.

technologie permet de manipuler la matière à un stade ultramicroscopique. On l'utilise déjà dans plusieurs domaines que vous n'imaginez même pas. Les universités, les entreprises agroalimentaires, les firmes pharmaceutiques et, bien entendu, l'armée dépensent des milliards dans des programmes de développement. Tous sont d'accord. Dans moins de temps que vous ne l'imaginez, la vie de tous les êtres humains de cette planète va changer radicalement. La science a fait quelques découvertes capitales et, si vous ne le croyez pas, il est temps de vous réveiller.

Kellner prit cela comme une insulte personnelle.

— Mais enfin, je ne vois pas...

— Parlez-nous de ces nanoprojectiles, coupa le Premier ministre, qui avait jusqu'alors observé le silence.

— Oui, monsieur.

Le Dr Stephenson rassembla ses pensées avant de poursuivre.

— L'idée des nanomatériaux m'est venue à l'esprit quand on a parlé des particules d'or. Mais Alex a tout éclairé. C'est très compliqué et je sais que nous avons peu de temps, mais je vais essayer de vous présenter les choses le plus simplement possible.

« Les injections de cyanure sont la seule explication. Scorpia a administré des injections contenant des nanocapsules enrobées d'or, d'abord aux joueurs de football, puis à Dieu sait combien d'enfants. Ces capsules sont de minuscules projectiles de cent nanomètres de diamètre. Pour vous donner une image, un seul de vos cheveux mesure cent mille nanomètres d'épaisseur. Ainsi donc, chacun de ces projectiles est mille fois plus petit que l'extrémité d'un cheveu humain. Le Dr Stephenson se pencha en avant, les mains sur la table. Personne ne bougeait. On entendait à peine le bruit des respirations.

— En quoi consistent ces projectiles ? poursuivit la jeune femme. Je laisse cela à votre imagination. Mais ce serait assez comparable à un bonbon de chocolat malté. L'intérieur serait ce qu'on appelle une « bille polymère ». La matière est assez proche de celle d'un vulgaire sac de supermarché. Mais n'oubliez pas qu'il s'agit seulement de quelques molécules. Le polymère retiendrait le tout et se mélangerait assez facilement au cyanure. En libérant le polymère et le cyanure, on provoque la mort de la personne.

« Et qu'est-ce qui l'empêche de se libérer ? Le chocolat qui enveloppe le bonbon. Sauf que, dans ce cas, il s'agit d'or et non de chocolat. Une capsule en or massif, mais d'une taille si infime qu'elle est invisible à l'œil. Je pense que le procédé a été mis au point par ce Dr Libermann, qui a utilisé une solution colloïdale très perfectionnée. Pardonnez-moi, tout cela doit vous paraître très compliqué mais ça ne l'est pas. En résumé, vous avez un projectile contenant le poison. Ensuite, vous fixez une protéine sur la capsule.

— Et que fait la protéine ? demanda quelqu'un.

— Elle guide le tout, un peu comme un missile à détection infrarouge attiré par une source de chaleur. Le fonctionnement serait très complexe à vous expliquer, mais les protéines parviennent à trouver leur chemin dans le corps humain. Elles savent exactement où aller.

Dès que la nanocapsule a été injectée, la protéine adéquate la dirige droit vers le cœur.

— Combien faut-il injecter de nanocapsules ? s'enquit Blunt.

— Il m'est impossible de vous répondre. Elles sont tapies dans le cœur et, une fois le poison libéré, celui-ci agit presque instantanément. Il en faut très peu. En vérité, on a étudié la nanotechnologie dans la lutte contre le cancer. Bien sûr, c'est très différent dans le cas présent puisque Scorpia l'utilise pour tuer mais... laissez-moi réfléchir.

Elle s'interrompit un instant.

— Un vaccin de BCG représente très peu de liquide. Environ le cinquième d'une cuiller à café. À première vue, je dirais qu'un centième de cette quantité en poison suffirait. Si je calcule bien, cela représente environ un milliard de nanocapsules. Juste assez pour couvrir une tête d'épingle.

— Mais vous avez dit que le poison est à l'abri. Il est protégé par l'or.

— En effet. Et c'est là que réside l'intelligence du procédé. Le mélange de polymère et de poison est contenu dans l'or. Il va se loger dans le cœur sans provoquer le moindre dommage. Si on le laisse ainsi, il s'évacuera au bout d'un temps et personne n'en saura rien.

« Mais ce Dr Libermann a trouvé le moyen de casser l'or. Et Alex vous a expliqué comment. À l'aide d'une télécommande. Avez-vous jamais mis un œuf dans un four à micro-ondes ? Après quelques minutes, il explose. Le même phénomène se produit ici. Ils pourraient employer la technologie du micro-ondes. Non. La fréquence des micro-ondes serait trop lente. Excusez-moi. Je ne suis pas experte en ondes électrostatiques. Voyons... ce pourrait être des ondes moléculaires.

— Pardonnez-moi, Dr Stephenson, mais je suis perdu, intervint le ministre des Affaires étrangères. Que sont les ondes moléculaires ?

— Elles sont encore peu utilisées. Dans le spectre électromagnétique, elles se situent entre les infrarouges et les micro-ondes. On les emploie pour l'imagerie médicale et les communications par satellite.

— Si je comprends bien, Scorpia pourrait émettre un signal par satellite, qui briserait le revêtement d'or et libérerait le poison.

— Oui, monsieur. À cette différence qu'un satellite n'est pas indispensable. En fait, ça ne marcherait pas. Les ondes ne seraient pas assez puissantes. À mon avis, lorsque ces malheureux footballeurs sont sortis de l'avion, une antenne satellite devait se trouver à proximité. Elle était probablement en place depuis quelque temps, sur l'un des bâtiments de l'aéroport ou bien sur un mât. À cette heure, ils l'ont sans doute déjà démontée. En tout cas, il leur a suffi d'émettre un signal. Les ondes moléculaires ont brisé la coquille d'or et... vous connaissez le résultat.

— Y a-t-il une possibilité que les nanocapsules se brisent accidentellement ? demanda Sir Graham.

— Non. C'est là tout le génie du procédé. Il suffit de connaître l'épaisseur exacte de l'or pour savoir quelle fréquence utiliser. C'est un peu comme de briser le verre en émettant un son adéquat. Je pense qu'Alex a vu cette technique en action avec le tigre. L'animal devait avoir une sorte de sédatif dans son système sanguin. Il a suffi de presser le bouton d'une télécommande pour l'endormir.

— Donc, s'ils n'utilisent pas un satellite, que devons-nous chercher ?

— Une antenne parabolique. Un peu comme les paraboles de télévision, mais plus grosse. Scorpia vise les jeunes Londoniens. Donc la parabole doit se trouver dans Londres. Probablement perchée sur un toit d'immeuble. Ils appellent cela *Épée invisible* mais il s'agit plutôt de flèches invisibles, tirées à partir d'antennes satellites.

— Combien de temps faut-il à ces flèches pour briser la coquille d'or ?

— Quelques minutes. Peut-être moins. Et les enfants mourront aussitôt.

Le Dr Stephenson recula et regagna sa chaise. Elle n'avait plus rien à ajouter. Et tout le monde se mit à parler en même temps. Quelques hauts fonctionnaires prirent leur téléphone mobile. Les deux femmes en noir pianotaient fébrilement sur leur sténotype, s'efforçant de capter les propos échangés. Le Secrétaire permanent glissa quelques mots à Alan Blunt. Celui-ci hocha la tête. Puis, le Premier ministre leva la main pour exiger le silence.

Plusieurs minutes s'écoulèrent avant que s'apaise le brouhaha.

Le Premier ministre se tourna vers son directeur de la Communication, qui baissait les yeux et se rongeait les ongles. Tout le monde attendait ses conclusions.

— Très bien, dit enfin Kellner. Nous savons à quoi nous avons affaire. Nous savons ce qu'est *Épée invisible*. La question est maintenant de décider comment intervenir.

16

Heure décisive

— Il faut évacuer Londres, suggéra Sir Graham.
C'était le résultat de sa rapide conversation avec Alan Blunt. Sa voix était douce et mesurée, mais sa tension perceptible. Le Secrétaire permanent était cassant comme de la glace.

— Scorpia a programmé l'instant exact de son attaque. Seize heures, demain après-midi. Des milliers d'enfants auront quitté l'école et rentreront chez eux. Nous n'avons aucun moyen de connaître la portée des ondes. Ils ont probablement placé plusieurs paraboles sur des toits d'immeubles dans toute la ville, à proximité des établissements scolaires et des stations de métro. Aucun jeune Londonien ne sera à l'abri. Mais le Dr Stephenson vient de nous expliquer que, s'ils ne sont pas en contact avec les ondes, le poison finira pas s'évacuer de leur organisme. Nous pouvons les tenir éloignés de Londres aussi longtemps qu'il sera nécessaire.

— Une évacuation de cette ampleur ? intervint le chef de la police. Avez-vous idée de l'organisation que cela suppose ? Comment voulez-vous mettre en œuvre une opération d'une telle envergure avant demain seize heures ?

— On pourrait essayer...

— Pardonnez-moi, Sir Graham, mais quel motif allez-vous donner ? Il faudrait fermer toutes les écoles. Des familles entières devraient partir. Où iraient-elles ? Que leur direz-vous ?

— La vérité.

— Je ne suis pas d'accord, coupa le directeur de la Communication.

Alex ne fut pas surpris qu'il ait choisi cet instant pour intervenir de nouveau dans le débat.

— Si vous informez nos concitoyens que leurs chers petits ont reçu une injection de nanoparticules, vous allez déclencher une panique gigantesque.

— Cela vaut mieux que de voir les rues jonchées de cadavres, marmonna Blunt.

— Et comment saurez-vous que Scorpia ne déclenche pas son attaque malgré tout ? poursuivit Kellner. Si vous annoncez à la télévision une évacuation de la capitale, vous les forcerez à agir quelques heures plus tôt.

— Nous n'avons pas le choix, dit Sir Graham. Nous ne pouvons pas laisser des enfants courir un tel danger. Jamais on ne nous le pardonnerait.

Alex jeta un coup d'œil au Premier ministre. Il semblait s'être ratatiné sur lui-même au cours des dernières minutes. Il était plus livide encore qu'au début de la réunion. Le vice-Premier ministre se mordillait furieusement la lèvre. Le ministre des Affaires étrangères astiquait ses lunettes. Tout le monde attendait que les trois hommes prennent une décision, mais ils avaient l'air totalement dépassés. Le Premier ministre regarda Kellner, puis Adair, et se décida enfin à parler.

— Je pense que Mark a raison.

— Mais, monsieur le Premier ministre..., commença Sir Graham.

— Si nous disposions de plus de temps, nous pourrions tenter quelque chose. Mais nous n'avons que vingt-quatre heures. Et il est vrai que, si nous alertons la population, ce sera la terreur générale. Et nous alerterons Scorpia par la même occasion. Grâce à... (d'un signe de tête, le Premier ministre indiqua Alex mais semblait peu désireux de prononcer son nom) nous savons quelle arme combattre. *Épée invisible*. C'est notre unique atout. Nous ne pouvons pas risquer de le perdre en intervenant à la télévision.

— Dans ce cas, qu'allons-nous faire ? soupira le vice-Premier ministre.

Mark Kellner se tourna vers le Dr Stephenson. Son regard terne était grossi par les verres de ses lunettes rondes à monture d'acier. Alex comprit que l'opinion du directeur de la Communication était déjà faite.

— Les antennes satellites, déclara ce dernier.

— Oui, acquiesça le Dr Stephenson.

— Vous dites qu'elles sont sûrement de grande taille. Est-il possible de les identifier ?

— Je suppose qu'elles ont été camouflées, répondit le Dr Stephenson après un instant de réflexion. D'innombrables immeubles sont hérissés de paraboles, mais j'imagine qu'il est possible de localiser celles qui n'ont aucune raison de s'y trouver.

— Et vous pensez qu'elles sont placées très haut.

— Probablement, oui. À une centaine de mètres, je suppose. Mais ce n'est qu'une estimation.

— Cela devrait nous faciliter la tâche, affirma Kellner.

Apparemment il avait oublié que, quelques minutes plus tôt, il ne croyait pas en l'existence d'*Épée invisible*. Il s'était ressaisi.

— Si vous avez raison, nous devons rechercher les paraboles qui ont été installées sans autorisation sur les endroits élevés au cours des deux ou trois derniers mois. Il nous reste donc à les repérer et à les débrancher. Dans le même temps, nous pouvons répertorier tous les enfants qui ont reçu un vaccin fabriqué par Consanto, leurs noms et leurs adresses. Cela nous donnera aussi un indice sur les secteurs de Londres où ont été disposées les antennes.

— Pardonnez-moi, monsieur le Premier ministre, intervint Sir Graham, visiblement excédé. Vous dites qu'il serait très difficile d'évacuer Londres. Mais ce que suggère M. Kellner est impossible. C'est une gigantesque partie de cache-cache qui nous attend. Nous ignorons combien de paraboles il faut chercher. Et si une seule passe inaperçue, des enfants mourront.

— Nous n'avons pas d'autre solution, insista Kellner. Des enfants mourront de toute façon, même si nous rendons la chose publique.

— Je peux réunir vingt mille policiers qui travailleront vingt-quatre heures sur vingt-quatre, proposa le chef de la police. Ceux de Londres et ceux de la périphérie. Je peux réquisitionner toutes les unités du Sud du pays.

— Nous pouvons aussi mobiliser l'armée, renchérit un chef militaire.

— Et vous imaginez que la vue de tous ces uniformes grimpant sur le toit des immeubles ne va pas déclencher la panique ? s'exclama Sir Graham.

Le Premier ministre leva la main pour demander le silence.

— Que les recherches commencent immédiatement. L'opération doit être menée de façon discrète. Nous pourrons toujours dire qu'il s'agit d'une alerte terroriste. Peu importe l'excuse, l'essentiel est de garder le secret.

— On localisera les paraboles sans difficulté, affirma Kellner. Il n'y a pas tellement d'immeubles de grande hauteur à Londres.

— Il existe une autre possibilité, reprit le Premier ministre en se tournant vers Blunt. Cette femme, Julia Rothman, sait où sont placées les antennes. Pouvez-vous la trouver ?

Blunt ne manifesta aucune émotion. Il ne regardait

personne en particulier. Ses yeux étaient des fentes impénétrables.

— C'est possible, répondit-il. On peut essayer.

— Alors je vous suggère de vous y mettre tout de suite.

— Très bien, monsieur le Premier ministre.

Blunt se leva. Sir Graham hocha la tête et Alex se leva à son tour. Une immense fatigue l'envahit. Il avait l'impression d'être enfermé dans cette pièce depuis des heures.

— Ravi de t'avoir enfin rencontré, Alex, dit le Premier ministre. Et merci pour tout ce que tu as fait.

Au ton de sa voix, on aurait pu penser qu'il le remerciait d'avoir servi le thé et les biscuits. Quelques secondes plus tard, on l'avait déjà oublié. Il sortit de la salle avec Blunt.

Alex savait ce qu'on attendait de lui.

Il resta silencieux pendant le trajet de retour à Liverpool Street. Blunt ne fut pas plus bavard. Pourtant, juste au moment où ils quittaient Downing Street, il lui déclara :

— Tu a été très bien, Alex.

— Merci.

C'était la première fois que le chef des Opérations spéciales le complimentait.

Ils entrèrent enfin dans le bureau du seizième étage qu'Alex ne connaissait que trop bien. Mme Jones les y attendait. Alex ne l'avait pas revue depuis qu'il avait tenté de la tuer. Elle était identique à elle-même, comme s'il ne s'était rien passé. Vêtue de son éternel tailleur sombre, les jambes croisées, elle suçotait un bonbon à la menthe.

Un bref silence ponctua leur arrivée.

— Bonjour, Alex, fit Mme Jones.

— Bonjour, Mme Jones, répondit-il, mal à l'aise. Je regrette ce qui s'est passé.

— Il y a une chose que tu dois savoir. C'est important. Vous lui avez dit, Alan ?

— Non.

Elle soupira et poursuivit.

— Je sais que tu crois avoir tiré sur moi, Alex, mais il n'en est rien. Nous avons examiné tous les angles de tir. La balle ne m'aurait pas atteinte. Tu étais à moins de deux mètres de moi et tu n'aurais pas pu me manquer. Je pense que, à la dernière seconde, tu as dévié ton arme. Malgré ta haine pour moi, qui est tout à fait justifiée, tu as été incapable de m'abattre de sang-froid.

— Je ne vous hais pas.

C'était la vérité. En fait, il ne ressentait rien.

— Alors disons que tu n'as pas à te haïr pour ce que tu crois avoir fait. Malgré ce que les gens de Scorpia t'ont raconté, tu n'es pas des leurs.

— Revenons à nos affaires, s'impatienta Blunt.

Il avait repris sa place derrière son bureau et résuma brièvement les discussions de Cobra.

— Ils ont pris les mauvaises décisions, conclut-il. Ils veulent rechercher les paraboles. Comme s'ils avaient une chance de les trouver ! Ils jugent qu'une évacuation serait trop compliquée.

— Kellner, affirma Mme Jones.

— Évidemment. Le Premier ministre fait tout ce qu'il dit. L'ennui, c'est que Kellner est à côté de la plaque. À mon avis, nous n'avons qu'une seule solution.

— Vous voulez que je retourne là-bas, en déduisit Alex.

C'était une évidence. Blunt avait reçu l'ordre de retrouver Julia Rothman. Mais il avait déjà admis qu'il ignorait où elle était. Tout le monde l'ignorait. Seul Alex était en mesure de reprendre contact avec elle. Il avait un numéro de téléphone. Et Scorpia attendait son appel.

— Ils savent probablement que j'ai échoué, déclara Alex. En tout cas, ils savent que vous m'avez pris.

— Tu pourrais t'évader, suggéra Mme Jones. Scorpia ne sait pas, en revanche, si je suis vivante ou morte. Tu leur diras que tu m'as tuée et que tu as réussi à t'échapper.

— Ils risquent de ne pas me croire.

— Tu sauras les convaincre, assura Mme Jones. J'ai conscience qu'on te demande beaucoup, Alex. Après tout ce qui vient de se passer, je comprends que tu n'aies plus envie de nous voir. Mais tu connais les enjeux. S'il y avait un autre moyen...

— Il n'y en a pas, coupa Alex, qui avait pris sa décision avant même de quitter Downing Street. Je vais leur téléphoner. J'ignore si ça marchera. Je ne sais même pas s'ils me répondront. Mais je peux essayer.

— Espérons qu'ils te conduiront à Julia Rothman. C'est notre seule chance de la localiser. Et peut-être nous mènera-t-elle aux paraboles ? dit Blunt en pressant un bouton sur son téléphone. Faites venir Smithers, marmonna-t-il dans le micro.

Smithers. Alex faillit presque sourire. Il comprit tout à coup que Alan Blunt et Mme Jones avaient déjà tout arrangé. Ils avaient prévu de le renvoyer chez Scorpia et demandé à Smithers d'apporter tous les gadgets dont il pourrait avoir besoin. C'était typique du MI 6. Ils avaient toujours une longueur d'avance. Non seulement ils programmaient le futur, mais ils le contrôlaient.

— Voilà ce que je veux que tu fasses, Alex, expliqua Blunt. Nous allons organiser ton évasion. Si nous la rendons suffisamment spectaculaire, les infos du soir en parleront. Tu passeras un coup de fil à Scorpia. Tu leur expliqueras que tu as éliminé Mme Jones. Tu auras l'air nerveux, au bord de la panique. Tu leur demanderas de te récupérer.

— Vous croyez qu'ils viendront ?

— Espérons-le. Si tu revois Julia Rothman, arrange-toi pour apprendre où ont été placées les paraboles. Dès que tu auras l'information, contacte-nous. Nous nous occuperons du reste.

— Tu devras faire très attention, Alex, reprit Mme Jones. Ces gens-là ne sont pas stupides. Ils t'ont envoyé à nous et, à ton retour, ils se montreront très soupçonneux. Ils te fouilleront. Tout ce que tu diras et feras sera passé au crible. Tu devras leur mentir. Crois-tu pouvoir t'en sortir ?

— Comment je vous contacterai ? Je serais étonné qu'ils me permettent de téléphoner.

Comme pour répondre à sa question, la porte s'ouvrit

devant Smithers. D'une certaine manière, Alex fut content de le voir. Smithers était si gros et si gras qu'on l'imaginait mal en agent du MI 6. Il portait un costume de tweed qui avait dû être à la mode cinquante ans plus tôt. Avec son crâne chauve, sa moustache noire, son triple menton et son visage jovial, il avait l'air d'un bon tonton qui aime faire des tours de magie en famille.

Pourtant, cette fois, lui aussi avait l'air grave.

— Mon cher Alex ! s'exclama-t-il. Quelle vilaine histoire, n'est-ce pas ? Comment vas-tu ? Tu es en forme ?

— Bonjour, M. Smithers.

— J'ai été navré d'apprendre que tu t'étais frotté à Scorpia. Ce sont de très sales types. Bien pires que les Russes autrefois. Ils trempent dans des histoires atroces.

Essoufflé, il s'assit lourdement.

— Sabotage, corruption, espionnage et assassinats en tout genre. Et j'en passe.

— Que nous apportez-vous, Smithers ? s'enquit Blunt.

— Vous me demandez toujours l'impossible, M. Blunt. Mais aujourd'hui plus encore. Il y a une foule de gadgets que j'aimerais donner à Alex. Vous savez que je travaille toujours sur de nouvelles idées. Je viens justement de terminer des *roller-blades*. Les lames sont cachées dans les roulettes et peuvent couper n'importe quoi. J'ai aussi une ingénieuse grenade à main dissimulée dans un Rubik Cube. Mais je me doute que ces gens le fouilleront lorsqu'ils le récupéreront. S'ils découvrent quoi que ce soit de suspect, ils comprendront qu'il travaille pour nous.

— Alex a besoin d'une tête chercheuse, dit Mme Jones. Nous devons pouvoir le localiser où qu'il aille. Et il doit pouvoir nous envoyer un signal afin que nous intervenions.

— Je sais, rétorqua Smithers en plongeant la main dans sa poche. Et je crois avoir trouvé l'instrument idéal. Ça n'éveillera pas leur curiosité, car c'est exactement ce qu'on peut s'attendre à trouver chez un adolescent.

Smithers tendit un sachet transparent contenant un petit objet en métal et plastique. Alex ne put s'empêcher de sourire. La dernière fois qu'il avait vu un objet semblable, c'était chez le dentiste. Un appareil dentaire.

— Il faudra sans doute faire quelques ajustements, mais ça devrait s'adapter parfaitement dans ta bouche, dit Smithers en tapotant le sachet. Le fil qui court sur les dents est transparent. Donc personne ne le verra. En vérité c'est une antenne radio. L'appareil collé contre ton palais commencera à émettre dès que tu le mettras.

Smithers retourna le sachet et tapota le fond de son index boudiné.

— Il y a un petit interrupteur, caché ici. On l'active avec la langue. Dès que tu presses dessus, un signal de détresse nous parvient et nous arrivons.

— Bravo, Smithers, le félicita Mme Jones. C'est de l'excellent travail.

— Je regrette d'envoyer Alex sans aucune arme, soupira le gros homme. J'ai un merveilleux petit gadget ! Un Organiser qui tient dans la paume de la main et se transforme en lance-flammes. J'ai appelé ça l'Organiser Napalm.

— Pas d'arme, insista Blunt.
— On ne peut pas courir ce risque.
— Vous avez raison, admit Smithers en se relevant pesamment. Fais bien attention à toi, Alex. Ne t'avise pas de te faire tuer. Je tiens à te revoir.

Il se retira, fermant la porte derrière lui.

— Je suis désolée, Alex, dit Mme Jones.
— Non, je comprends.

Mme Jones avait raison. Même s'il parvenait à convaincre Scorpia qu'il avait accompli sa mission, ils se méfieraient de lui et le fouilleraient de la tête aux pieds.

— Active le signal dès que tu auras découvert l'emplacement des paraboles, ordonna Blunt.

— Il est aussi possible que tu n'apprennes rien, ajouta Mme Jones. Dans ce cas, si tu ne peux pas fuir, si tu te sens en danger, déclenche-le quand même. Nous enverrons les forces spéciales te chercher.

Alex était étonné. Jamais elle ne s'était autant préoccupée de lui par le passé. On aurait dit que le fait qu'il ait pénétré chez elle avait changé leurs relations. Il la regarda, assise bien droite sur son siège, impeccable et maîtresse d'elle-même, mâchonnant lentement son bonbon à la menthe, et devina qu'elle lui cachait quelque chose. Si c'était le cas, ils étaient deux.

— Tu es sûr de vouloir tenter le coup, Alex ? demanda Mme Jones.

— Oui. Et vous, vous êtes certains de leur faire croire à mon évasion ?

— Oh oui, répondit Blunt avec un mince sourire. Ils vont y croire.

L'incident eut lieu à Londres et passa aux informations de dix-huit heures.

Une voiture roulait très vite sur le Westway, une des principales artères de sortie de la ville. Sur une portion de route surélevée sur de hauts piliers en ciment. Tout à coup, le conducteur perdit le contrôle de son véhicule. Des témoins le virent faire des embardées à droite et gauche et percuter d'autres voitures à vive allure. Il s'en suivit un carambolage impliquant une dizaine de véhicules. Une Fiat Uno se plia comme un morceau de carton. Une BMW eut deux portières arrachées. Une camionnette de fleuriste, incapable de freiner à temps, s'encastra dedans. Le hayon arrière s'ouvrit et la chaussée se trouva subitement recouverte de roses et de chrysanthèmes. Un taxi, qui voulut éviter la collision, heurta la barrière de sécurité. Il fut catapulté par-dessus et s'encastra dans la fenêtre d'un immeuble bordant la route.

Par miracle, il n'y eut aucun tué. Mais une douzaine de blessés furent conduits à l'hôpital. Un hélicoptère de la police filma la scène juste après le drame et la télévision diffusa les images. La route était fermée. De la fumée s'élevait d'un véhicule incendié. Il y avait des débris de métal et de verre partout.

Des reporters interviewèrent plusieurs témoins. Apparemment, un garçon se trouvait dans la voiture qui avait causé l'accident. Sitôt après le carambolage, il en était sorti et s'était enfui. Un homme, en costume sombre et lunettes noires, était lui aussi descendu du véhicule et avait tenté de le poursuivre. Mais l'homme semblait blessé. Il boitait. Le garçon avait disparu.

Deux heures après, la circulation était encore interdite sur le Westway. La police annonça qu'elle recherchait le fuyard pour l'interroger. Mais ils en donnaient une description très vague : un adolescent d'environ quatorze ans, habillé de noir. On ne mentionnait pas son nom. L'accident avait provoqué un monstrueux embouteillage dans tout l'ouest de Londres. Il faudrait des heures avant que la situation redevienne normale.

Dans sa chambre d'hôtel de Mayfair, Julia Rothman vit le reportage à la télévision. L'identité du garçon recherché ne faisait aucun doute pour elle. Il ne pouvait s'agir que d'Alex Rider. Elle s'interrogeait sur ce qui s'était passé. Mais, surtout, elle se demandait quand Alex allait téléphoner.

En fait, ce n'est qu'à sept heures, ce soir-là, qu'Alex put enfin passer un coup de fil. Il était dans une cabine téléphonique à Marble Arch. Il avait mis l'appareil dentaire et pris le temps de s'y accoutumer. Mais il avait encore du mal à articuler.

— Allô ? répondit une voix d'homme.
— Ici Alex Rider.
— Où es-tu ?
— J'appelle d'une cabine, sur Edgware Road.

La cabine se trouvait devant un restaurant libanais. Alex avait revêtu la tenue *ninja* que Scorpia lui avait donnée. Il prévoyait qu'on l'inspecterait avec un matériel sophistiqué. La question était de savoir dans combien de temps on viendrait le chercher.

Le MI 6 avait brillamment orchestré le carambolage. Vingt véhicules y avaient pris part et il ne leur avait fallu que deux heures pour tout organiser, avec une équipe de cascadeurs chevronnés. Aucune personne innocente n'avait été blessée. Mais en voyant les images à la télévision, personne ne pouvait se douter qu'il s'agissait d'une mise en scène. Pas même Scorpia. Blunt avait raison. Plus c'était gros, moins ils auraient de soupçons. La dernière édition du *Standard* montrait la photo du taxi qui avait volé au-dessus de la barrière de sécurité et s'était encastré dans une maison.

Mais pour l'homme qui était au téléphone, tout ceci importait peu. Une seule chose le préoccupait :

— La femme est morte ?

La femme. Pour Scorpia, Mme Jones n'avait déjà plus de nom. Les cadavres n'en ont pas besoin.

— Oui, répondit Alex.

Lorsqu'ils viendraient le chercher, ils trouveraient le pistolet Kahr P9 dans sa poche, avec l'unique balle tirée. S'ils examinaient ses mains (ce dont Blunt était certain), ils détecteraient des traces de poudre. De plus, il avait une tache de sang sur sa manche. Du groupe sanguin de Mme Jones. Elle avait fourni un échantillon.

— Que s'est-il passé ?

— Ils m'ont arrêté au moment où je filais. Ils m'ont conduit à Liverpool Street pour m'interroger. Ensuite, ils ont voulu m'emmener autre part. J'en ai profité pour m'échapper.

Alex laissa un tremblement de panique percer dans sa voix. Après tout, il n'était qu'un adolescent. Il venait de commettre son premier crime et il avait la police à ses trousses.

— Écoutez, on m'a promis de me porter secours dès que ce serait fini. Je suis dans une cabine téléphonique. Tout le monde me recherche. Je veux voir Nile...

Il y eut un court silence, puis :

— D'accord. Va à la station de métro Bank. Il y a un carrefour. Sept rues. Poste-toi devant l'entrée principale à neuf heures précises. On viendra te récupérer.

— Qui ?

La communication fut coupée. Alex raccrocha et sortit de la cabine. Deux voitures de police passèrent à vive allure, gyrophare allumé. Mais Alex ne les intéressait pas. Il prit ses repères et se mit en route. La station de métro Bank se trouvait de l'autre côté de la ville et il lui faudrait au moins une heure pour s'y rendre à pied. N'ayant pas un sou sur lui, il ne tenait pas à se faire arrêter pour resquillage dans un bus. Une fois là-bas... Un carrefour de sept rues ! Décidément, Scorpia prenait toutes les précautions. Ils pourraient arriver de n'importe quelle direction. Et si c'était un traquenard monté par le MI 6, ils auraient sept possibilités de fuite.

Alex s'engagea sur les trottoirs bondés de monde, longeant les façades, s'efforçant de ne pas penser à ce qui l'attendait. Le soir tombait. Déjà une lune froide et dure se dessinait dans le ciel. D'une manière ou d'une autre, l'histoire prendrait fin le lendemain. Il ne restait que vingt heures avant l'ultimatum fixé par Scorpia.

Pour Alex aussi, ce serait la fin.

C'était le seul détail qu'il avait caché à Mme Jones.

À Malagosto, le dernier jour, on l'avait envoyé chez un psychiatre – un homme d'une cinquantaine d'années au regard inquisiteur –, qui lui avait fait passer un certain nombre de tests avant de compléter son dossier médical. Quelles avaient été les conclusions de ce Dr Steiner ? Alex était un peu fatigué. Il avait besoin de vitamines.

Le Dr Steiner lui avait fait une piqûre.

Désormais, Alex savait qu'on lui avait injecté les mêmes nanocapsules qui allaient tuer des milliers d'enfants à Londres. Il pouvait presque les sentir se répandre dans son sang. Des millions de petites balles d'or encerclant son cœur, prêtes à lâcher leur contenu mortel. Alex avait un goût amer dans la bouche. Scorpia l'avait roulé. Ils s'étaient moqués de lui dès le début. Même lorsque Mme Rothman sirotait son champagne à Positano, elle devait déjà songer à la façon de se débarrasser de lui.

Alex n'en avait pas parlé à Mme Jones parce qu'il ne voulait pas qu'elle sache quel imbécile il avait été. Et puis cela renforçait sa détermination. Il savait que, une fois le signal émis par les paraboles, il mourrait. Mais, d'ici là, il avait encore un peu de temps.

Scorpia disait que la revanche était douce.

Alex était bien décidé à en faire l'expérience.

17

L'église des saints-oubliés

Les recherches avaient déjà commencé.

Des centaines d'hommes et de femmes parcouraient Londres, tandis que des centaines d'autres travaillaient en renfort, au téléphone et sur des ordinateurs, analysant, recoupant et renvoyant les informations, épluchant les dossiers. Les conseillers scientifiques du gouvernement avaient confirmé les hypothèses du Dr Stephenson : pour être efficaces, les paraboles devaient se trouver à cent mètres au moins au-dessus du sol. Cela facilitait la tâche. Fouiller les caves et les ruelles de la ville aurait été irréalisable, même en réquisitionnant toutes les forces de police et de l'armée du pays. Ils avaient donc pour mission de localiser des antennes situées en hauteur et bien en vue. Le temps était compté mais ce n'était pas infaisable.

Toutes les antennes paraboliques de Londres étaient

répertoriées, photographiées, authentifiées, puis éliminées des recherches. Chaque fois que c'était possible, on retrouvait le permis d'installation pour le comparer au matériel installé. On avait mobilisé des spécialistes en télécommunications, chargés de procéder aux vérifications dès qu'il y avait un doute.

Si cette soudaine agitation dans les immeubles d'habitation et de bureaux intrigua la population, personne ne dit rien. Les quelques journalistes qui osaient poser des questions étaient calmement entraînés à l'écart, et si férocement menacés qu'ils préférèrent aller traiter de sujets moins dangereux. La rumeur courut que les autorités avaient entrepris des mesures de répression contre les fraudeurs de la redevance TV. Chaque heure, dans la ville, de plus en plus de techniciens enquêtaient, inspectaient les antennes pour s'assurer de leur légalité.

Enfin, le mardi matin, juste après dix heures, soit six heures avant la limite fixée par Scorpia, on les trouva.

Un immeuble d'habitation, à la lisière de Nottingham Gate, jouissait d'un panorama incomparable sur tout l'ouest de Londres. C'était l'un des plus hauts gratte-ciel de la ville, célèbre autant par sa hauteur que par sa laideur. Il avait été conçu dans les années 1960 par un architecte qui s'était bien gardé d'y vivre.

Le toit se hérissait de plusieurs constructions de briques, destinées à abriter le câblage des ascenseurs, les groupes de climatisation, les générateurs de secours. C'est sur l'une d'elles que les inspecteurs découvrirent trois antennes paraboliques flambant neuves, orientées au nord, au sud et à l'est.

Personne ne savait à quoi elles servaient. Personne ne détenait le moindre dossier sur les raisons de leur installation. En quelques minutes, le toit fut envahi par une foule de techniciens, tandis que d'autres rôdaient autour en hélicoptère. Les câbles menaient à un émetteur radio, programmé pour émettre des ondes à fréquence térahertz[1] , à seize heures précises l'après-midi même.

C'est Mark Kellner qui reçut l'appel téléphonique à Downing Street annonçant la bonne nouvelle.

— On a réussi ! s'exclama-t-il. Un immeuble dans l'ouest de Londres. Trois antennes. Elles sont déconnectées.

Cobra était toujours en conférence. Autour de la table, les murmures d'étonnement enflèrent et se transformèrent en rugissements de triomphe.

— Les recherches vont continuer, indiqua Kellner. Scorpia a pu placer des antennes en secours. Mais s'il y en a d'autres, nous les trouverons aussi. Nous pouvons dire, je crois, que le plus gros de la crise est passé.

À Liverpool Street, Alan Blunt et Mme Jones avaient eux aussi appris la nouvelle.

— Qu'en pensez-vous ? demanda cette dernière.

— Scorpia est trop rusée, répondit Blunt en secouant la tête. Si la police a trouvé ces antennes, c'est qu'elles étaient là pour qu'on les trouve.

— Donc, Kellner se trompe encore.

— C'est un imbécile, dit Blunt en regardant sa montre. Il ne nous reste pas beaucoup de temps.

— Notre seule chance est Alex.

---

1. Téra = 1 milliard d'unités.

Alex était de l'autre côté de Londres, bien loin des antennes paraboliques.

Comme convenu, la veille au soir, à l'heure indiquée, on était venu le chercher à Bank Station. Mais pas en voiture. Une inconnue à la tenue débraillée était passée près de lui et lui avait chuchoté deux mots à l'oreille en lui fourrant un ticket de métro dans la main :

— Suis-moi.

Elle l'avait précédé dans la station, puis elle était montée dans une rame. Là, elle s'était tenue à l'écart, le regard vague, sans lui adresser un mot, comme si elle ne le connaissait pas. Ils avaient changé deux fois de métro, attendant la seconde où les portes allaient se fermer pour bondir dans le wagon. Si quelqu'un les avait suivis, ils l'auraient aussitôt repéré. Enfin, ils étaient sortis à King's Cross Station. La femme avait fait signe à Alex d'attendre dans la rue. Quelques minutes plus tard, un taxi s'était arrêté.

— Alex Rider ?
— Oui.
— Monte.

Tout s'était passé en douceur, et de telle manière qu'aucun agent du MI 6 n'aurait pu filer Alex. Scorpia avait parfaitement manœuvré.

Le taxi l'avait conduit à une maison – différente de celle où il était allé le premier soir de son arrivée à Londres. Celle-ci se situait en bordure de Regent's Park. Un homme et une femme l'y attendaient. C'étaient les faux parents italiens qui l'avaient escorté de Venise à

Heathrow. Ils le conduisirent à l'étage, dans une chambre à coucher, avec salle de bains contiguë. On lui avait préparé un plateau-repas. Le couple le laissa seul et ferma la porte à clé. Il n'y avait pas de téléphone et la fenêtre était également verrouillée...

Il était maintenant treize heures trente, le lendemain. Assis sur le lit, Alex contemplait par la fenêtre les arbres et la clôture victorienne de Regent's Park. Il avait un peu la nausée et commençait à penser que Scorpia avait tout simplement décidé de le laisser enfermé ici jusqu'à seize heures, où il mourrait en même temps que les autres enfants de Londres. Il songea aux nanocapsules tapies dans son cœur, et se rappela le sourire du Dr Steiner lorsqu'il lui avait injecté le poison mortel. Cette pensée lui donna le frisson. Était-il condamné à passer ses dernières heures dans cette chambre, seul, sur ce lit défait ?

La porte s'ouvrit.

Nile entra, suivi de Julia Rothman.

Elle était vêtue d'un superbe manteau gris avec un col de fourrure blanche, boutonné jusqu'au cou. Ses cheveux noirs étaient immaculés, son maquillage aussi sophistiqué que ceux des invités de la réception au Palais de la Veuve. Son regard noir était plus étincelant que jamais, souligné par un trait d'eye-liner.

— Alex ! s'exclama-t-elle, apparemment sincèrement ravie de le revoir.

Mais le garçon savait désormais que tout, chez elle, était truqué.

— Je me demandais si vous alliez venir, dit-il.

— Bien sûr, voyons ! Mais nous avons une journée

chargée. Comment vas-tu, Alex ? Je suis heureuse de te voir.

— Tu l'as vraiment descendue ? interrogea Nile.

Nile portait un jean, une veste large, des tennis et un T-shirt blanc.

Julia Rothman fit la moue.

— Voyons, Nile ! Vous êtes bien brutal. Alex, Nile veut parler de Mme Jones. Tu comprendras que nous avons besoin de savoir comment cela s'est passé. Tu as réussi ta mission ?

— Oui, mentit Alex.

C'était le moment le plus délicat. Alex savait qu'il ne devait pas trop parler, de crainte de se trahir. Il avait terriblement conscience de la présence de l'appareil dentaire dans sa bouche, qui déformait très légèrement son élocution. Le fil qui courait sur ses dents avait beau être transparent, Mme Rothman ne manquerait sûrement pas de le remarquer.

— Alors ? insista Nile.

— J'ai réussi à m'introduire dans son appartement. Tout s'est déroulé exactement comme vous l'aviez prévu. J'ai utilisé le pistolet...

— Et ensuite ?

— Je suis redescendu par l'ascenseur. J'allais sortir quand les deux gardes de l'entrée m'on sauté dessus. Je ne sais pas comment ils ont découvert qui j'étais. En tout cas, ils m'ont passé les menottes avant que j'aie pu faire quoi que ce soit.

— Continue, l'encouragea Mme Rothman sans le quitter des yeux.

Cette partie était plus facile. Il suffisait à Alex de donner une version de la vérité.

— Ils m'ont conduit dans une cellule. Quelque part dans les sous-sols de Liverpool Street. J'y ai passé la nuit. Le lendemain, Blunt m'a interrogé.

— Que t'a-t-il dit ?

— Pas grand-chose. Il savait que je travaillais pour vous. Ils ont des photos prises par satellite, où on me voit débarquant à Malagosto.

Nile lança un coup d'œil à sa patronne.

— C'est assez cohérent. J'ai toujours eu l'impression qu'on nous surveillait.

— Blunt ne m'a pas posé beaucoup de questions, poursuivit Alex. En fait, il n'avait pas du tout envie de me parler. Il m'a prévenu que j'allais subir un interrogatoire ailleurs, en dehors de Londres. J'ai patienté un moment, puis une voiture est venue me chercher.

— Tu étais menotté ? voulut savoir Julia Rothman.

— À ce moment-là, non. C'est leur erreur. C'était une voiture ordinaire. Il y avait le conducteur devant, et un agent du MI 6 avec moi à l'arrière. J'ignorais où ils m'emmenaient et je n'avais pas du tout envie d'y aller. Je voulais tenter quelque chose. Peu importait ce qui arriverait, et tant pis si je me faisais tuer. J'ai attendu que la voiture prenne de la vitesse, puis je me suis jeté sur le conducteur. J'ai réussi à mettre mes mains sur ses yeux. Il ne pouvait rien faire. Il a perdu le contrôle et le véhicule en a percuté un autre.

— Tu as provoqué un joli carambolage, dit Mme Rothman.

— Oui. J'ai eu beaucoup de chance. Dans la voiture, tout était sens dessus dessous. Quand elle s'est immobilisée, j'ai réussi à ouvrir la portière et à filer. Ensuite, j'ai trouvé une cabine téléphonique pour vous appeler. Et me voici.

Nile l'avait observé attentivement pendant qu'il racontait son histoire.

— Quel effet ça fait, Alex ? D'avoir tué Mme Jones ?
— Rien. Je ne ressens rien.
— J'ai éprouvé la même chose, la première fois. Mais bientôt tu y prendras plaisir, tu verras. Ça vient petit à petit.
— Tu t'es très bien débrouillé, Alex, commenta Mme Rothman.

Pourtant, derrière ses paroles, Alex perçut un doute.

— J'avoue que je suis très impressionnée par ton évasion audacieuse. En voyant le reportage à la télévision, j'ai eu du mal à y croire. Quoi qu'il en soit, tu as passé le test avec succès. Désormais, tu es vraiment des nôtres.
— Ça veut dire que vous me ramenez à Venise ?
— Pas encore, Alex.

Mme Rothman réfléchit un instant, puis sembla prendre une décision.

— Nous sommes dans la phase cruciale d'une opération. Il pourrait être intéressant pour toi d'assister à l'apothéose. Ce sera très spectaculaire. Qu'en penses-tu ?

L'adolescent haussa les épaules. Il ne voulait pas paraître trop empressé.

— Si vous voulez.

— Tu as croisé le Dr Libermann. Tu étais à Consanto lorsque Nile s'est... occupé de lui. Il me semble normal que tu voies la réalisation de ses travaux. J'aimerais t'avoir auprès de moi pour la fin de l'opération.

Ainsi, elle pourrait assister à son agonie, songea Alex.
— D'accord, dit-il.

Mme Rothman plissa les yeux et son sourire s'évanouit.

— Mais avant cela, Alex, nous allons devoir te fouiller. Je te fais confiance, bien sûr, mais nous ne laissons jamais rien au hasard. Le MI 6 t'a retenu prisonnier et il est possible que l'on t'ait contaminé à ton insu. Donc, avant de partir, je veux que tu ailles dans la salle de bains avec Nile. Il t'examinera. Puis tu changeras de vêtements. Entièrement, Alex. C'est un peu embarrassant, je sais, mais je suis certaine que tu comprendras.

— Je n'ai rien à cacher, répondit-il, tout en passant sa langue sur l'appareil dentaire.

— Je n'en doute pas. Disons que c'est une simple précaution.

— Allons-y, dit Nile avec un sourire amusé, en pointant du doigt la porte de la salle de bains.

Vingt minutes plus tard, Alex et Nile redescendirent au rez-de-chaussée. Alex portait maintenant un jean et un pull ras du cou. Mme Rothman n'avait pas menti. S'il avait eu ne serait-ce qu'un penny sur lui, Nile l'aurait découvert. Il avait procédé à une fouille minutieuse.

Pourtant le tueur n'avait pas remarqué l'appareil dentaire. Il avait omis de vérifier sa bouche.

— Alors ? demanda Mme Rothman, visiblement pressée de partir.

— Rien à signaler, déclara Nile.

— Parfait. Allons-y.

Dans un angle du vestibule, sur les dalles noires et blanches, se dressait une grande horloge de grand-mère. Au moment où Alex approchait de la porte, l'horloge sonna deux heures.

— Déjà ? s'étonna Mme Rothman.

Puis elle se tourna vers l'adolescent et lui pinça la joue.

— Tu n'as plus que deux heures à attendre, Alex.

— À attendre quoi ?

— Dans deux heures, tu sauras tout.

Elle ouvrit la porte.

Une voiture se tenait prête à les conduire. Ils traversèrent Londres en direction du sud, contournèrent Aldwych et franchirent le pont de Waterloo. Alex en profita pour admirer les bâtiments les plus spectaculaires de la capitale : Houses of Parliament, Big Ben, et la Grande Roue du Millénaire, sur la rive opposée. À quoi ressemblerait tout cela, dans deux heures ? Il essaya d'imaginer les ambulances et les véhicules de police fonçant, sirènes hurlantes, à travers les rues. La foule hébétée contemplant les petits cadavres jonchant les trottoirs. Un spectacle de guerre, sans qu'un seul coup de feu ait été tiré.

Puis ils longèrent la rive sud et passèrent Waterloo en direction de l'est. Plus ils roulaient, plus les immeubles devenaient vétustes et sales. On aurait pu croire qu'ils ne parcouraient pas seulement les kilomètres, mais les années. Alex était assis à l'arrière à côté de Nile, Mme Rothman à l'avant près d'un chauffeur au visage impénétrable. Personne ne parlait. Malgré la chaleur qui régnait dans la voiture, sous le soleil éclatant, Alex percevait une tension qui rendait l'air glacial. Il avait la certitude qu'ils se dirigeaient vers le cœur d'*Épée invisible*, mais il ne savait à quoi s'attendre. Un immeuble de bureaux ? Un gratte-ciel en construction ? Le front pressé contre la vitre, il regardait les rues défiler en s'efforçant de garder son calme.

La voiture ralentit enfin et s'arrêta dans une impasse d'une quinzaine de mètres de long. Mme Rothman et Nile descendirent. Alex les suivit, en inspectant les alentours le cœur serré. Aucune antenne parabolique en vue. Ni aucun immeuble élevé à un kilomètre à la ronde. La rue, presque aussi large que longue, était bordée de boutiques désaffectées. Les étages inférieurs étaient condamnés, les vitrines cassées. La rue elle-même était jonchée de détritus, de vieux journaux, de boîtes de bière écrasées, de paquets de chips vides.

Mais c'est l'édifice s'élevant au bout de l'impasse qui capta toute l'attention d'Alex. L'église aurait mieux convenu à Rome ou à Venise qu'à Londres. Visiblement abandonnée depuis longtemps, gravement détériorée, elle semblait pourtant se battre encore pour défendre sa magnificence. Deux immenses colonnes fissurées supportaient un toit triangulaire au-dessus de l'entrée principale. Des marches de marbre menaient à une grande porte de bronze massif, à la patine maintenant verdâtre.

L'imposante masse de l'église se dressait derrière, surmontée par un dôme qui brillait sous le soleil. Des statues bordaient les marches, mais le temps et les vandales les avaient martyrisées. Certaines n'avaient plus de bras, d'autres plus de visage. Le temps avait transformé les anges et les saints en infirmes.

— Pourquoi sommes-nous venus ici ? demanda Alex.

Près de lui, Julia Rothman levait les yeux sur l'église.

— J'ai pensé que tu aimerais assister à la conclusion de l'opération *Épée invisible*.

— Je ne sais rien de cette opération.

Alex cherchait discrètement des paraboles. Il n'y en avait pas une seule sur le dôme, et, de toute façon, celui-ci n'avait pas la hauteur voulue.

— Où sommes-nous ?

Mme Rothman lui jeta un regard inquisiteur.

— C'est drôle, Alex, mais je te trouve différent.

Alex ferma prudemment la bouche et la fixa avec étonnement.

— Nile, vous êtes certain de l'avoir bien fouillé ? reprit-elle.

— Oui. J'ai suivi vos ordres.

— Je croyais que vous me faisiez confiance, protesta Alex, en tournant légèrement la tête pour lui cacher ses dents. Je vous ai obéi et j'ai failli me faire tuer.

— Ne te vexe pas. Je ne fais confiance à personne. Pas même à Nile. Bon, pour répondre à ta question, cet édifice est l'église des Saints-Oubliés. En vérité, ce n'est pas vraiment une église, mais plutôt un oratoire. Il a été construit par une communauté de prêtres catholiques qui vivait dans le quartier. Des personnages assez étranges. Ils vénéraient des saints tombés dans l'oubli. Tu serais étonné d'apprendre combien de saints ont été effacés des mémoires. Saint Fiacre, par exemple, est le patron des jardiniers et des chauffeurs de taxi. Il a du travail sur la planche ! Saint Ambroise veille sur les apiculteurs. Et que deviendraient les tailleurs sans saint Homobonus ! Savais-tu que les entrepreneurs de pompes funèbres et les parfumeurs avaient eux aussi leur saint patron ? Ils étaient honorés ici.

« Pas étonnant que l'église ait été abandonnée. Elle a été bombardée pendant la guerre et n'a jamais été restaurée. Scorpia l'a achetée il y a quelques années. Tu verras, nous y avons fait quelques aménagements intéressants. Tu veux visiter ?

— Si vous y tenez, dit Alex avec un haussement d'épaules.

Il n'avait pas le choix. Pour une raison inconnue, Julia Rothman avait décidé de l'amener ici, et il y serait probablement encore lorsque les ondes térahertz seraient émises à travers la ville. Il jeta un dernier regard au dôme en espérant qu'il serait assez épais pour le protéger. Mais il en doutait.

La voiture qui les avait conduits était repartie. Les boutiques qui encadraient l'église étaient vides. Alex se demanda si le secteur était surveillé. Quiconque entrait dans l'église passait obligatoirement par l'impasse et il était facile de couvrir la porte avec des caméras cachées. Ils gravirent les marches et la porte s'ouvrit électroniquement. Intéressant. Julia Rothman avait parlé d'aménagements et il était évident que l'oratoire n'était pas aussi délabré qu'il le paraissait.

Ils pénétrèrent dans un grand hall de forme rectangulaire, qui servait d'antichambre à la nef de l'église. Tout était gris : les immenses dalles du sol, le plafond, les piliers qui le soutenaient. Peu à peu, la vision d'Alex s'accommoda à la pénombre. Il y avait des fenêtres, mais le verre en était si épais qu'il semblait refouler la lumière du jour, plutôt que de la laisser filtrer. Tout était défraîchi et poussiéreux. Deux statues – d'autres saints oubliés ? – encadraient une vasque de fonts baptismaux craquelée. Une odeur d'humidité imprégnait l'air. Personne ne paraissait avoir mis les pieds ici depuis au moins cinquante ans. Alex toussa et le son se répercuta. Tout était silencieux. La salle semblait ne mener nulle part. Un mur épais bloquait le passage. Pourtant, Julia Rothman avança. Ses talons hauts cliquetèrent sur les dalles de pierre.

Son mouvement avait déclenché une sorte de signal. Il y eut un bourdonnement et une série de lampes à arc dissimulées dans le plafond et dans les parois s'éclairèrent. Des faisceaux de lumière crue rayonnèrent de toutes parts. En même temps, cinq panneaux coulissèrent en silence, l'un après l'autre. Ils étaient intégrés dans le mur, et maquillés comme des cloisons de briques. En fait, c'était de l'acier. La lumière s'accentua et le silence fut rompu par des bruits de pas, de machines, d'activité intense.

— Bienvenue à *Épée invisible*, annonça Julia Rothman.

Alex comprit tout à coup pourquoi elle l'avait conduit ici. Elle était fière de son œuvre. Sa voix trahissait son plaisir.

Il avança et découvrit un spectacle qu'il n'oublierait jamais.

C'était une église classique, assez semblable au monastère de Malagosto. Scorpia aimait se cacher derrière la religion. Le sol était un damier noir et blanc. Il y avait des vitraux aux fenêtres, une chaire en bois richement sculptée, quelques vieux bancs. Les restes d'un orgue étaient encore accrochés sur un mur, mais avec ses tuyaux cassés et manquants il avait peu de chances de produire un son. Le dôme était peint d'images de saints, hommes et femmes, tenant les objets représentatifs des métiers qu'ils étaient censés protéger : meubles, chaussures, livres, miches de pain, etc. Tous étaient tombés dans l'oubli. Tous étaient figés dans cette fresque immense.

L'église était bourrée d'équipements électroniques : ordinateurs, moniteurs, tableaux de commandes, totalement incongrus dans ce décor. Deux portiques métalliques se dressaient de chaque côté, avec des gardes armés postés à égale distance. L'opération nécessitait vingt ou trente personnes, dont une bonne moitié était armée de mitraillettes. Soudain, une voix éclata, amplifiée par une sono encastrée dans les murs :

— Six minutes avant le lancement. Six minutes avant le compte à rebours...

Alex comprit qu'il était arrivé dans le cœur du réseau. Et tandis qu'il contemplait la scène, le bout de sa langue pressa le bouton dissimulé dans l'appareil dentaire confectionné par Smithers. Mark Kellner, le conseiller du Premier ministre, s'était encore trompé. Scorpia n'avait pas fixé les paraboles sur des immeubles.

Elles étaient installées sur une montgolfière.

Six hommes revêtus de combinaisons noires étaient occupés à la gonfler. L'espace au sol était immense et le dôme aussi haut qu'un immeuble de six étages. La voilure bleu et blanc de la montgolfière, une fois en l'air, se fondrait dans le ciel. Mais comment allait-elle monter ? L'église était totalement close par le dôme. Pourtant Alex avait la certitude que c'était leur plan. Sous la montgolfière se trouvait une sorte de châssis, avec un unique brûleur pointé vers le haut et, dessous, une plate-forme de vingt mètres carrés environ. Le ballon, bizarrement vieillot, semblait sorti d'un roman d'aventures du XIXe siècle. À l'inverse, la plate-forme était on ne peut plus high-tech. Sa structure était en plastique ultraléger, avec une rambarde basse pour protéger le matériel embarqué à bord.

Alex identifia immédiatement ce matériel : quatre antennes paraboliques, chacune dans un angle, orientées vers les quatre points cardinaux. De couleur argent mat, elles mesuraient trois mètres de diamètre, avec de fines tiges métalliques formant un triangle qui sortaient du centre. Des fils reliaient les paraboles à toute une série de boîtes d'aspect sophistiqué, qui occupaient la majeure partie de l'espace au centre de la plate-forme.

Des tuyaux noirs couraient jusqu'au brûleur, pour conduire le propane stocké dans les réservoirs empilés près des boîtes. Le ballon était presque gonflé. Trois hommes chauffaient l'air de l'enveloppe avec un second brûleur, et bientôt celle-ci s'éleva mollement. D'autres hommes accoururent pour stabiliser la plate-forme. Deux cordes, une de chaque côté, la retenaient arrimée à d'énormes anneaux de fer fixés dans le sol. Cette fois, Alex comprit les intentions de Scorpia. Julia Rothman avait prévu que les conseillers scientifiques du gouvernement découvriraient la cause de la mort des footballeurs à l'aéroport de Heathrow. Elle avait prévu que les autorités rechercheraient des antennes paraboliques. Aussi les avait-elle gardées cachées jusqu'au dernier instant. La montgolfière les hisserait à la hauteur voulue, et quelques minutes leur suffiraient pour agir. On aurait à peine le temps de comprendre que déjà il serait trop tard. Les nanocapsules d'or seraient dissoutes et des milliers d'enfants mourraient.

Alex remarqua que Nile avait enlevé sa veste et sanglait quelque chose sur son dos. C'était un harnais de cuir, muni de deux armes terribles : ni vraiment des épées, ni vraiment des dagues. Il suffisait de se rappeler comment avait péri le Dr Libermann pour savoir que Nile était un expert du *iaido,* l'art *ninja* du sabre. Qu'il s'en serve pour trancher ou transpercer, il le faisait à une vitesse fulgurante. L'espion était capable de tuer en une fraction de seconde.

Conclusion, Alex était réduit à l'impuissance. Il ne pouvait rien faire d'autre que d'attendre et observer. Il ne disposait d'aucun gadget, d'aucune arme cachée. Mme Rothman avait peut-être fini par croire à son histoire de capture et d'évasion, mais elle ne le quittait pas des yeux. En fait, ses soupçons ne s'étaient pas dissipés. Si Alex s'avisait d'éternuer sans sa permission, elle donnerait un ordre et Nile le découperait en rondelles.

Combien de temps s'était-il écoulé depuis qu'il avait actionné l'émetteur ? Soixante secondes ? Plus, peut-être. Alex sentait le fil qui courait sur ses dents et essaya d'imaginer le signal transmis au MI 6. Combien de temps leur faudrait-il pour intervenir ?

Mme Rothman s'approcha et lui posa une main sur l'épaule, lui caressant la nuque du bout des doigts. Elle fit courir sa petite langue rose sur ses lèvres d'un air gourmand.

— Je vais t'expliquer ce que nous sommes venus faire ici, Alex. Puisque tu es membre de Scorpia, je suis sûre que tu aimerais le savoir.

— Vous allez faire une balade en montgolfière ?

— Non, Alex. Je ne vais nulle part, répondit Julia Rothman avec un sourire. Il y a deux jours, nous avons présenté certaines exigences au gouvernement américain, en précisant que, s'il n'obéissait pas, les Britanniques en subiraient les conséquences. L'ultimatum prend fin dans... moins de quinze minutes. Les Américains ont refusé nos conditions et le moment du châtiment est arrivé.

— Qu'allez-vous faire ? interrogea Alex, incapable de chasser l'horreur de sa voix.

— Dans quelques minutes, la ballon sera totalement

gonflé et s'élèvera au-dessus de l'église. Les cordes l'immobiliseront à cent mètres de hauteur exactement. Alors, le matériel que tu aperçois sur la plate-forme s'activera automatiquement. Des ondes de fréquence térahertz seront émises sur Londres pendant deux minutes et, aussitôt, malheureusement, une foule de gens mourront.

— Pourquoi ? dit Alex d'une voix faible. Qu'avez-vous réclamé aux Américains ? Qu'attendiez-vous d'eux ?

— En vérité, nous n'attendions rien. Nos exigences étaient parfaitement grotesques. Nous leur demandions de désarmer, de verser un milliard de dollars. Nous savions que jamais ils n'accepteraient.

— Alors pourquoi le demander ?

— Parce que notre client veut se venger. Il veut se venger de l'alliance et du copinage permanents des Britanniques et des Américains, sur des sujets qui ne les concernent pas. Il veut s'assurer que l'amitié qui unit les deux pays sera à jamais détruite. Et je vais t'expliquer comment la rupture va se produire.

« Beaucoup de gens, à Londres, vont périr. Leur mort sera soudaine et totalement inattendue. Ils auront l'air d'avoir été frappés par une « épée invisible ». La population sera en état de choc. Et la raison du désastre sera divulguée. Les Britanniques apprendront que les victimes sont décédées parce que les Américains ont refusé d'aider leurs fidèles alliés. Tu imagines les titres des journaux ? Tu imagines la réaction des gens ? Dès demain matin, le pays tout entier haïra les États-Unis.

— Ensuite, dans quelques mois, *Épée invisible* frappera de nouveau. Mais à New York, cette fois. Ce jour-là, nos exigences seront plus raisonnables. Nous réclamerons moins, et les Américains accepteront parce qu'ils auront vu ce qui s'est passé à Londres et craindront que cela ne se reproduise chez eux. Ils n'auront pas le choix. Et ce sera la fin de l'alliance anglo-américaine. Tu as compris, Alex ? Les États-Unis se moquent royalement des Britanniques. Ils ne s'intéressent qu'à eux-mêmes. C'est ce que tout le monde dira, et tu n'imagines pas quelle haine cela va déchaîner. Un pays humilié, un autre terrassé. Pendant ce temps, Scorpia aura gagné un million de livres sterling.

Julia Rothman marqua une pause, comme si elle attendait les félicitations d'Alex. C'était normal puisqu'il était la dernière recrue de Scorpia. John Rider, lui, aurait sans doute été fier de se tenir à ses côtés. Mais Alex n'avait pas la force de la congratuler. Il ne parvenait même pas à faire semblant.

— Vous ne pouvez pas faire ça, murmura-t-il. On ne tue pas des enfants juste pour s'enrichir.

Les mots étaient à peine sortis de sa bouche qu'il comprit son erreur. Julia Rothman réagit avec la rapidité d'un serpent. Ou plutôt d'un scorpion. Jusqu'alors détendue et souriante, elle se figea, rigide, en alerte, toute son attention concentrée sur son interlocuteur.

Nile les regarda, devinant qu'il se passait quelque chose. Alex attendit que la hache tombe. Et elle tomba.

— Des enfants ? murmura Julia Rothman. Je n'ai jamais parlé d'enfants.

— Il y en aura forcément, se défendit Alex. Des hommes, des femmes, des enfants.

— Non, Alex, dit-elle presque amusée. Tu *sais* que les enfants sont la cible. Comme je ne te l'ai pas dit, quelqu'un d'autre a dû t'avertir.

— Je ne sais pas de quoi vous parlez...

Elle le dévisagea avec attention, et tout à coup elle comprit.

— J'avais bien remarqué quelque chose de différent chez toi, jeta-t-elle d'un ton cassant. Qu'as-tu sur les dents, Alex ?

Il était trop tard pour chercher à feindre. L'adolescent ouvrit la bouche.

— Je porte un appareil dentaire.

— Tu n'en avais pas, à Positano.

— Je ne l'avais pas mis.

— Retire-le.

— Je ne peux pas.

— Je suis sûre que si. Avec un marteau.

Alex n'avait pas le choix. Il ôta l'appareil de sa bouche. Nile s'approcha, intrigué.

— Montre-le-moi.

Comme un vilain garçon pris en faute, Alex le lui tendit. Il ne faisait aucun doute que ce n'était pas un appareil dentaire ordinaire. Une partie du circuit électronique menant au minuscule interrupteur était apparent.

L'avait-il activé à temps ?

— Jette-le par terre, ordonna Mme Rothman.

Alex obéit, et elle posa le pied dessus pour l'écraser. Il entendit le craquement du plastique. Lorsque Julia

Rothman retira son pied, l'appareil était fendu en deux, le fil tordu. S'il avait émis un signal, désormais il était hors de fonctionnement.

— Vous êtes un idiot, Nile, le sermonna sa patronne. Je croyais vous avoir dit de le fouiller de la tête aux pieds.

— Je n'ai pas vérifié sa bouche, admit Nile d'un air penaud.

Mais Julia Rothman s'était déjà retournée vers Alex.

— Tu ne l'as pas fait, n'est-ce pas, Alex ? lâcha-t-elle avec mépris. Tu ne l'as pas tuée. Mme Jones est toujours vivante.

Alex se tut. Julia Rothman le regarda pendant un temps qui lui parut une éternité, puis elle frappa. Elle était beaucoup plus vive et forte qu'on ne le supposait. Elle gifla violemment Alex qui recula en vacillant. Tout son crâne vibra sous le choc, sa joue était en feu. Mme Rothman fit un geste et deux gardes armés de mitraillettes vinrent encadrer Alex.

— Il se peut qu'on ait de la visite, annonça-t-elle d'une voix forte et claire. Que les unités trois, quatre et cinq se mettent en position défensive.

— Unités trois, quatre et cinq sur le périmètre ! répéta une voix amplifiée par la sono.

Vingt hommes s'élancèrent vers l'avant de l'église. Leurs pas résonnèrent lourdement sous le dôme.

Mme Rothman posa sur Alex un regard qui ne cherchait plus à feindre. Un regard cruel.

— Mme Jones est peut-être en vie, cracha-t-elle, mais toi tu n'en as plus pour longtemps, mon cher Alex.

Pourquoi, à ton avis, t'ai-je amené ici ? Pour te voir agoniser. J'avais une bonne raison de te tuer et, crois-le ou non, tu es déjà mort.

Elle jeta un œil derrière lui. Le ballon était totalement gonflé et flottait entre le sol et le dôme. La plate-forme, avec son chargement mortel, oscillait à un mètre du sol. Les cordes étaient prêtes. Les paraboles programmées sur commande automatique.

— Commencez le lancement, commanda Mme Rothman. Il est temps que Londres découvre la puissance d'*Épée invisible*.

18

Haute résolution

— Lancement... position rouge. Lancement... position rouge. La voix désincarnée tonna dans les haut-parleurs. Un technicien de Scorpia, assis devant un tableau de commandes, pressa un bouton.

Il y eut un simple cliquetis métallique, suivi d'un bourdonnement de machinerie, et, quelque part en hauteur, des rouages se mirent à tourner. Alex leva les yeux. D'abord, il eut l'impression que les saints et les anges du dôme s'égaillaient, comme si, soudain, ils s'animaient et descendaient vers les bancs pour prier. Puis, bouche bée, il comprit ce qui se passait. Le toit entier bougeait. Le dôme de l'oratoire avait été reconstruit avec des bras hydrauliques masqués qui l'ouvraient lentement en deux. Une brèche apparut, s'élargit. Alex vit le ciel. Centimètre par centimètre, le grand dôme se repliait de part et d'autre. Les yeux levés, Mme Rothman arborait une expression béate. Alex prenait seulement maintenant conscience des préparatifs extraordinaires que l'opération avait nécessités. L'église tout entière avait été aménagée dans le but de cet instant unique, et sans doute pour un coût exorbitant.

Personne n'aurait pu le deviner. La police et l'armée avaient fouillé toute la ville, examiné tous les édifices hauts de cent mètres au moins. Mais les paraboles avaient été dissimulées au ras du sol. La montgolfière allait les hisser au-dessus de la ville au moment propice. Lorsqu'on les apercevrait, il serait trop tard pour réagir. Avant que les forces spéciales aient le temps d'arriver dans ce quartier éloigné et désert, les antennes paraboliques auraient accompli leur tâche, provoquant la mort de milliers d'enfants.

Et Alex serait l'un d'eux. Si Julia Rothman l'avait épargné jusqu'alors, c'est qu'elle n'avait pas besoin de le tuer. Selon ses propres paroles, il était déjà mort.

— Hissez le ballon, ordonna-t-elle d'une voix douce.

Dans la vaste nef de l'église, ses mots sonnèrent clairs et nets.

Le brûleur situé sous l'enveloppe était allumé. Une flamme rouge et bleu en jaillissait. Deux hommes coururent actionner le mécanisme de libération, et aussitôt la plate-forme entama son ascension. Le toit tout entier avait disparu. On aurait dit que l'oratoire avait été décapité. Le ballon avait largement assez de place pour s'élever. Alex le regarda monter lentement, en ligne droite, avec une aisance parfaite. Il n'y avait pas de vent. La météo elle-même était favorable à Scorpia.

La joue encore cuisante de la gifle que lui avait donnée Julia Rothman, Alex avait conscience des secondes qui s'égrenaient et de son impuissance. Nile le foudroyait d'un regard haineux. Jamais il n'avait vu une telle haine sur un visage. Les deux sabres pointaient au-dessus de ses épaules et son impatience de s'en servir était visible. Non seulement Alex avait trahi Scorpia mais, bien pire, il avait trahi Nile. Il l'avait humilié devant Julia Rothman et le tueur rêvait de se venger en le découpant en menus morceaux. Le moindre prétexte lui suffirait. Deux gardes armés flanquaient toujours Alex. D'autres le surveillaient du haut des portiques et de l'entrée. Il ne pouvait rien faire.

Mais où était le MI 6 ? Il baissa les yeux sur l'appareil dentaire en miettes et regretta de n'avoir pas activé le signal de détresse au moment de son arrivée à l'église. Mais comment aurait-il pu deviner ?

— Alex, avant que tu nous quittes, il y a une chose que j'aimerais t'apprendre, dit Mme Rothman.

— Ça ne m'intéresse pas.

— Moi, je crois que si. Cela concerne ton père. Et ta mère. Il y a un détail que tu dois connaître.

Alex n'en avait aucune envie. Il avait pris sa décision. Puisqu'il allait mourir, autant ne pas rester les bras croisés. Il voulait se venger de Julia Rothman. Elle lui avait menti, elle l'avait manipulé. Plus grave encore, elle avait tenté de l'enrôler chez Scorpia, comme son père. Mais quoi que celui-ci ait pu faire, Alex refusait de suivre ses traces.

Il banda ses muscles, prêt à se jeter sur elle. La seule

question était de savoir si Nile le découperait à coups de sabre avant que les gardes le criblent de balles.

Tout à coup, une des fenêtres vola en éclats et quelque chose explosa dans l'église. Une épaisse fumée se déploya sur le damier noir et blanc du sol et engloutit tout. En même temps retentit le crépitement d'une mitrailleuse, suivi d'une explosion, mais à l'extérieur cette fois. Julia Rothman vacilla et tomba sur le côté. Nile fit volte-face, les taches blanches de son visage plus blafardes que jamais, les yeux écarquillés et en alerte.

Alex entra en action.

Il lança son coude dans l'estomac du garde situé sur sa gauche qui se plia en deux. Son acolyte voulut réagir, mais Alex pivota sur un pied et propulsa l'autre vers l'homme. Son talon heurta le canon de la mitraillette une fraction de seconde avant que le garde appuie sur la détente. Les balles passèrent au-dessus de son épaule et il entendit le premier garde pousser un cri. Un de moins ! Puis il chargea, tête baissée, et percuta le second comme un taureau enragé. L'homme cria. Alex lança son poing vers le haut et l'atteignit à la gorge. Déséquilibré, le garde s'effondra en arrière.

Alex était maintenant libre de ses mouvements.

La confusion la plus totale régnait dans l'église. La fumée s'enroulait, montait. Il y eut d'autres tirs de mitrailleuses, une nouvelle explosion. Le ballon s'élevait lentement au-dessus de l'église. L'enveloppe n'avait pas été touchée et s'était hissée par l'ouverture du dôme, poursuivant son ascension dans le ciel. Alex comprit que ce qui se passait au niveau du sol n'avait aucune importance. L'essentiel était de suivre le ballon. Celui-ci était équipé d'un matériel programmé sur mode automatique. Même si les agents du MI 6 investissaient l'église et capturaient Julia Rothman, ils n'arriveraient pas à le ramener à temps.

Alex n'avait pas le choix. Sous la mongolfière pendaient mollement les deux cordes qui devaient servir d'amarres, une fois la plate-forme à l'altitude adéquate. Il s'élança. Un homme voulut lui barrer le chemin. Il s'en débarrassa d'un coup de pied en vrille. Puis il empoigna la corde la plus proche et fut arraché du sol.

— Arrêtez-le ! s'écria Julia Rothman.

Elle seule l'avait vu, car la fumée formait un écran entre lui et les autres gardes. Ceux-ci se mirent aussitôt à mitrailler dans sa direction. Ils le manquèrent, mais une rafale cisailla la corde quelques mètres au-dessous de ses pieds. Le sol était déjà loin. Bientôt Alex jaillit à l'air libre, laissant Nile, Julia Rothman et le chaos derrière lui.

À demi aveuglée par la fumée et choquée par la soudaineté de l'attaque, Julia Rothman avait perdu quelques précieuses secondes à recouvrer son calme. Elle s'approcha des écrans de surveillance pour évaluer la situation. Elle vit des soldats en tenue d'assaut, casqués, prendre position devant l'église, et se promit de s'occuper d'eux plus tard. Pour l'instant, l'objectif était Alex.

— Nile ! hurla-t-elle. Rattrapez-le !

Nile avait été blessé par des fragments de verre lors

de la première explosion. Pour une fois, il parut lent à réagir, désorienté.

— Vite ! brailla sa patronne.

Nile sembla se réveiller. La seconde corde oscillait juste devant lui. Il la saisit à deux mains et, comme Alex, s'éleva brutalement.

La plate-forme flottait maintenant à une quarantaine de mètres. Il lui en restait soixante avant que les antennes paraboliques entrent en action. Les deux poids supplémentaires d'Alex et de Nile l'avaient ralentie. Mais le brûleur continuait de chauffer l'air à l'intérieur de l'enveloppe du ballon. Un écran à affichage numérique fixé sur l'une des boîtes métalliques clignotait : les chiffres changeaient, mesurant la distance parcourue. Quarante et un... quarante-deux... Les machines ne savaient rien de ce qui se passait au sol. Cela n'avait aucune importance. Elles rempliraient la mission pour laquelle elles étaient programmées. Les paraboles attendaient le moment d'émettre les ondes.

Et le ballon, lui, poursuivait son ascension. Il restait tout juste quatre minutes...

Mme Jones avait pris des mesures immédiates. Cinq équipes du SAS étaient en alerte permanente dans différents secteurs de Londres. Dès la réception du signal de détresse d'Alex, elle avait alerté l'équipe la plus proche de la zone, tandis que les quatre autres se mettaient en route pour l'appuyer.

Huit hommes approchaient lentement de l'église. Tous portaient une tenue de combat intégrale, avec combinaison noire ignifuge, ceinture de munitions, gilet pare-balles, casque de combat Mk6 avec micro, et tout un arsenal d'armes. La plupart d'entre eux étaient munis d'un pistolet 9 mm Sig, sanglé à la cuisse. L'un avait un fusil à pompe à canon scié qui pouvait servir à perforer la porte de l'église. D'autres avaient des haches, des poignards, des torches Maglite et des grenades éclairantes. Chacun était équipé de la même mitraillette semi-automatique à forte puissance de feu, une Heckler & Koch 9 mm MP5, l'arme d'assaut favorite des SAS. Tandis qu'ils se déployaient dans la rue apparemment déserte, ils avaient à peine l'air humain. On aurait dit des robots télécommandés, débarqués d'une guerre futuriste.

Leur objectif était l'église, mais ce type d'opération était le cauchemar de tous les soldats. En temps ordinaire, les SAS interviennent après avoir été briefés par la police et l'armée régulière. Ils ont accès à d'importantes données informatiques qui leur fournissent des renseignements vitaux sur le bâtiment qu'ils vont assaillir : épaisseur des murs, emplacement des portes et fenêtres. Si ces informations ne sont pas disponibles, ils créent des images virtuelles en trois dimensions sur ordinateur, à partir des éléments observés de l'extérieur. Mais, cette fois, ils n'avaient rien. L'église des Saints-Oubliés ne leur livrait rien. Et ils n'avaient que quelques minutes pour intervenir.

Leurs instructions étaient claires. Trouver Alex Rider et l'évacuer. Trouver les paraboles et les détruire. Mais, au vu des derniers événements, Alan Blunt avait bien précisé leur priorité : les paraboles d'abord.

Les soldats étaient arrivés sur les lieux juste à temps pour voir le dôme s'ouvrir et la mongolfière s'élever au-dessus de l'église. Trop tard. S'ils avaient eu des missiles Stinger à infrarouge, ils auraient pu la détruire. Mais l'action se passait en plein Londres, et ils étaient davantage préparés pour une situation de prise d'otages. Ils n'avaient pas prévu une guerre totale.

Le ballon s'élevait devant eux et ils étaient incapables de l'arrêter. La seule solution était de monter sur le toit de l'édifice mais il fallait d'abord y accéder. L'un des hommes prit une décision rapide. Il tira une ogive HEAT de 94 mm avec un lance-roquettes en plastique. Le missile décrivit un arc de cercle en direction du ballon mais retomba trop tôt. Il fracassa une fenêtre et explosa dans l'église. Ce fut cette explosion qui donna une chance à Alex.

Ce fut aussi ce qui décida les hommes de Scorpia à se montrer. Soudain, la troupe des SAS se trouva sous un feu croisé, une avalanche de balles tirées depuis les boutiques abandonnées, de part et d'autre de l'église. Quelqu'un lança une grenade. Une énorme boule de feu et d'éclats de ciment s'abattit. L'un des commandos fut soulevé de terre, bras et jambes pendants, avant de s'écraser au sol.

Les SAS ne s'étaient pas attendus à une guerre, et pourtant ils se retrouvèrent brutalement sur une ligne de front. Ils succombaient sous le nombre. La bâtisse paraissait imprenable. Et le ballon continuait sa course vers le ciel.

L'un des soldats avait un genou à terre et parlait furieusement dans son émetteur radio.

— Ici Delta Un Trois. Nous avons engagé le combat et sommes pris sous un feu nourri. Demandons renforts immédiats. Urgent. Paraboles localisées. Demandons frappe aérienne immédiate pour destruction. Les paraboles sont transportées par un ballon à air chaud au-dessus de la zone cible. Je répète, les paraboles sont dans un ballon. Nous ne pouvons pas les atteindre. Intervention aérienne indispensable... Code rouge. Terminé.

Le message fut aussitôt retransmis au quartier général des forces d'intervention aérienne de la RAF à High Wycombe, à cinquante kilomètres de Londres. Il leur fallut quelques précieuses secondes pour comprendre ce qu'on leur réclamait, et d'autres précieuses secondes pour y croire. Mais, moins d'une minute plus tard, deux chasseurs Tornado GR4 roulaient sur la piste d'envol. Chacun était équipé de bombes Paveway II à objectifs multiples, dotées d'un système de guidage laser et d'ailerons de queue mobiles. Les pilotes étaient entraînés aux attaques à basse altitude. En volant à un peu plus de sept cents miles de l'heure, ils atteindraient l'église en moins de cinq minutes et feraient disparaître le ballon du ciel de Londres.

Tel était le plan.

Malheureusement, ils ne disposaient pas de cinq minutes. L'opération était le premier test en conditions réelles pour la Force de réaction rapide, créée pour combattre les alertes terroristes majeures. Mais l'attaque avait été trop soudaine. Scorpia n'avait révélé son jeu qu'au tout dernier moment.

Le temps que les avions arrivent, il serait trop tard.

Alex se hissa sur la corde, une main après l'autre, en s'aidant de ses pieds. Il avait souvent fait cet exercice en cours de gymnastique, mais ici les conditions étaient bien différentes.

D'abord, quand il s'arrêtait pour se reposer, il ne cessait de monter. Le ballon s'élevait à une vitesse régulière. L'air chaud emprisonné dans l'enveloppe pesait soixante-huit grammes par mètre cube. L'air du ciel de Londres, plus frais, pesait environ quatre-vingt-onze grammes par mètre cube. Cette arithmétique simple permettait à l'engin de voler. Et c'était exactement ce que faisait Alex. S'il avait regardé en bas, il aurait vu que le sol se trouvait à cinquante mètres. Mais il ne regardait pas en bas. L'épreuve était bien différente d'une compétition sportive. S'il tombait de cette hauteur, il se tuait.

La plate-forme se trouvait à moins de dix mètres de lui. Le grand rectangle lui obstruait la vue sur le ciel. Au-dessus, le brûleur continuait de cracher sa langue de feu dans l'enveloppe bleu et blanc du ballon. Alex avait les épaules et les bras douloureux. Tous ses mouvements le faisaient souffrir. Il avait l'impression que ses poignets se déchiraient. Il entendit une nouvelle explosion, puis un crépitement de mitrailleuse. Est-ce que le MI 6 le visait ? S'ils avaient vu la mongolfière – ce qui ne faisait aucun doute –, ils allaient tenter de l'abattre, quel qu'en soit le prix. Que valait sa pauvre petite vie comparée à celle de milliers d'enfants ?

Cette pensée lui donna un regain de force. Si une balle le touchait quand il était suspendu à la corde, il tomberait. La nécessité d'atteindre la plate-forme n'en devenait que plus urgente. Il serra les dents et tira sur ses bras.

Soixante-cinq mètres, soixante-six... Rien n'entravait l'ascension du ballon. Mais la distance entre Alex et son objectif diminuait. Une troisième explosion retentit et il risqua un coup d'œil au sol. Il le regretta aussitôt : il lui sembla à une distance phénoménale. Les hommes du SAS étaient comme des soldats de plomb. Il les vit prendre position dans la rue qui menait à l'église, et se préparer à enfoncer la porte d'entrée. Ceux de Scorpia, eux, étaient postés dans les boutiques abandonnées de chaque côté. L'explosion qui venait de retentir avait probablement été causée par une grenade à main.

Mais la bataille n'était pas le souci majeur d'Alex. Il venait de voir quelque chose qui le remplit d'effroi. Un individu grimpait sur l'autre corde et les taches blanches qui couvraient son visage l'identifiaient sans le moindre doute. Nile se hissait lentement, comme s'il manquait de souffle. Cela étonna Alex, qui connaissait la force et la forme physique du tueur dont les muscles se dessinaient sous son T-shirt.

La main d'Alex rencontra soudain quelque chose de dur et il poussa un cri. Il avait continué sa progression sans quitter Nile des yeux, et il n'avait pas vu qu'il avait enfin rejoint la plate-forme. Il s'était entaillé les jointures contre le bord d'une des paraboles. Une fraction de seconde, il se demanda s'il pourrait l'atteindre et la détacher, afin qu'elle aille s'écraser au sol. Mais il s'aperçut très vite que les paraboles étaient fixées avec des sangles de métal. Il lui faudrait trouver un autre moyen.

Cela supposait d'abord de grimper sur la plateforme. Ce n'était pas évident, pourtant il devait y arriver rapidement. Il se pencha en arrière et lâcha la corde d'une main. Il crut tomber. Enfin, en allongeant le bras, il parvint à agripper le bord de la rambarde. Dans un dernier effort, il réussit à se hisser par-dessus et bascula de l'autre côté. Son genou heurta brutalement une bouteille de propane. Malgré la douleur qui résonnait dans tout son corps, Alex s'efforça de réfléchir.

Il examina le ballon.

Deux cylindres de gaz alimentaient le brûleur situé moins d'un mètre au-dessus de sa tête, par de gros tuyaux noirs en caoutchouc. Pourrait-il détacher les tuyaux pour laisser la flamme s'échapper à l'extérieur ? Et, dans ce cas, le ballon tomberait-il ? Ou bien y avait-il suffisamment d'air chaud dans l'enveloppe pour qu'il continue de monter ?

Alex examina ensuite les boîtes métalliques placées au centre de la plate-forme. On aurait dit un système stéréo sophistiqué. De toute évidence, chaque parabole était contrôlée par une boîte, et un entrelacs de câbles les reliaient toutes ensemble. Chaque boîte possédait un petit voyant clignotant jaune. Le courant était donc branché. Mais les ondes térahertz n'avaient pas encore été activées. La cinquième boîte était une sorte de groupe de commande générale, muni d'un écran à affichage numérique. Soixante-dix-sept... soixante-dix-huit... soixante-dix-neuf... L'altimètre. La mongolfière approchait de son objectif.

Soudain, la solution apparut à Alex. Déconnecter les paraboles avant que la plate-forme atteigne cent mètres. Avant que Nile arrive. Combien de temps avait-il ? Il envisagea brièvement de détacher la corde sur laquelle grimpait le tueur. Mais, en supposant que cela soit possible, jamais il ne se déciderait à assassiner quelqu'un de sang-froid. D'ailleurs, cela prendrait trop de temps. Non. Les quatre petites lumières clignotantes étaient ses cibles. Il devait trouver le moyen de les éteindre.

Alex se releva et fit un pas. La plate-forme oscilla légèrement et une inquiétude sourde s'insinua en lui. Pourrait-elle supporter son poids ? En se déplaçant trop vite, il risquait de la faire basculer et de tomber dans le vide. Il avança. Hormis le sifflement du gaz qui alimentait la flamme, le ballon à air chaud était parfaitement silencieux. Alex regretta de ne pas pouvoir profiter de la promenade. L'enveloppe majestueuse flottant dans le ciel, les superbes vues aériennes de Londres. Dommage. Il lui restait peut-être une minute avant l'arrivée de Nile. Et combien jusqu'à ce que l'engin atteigne l'altitude requise ?

Quatre-vingt-trois... quatre-vingt-quatre...

Quelle poisse ! Il avait l'impression de revivre le même cauchemar qu'à Mourmansk. Sauf que, là-bas, le compteur descendait au lieu de monter, et était relié à une bombe atomique. Pourquoi fallait-il que ça lui arrive à lui ? Alex se mit à genoux et s'attaqua au premier câble.

Épais, connecté à la boîte de contrôle principale par une prise d'aspect compact, le câble résista à toutes ses tentatives. Il allait falloir l'arracher, et de façon à ce qu'on ne puisse plus le rebrancher. Alex le saisit à pleines mains et tira de toutes ses forces. Rien. Les raccordements étaient trop solides : du métal vissé dans du métal. Il lui fallait des ciseaux ou un couteau, mais il n'avait rien.

Il se mit en arrière, pressa le pied contre la boîte, et tira sur le câble en s'arc-boutant. Une mince volute de nuage passa – ou bien était-ce la fumée provenant de la flamme ? Alex jura entre ses dents serrées, toute son attention concentrée sur le câble et les raccordements.

Soudain, le câble céda. Alex bascula à la renverse et se cogna le crâne contre la rambarde. Ignorant la douleur, il se redressa, contemplant dans ses mains les fils arrachés. De profondes zébrures entaillaient ses paumes, ses tempes battaient, mais l'important était que le voyant jaune était éteint. Une des paraboles était hors service.

Quatre-vingt-treize... quatre-vingt-quatorze...

Il en restait trois. Alex savait qu'il n'aurait pas le temps de les déconnecter toutes.

Pourtant il se jeta sur le deuxième câble. Que faire d'autre ? De nouveau il plaça ses pieds contre la boîte, prit une profonde inspiration...

... et aperçut un éclair du coin de l'œil. Instinctivement, il se jeta sur le côté. Le sabre fendit l'air si près de sa tête qu'il perçut sa vibration. Sans le reflet du soleil sur la lame, il aurait eu la gorge perforée.

Nile s'était hissé sur la plate-forme. Il se tenait dans un angle, agrippé à la rambarde. Il passa le bras dans son dos pour saisir le second sabre. Alex était allongé. Il ne pouvait pas bouger. L'espace était trop exigu. Il faisait une cible idéale, coincé entre les boîtes métalliques et la rambarde. Au-dessus de lui, la flamme jaillissait.

Quatre-vingt-dix-sept... quatre-vingt-dix-huit... quatre-vingt-dix-neuf...

Cent ! La boîte de commande principale émit un bourdonnement et les lumières des trois écrans restants passèrent du jaune au rouge. Le système était activé. Les ondes commencèrent à rayonner sur Londres.

Alex comprit que, à l'intérieur même de son cœur, les nanocapsules allaient amorcé leur désintégration.

Nile sortit le second sabre de son fourreau.

*
* *

À l'intérieur de l'église, Julia Rothman commençait à se rendre compte que la bataille était perdue. Ses hommes, supérieurs en nombre, avaient lutté vaillamment, mais ils étaient surpassés. Ils avaient subi de lourdes pertes et deux autres unités des SAS étaient arrivées en renfort.

Julia Rothman regardait les combats qui se déroulaient dehors grâce aux nombreuses caméras cachées aux abords de l'église. Elle pouvait voir la scène sous tous les angles. Deux soldats des SAS emmenaient à l'abri un de leurs camarades blessé. Des éclats de maçonnerie et de la poussière giclaient en tout sens sous les balles. Des soldats se déplaçaient le long des boutiques désaffectées, de porte en porte, lançant des grenades par les ouvertures. Les SAS connaissaient bien ce type de combat pour l'avoir pratiqué en Irlande du Nord et au Moyen-Orient.

Toute la zone était encerclée. Des voitures de police avaient afflué de toutes les directions. Julia Rothman ne les distinguait pas sur les écrans mais entendait hurler leurs sirènes. On était en plein Londres. La journée de travail touchait à sa fin. Il était impossible de croire qu'une telle scène de guerre se déroulait ici.

Il y eut une nouvelle explosion, plus proche cette fois. Une épaisse fumée s'éleva par l'ouverture béante du dôme, des débris de peinture et de plâtre tombèrent des murs. La plupart des hommes de Scorpia avaient abandonné leurs positions, préférant tenter leur chance à l'extérieur. L'un d'eux revint en courant vers leur patronne, le visage en sang.

— Ils sont entrés dans l'église ! Nous sommes fichus. Je décampe d'ici.

— Restez à votre poste ! aboya Julia Rothman.

— Pas question ! gronda le garde. Tout le monde se tire. Nous allons tous filer.

Julia Rothman parut nerveuse, effrayée à l'idée de demeurer seule.

— Je vous en prie, donnez-moi au moins votre arme, supplia-t-elle.

— Si vous voulez, dit l'homme en lui tendant son pistolet.

— Merci.

Et elle l'abattit froidement d'une seule balle.

Elle le regarda s'effondrer, puis revint vers les écrans de surveillance. Les commandos étaient dans le vestibule du bâtiment. Elle les vit poser des explosifs contre le faux mur de briques. Sans pouvoir l'affirmer avec certitude, elle aurait parié qu'il leur en faudrait bien davantage pour percer le panneau d'acier blindé dont elle avait personnellement dessiné les plans. Mais ils finiraient quand même par en venir à bout. Ces gens-là ne renonçaient jamais.

Elle leva les yeux vers le ballon, qui n'était plus retenu que par une seule corde, à cent mètres de hauteur. D'après les appareils de contrôle, il avait atteint la bonne altitude. Dans une minute, tout serait terminé. Elle songea à Alex Rider, perché là-haut. Finalement, l'amener ici avait été une erreur. Pourquoi avait-elle tant tenu à sa présence ? Pour le regarder mourir, bien sûr. Elle voulait compenser le fait de n'avoir pas assisté à la mort de John. Ayant raté le père, elle espérait se rattraper avec le fils. Voilà pourquoi elle avait pris le risque de conduire Alex dans l'église, et elle savait que les autres membres du directoire de Scorpia le lui reprocheraient. Mais c'était sans importance. L'opération serait une réussite. Les SAS arriveraient trop tard.

Une énorme explosion ébranla toute l'église. Trois des tuyaux de l'orgue se détachèrent et s'écrasèrent au sol. La moitié des écrans s'éteignirent. Mais le mur d'acier résista. Elle ne s'était pas trompée.

Julia Rothman jeta l'arme qu'elle tenait encore à la main et se précipita vers une porte dissimulée dans le mur d'une chapelle latérale. C'était une femme prévoyante, qui envisageait toutes les éventualités, y compris la nécessité de devoir s'éclipser incognito.

Le garde qu'elle venait de tuer avait raison. Il était grandement temps de quitter les lieux.

Alex gisait sur le dos, les épaules contre la rambarde. Le premier sabre lancé par Nile s'était planté dans le sol plastifié, à quelques centimètres de sa tête, et il était toujours là, vibrant, près de sa gorge. Nile avait dégainé le second sabre et le soupesait, prenant son temps. Pourquoi se presser ? Alex était sans protection. Moins de trois mètres les séparaient. Nile ne pouvait manquer son coup.

Pourtant...

Pourquoi était-il si lent ? D'une main il tenait son sabre, de l'autre la rambarde...

Alex observa son beau visage gâté par les taches blanches, sonda son regard.

Et il comprit.

Ce regard ; il l'avait déjà vu chez quelqu'un d'autre. Wolf, le soldat des SAS avec qui il avait suivi un entraînement. C'était cela la faiblesse cachée dont Julia Rothman avait parlé. La raison pour laquelle Nile s'était classé second, et non premier, aux épreuves de Malagosto. Alex se rappela la scène en haut du campanile du monastère. Le tueur était resté près de la porte, agrippé au chambranle, exactement comme il s'agrippait maintenant à la rambarde. Voilà pourquoi il avait mis si longtemps à se hisser sur la corde jusqu'au ballon.

Nile avait le vertige.

Mais cela n'allait pas sauver la vie d'Alex. Quinze secondes s'étaient écoulées depuis que les clignotants étaient passés au rouge. Les nanocapsules, avec leur contenu empoisonné, avaient probablement commencé à se désintégrer et à le contaminer. Dans toute la ville, des enfants sortaient de l'école, attendaient le bus pour rentrer chez eux, s'engouffraient dans les stations de métro, ignorants de ce qui les menaçait.

— Je t'avais prévenu de ce qui t'arriverait si tu nous trahissais, Alex, déclara Nile.

Son sourire était peut-être un peu forcé, mais ses intentions ne laissaient pas le moindre doute. Il équilibra le sabre dans sa main.

— J'ai dit que je te tuerais. Et c'est ce que je vais faire. Maintenant.

— J'en suis sûr, Nile. Mais ensuite, comment comptes-tu descendre ?

— Quoi ?

Son sourire s'effaça.

— Regarde en bas, Nile. Regarde comme c'est haut.

Alex leva les yeux vers la flamme qui chauffait l'air dans l'enveloppe.

— Tu sais, je ne crois pas que le ballon puisse nous supporter tous les deux.

Sur la rambarde, la main de Nile se crispa, ses jointures blanchirent.

— Tu vois tous ces gens, en bas ? Ces voitures ? Ils sont minuscules.

— Tais-toi ! siffla Nile entre ses dents.

C'est l'instant que choisit Alex pour agir. Il savait déjà ce qu'il allait faire. Son ennemi était pétrifié. Il saisit la poignée du sabre et tira pour le libérer du plastique. Dans le même mouvement, il trancha l'un des tuyaux de caoutchouc qui alimentaient le brûleur en gaz.

Ensuite, tout se passa très vite.

Le tuyau sectionné se tordit de droite et de gauche comme un serpent. Le propane liquide continuait de fuir et, quand l'extrémité du tuyau passa comme un fouet devant le brûleur, le gaz s'enflamma et une énorme boule de feu jaillit. Le tuyau claqua dans l'autre sens et projeta sa charge mortelle en direction de Nile.

Celui-ci avait enfin réagi et pointait son sabre sur la poitrine d'Alex. C'est dans cette posture que la flamme l'atteignit. Il poussa un hurlement et disparut comme par enchantement, littéralement soufflé dans le vide. Son corps embrasé, tournoyant comme une poupée désarticulée, sombra vers le sol, cent mètres plus bas.

Alex crut qu'il allait le suivre dans sa chute. La plateforme entière était en feu. Le plastique fondait. Le propane liquide enflammé dissolvait tout ce qu'il touchait. Alex se releva d'un bond. Et maintenant ? Le brûleur s'était éteint, pourtant la mongolfière ne semblait pas vouloir redescendre. Mais la plateforme, elle, n'allait pas tarder à tomber. Les quatre filins en nylon qui l'attachaient à l'enveloppe du ballon brûlaient à leur tour. L'un d'eux lâcha avec un claquement sec et la plateforme, déséquilibrée, s'inclina. Alex faillit basculer par-dessus la rambarde. Il regarda la machinerie. Les câbles électriques étaient probablement ininflammables. Les trois voyants rouges indiquaient que les paraboles continuaient d'émettre leurs ondes mortelles. Plus d'une minute s'était écoulée depuis la disparition de Nile. Alex mit une main sur son cœur, s'attendant à tout instant à ressentir une douleur.

Mais il était toujours vivant et il savait qu'il n'avait que quelques secondes pour s'échapper de la plateforme en feu. Un autre claquement lui signala qu'un deuxième filin avait lâché. Le feu s'emballait, dévorant tout.

Alex sauta.

Non pas en bas, mais en haut. Il bondit d'abord sur la première boîte de commande, afin de saisir le cadre de métal qui entourait le brûleur. Puis, il se hissa dessus. Il pouvait maintenant atteindre la jupe circulaire, au bas de l'enveloppe du ballon. C'était incroyable. En levant les yeux, il eut l'impression de se trouver dans une immense pièce ronde. Les parois de toile semblaient solides. Il était à l'intérieur du ballon, emprisonné par lui. Il remarqua un cordon de nylon menant à la valve du parachute, tout en haut. Supporterait-il son poids ?

Les deux filins restants qui maintenaient la plateforme cédèrent. Celle-ci tomba, emportant dans sa chute le brûleur et les paraboles. Alex eut juste le temps d'enrouler le cordon de nylon autour de son poignet, et, de l'autre main, s'agrippa à la toile du ballon. Soudain il se trouva suspendu au-dessus du vide. Une fois de plus, ses bras et ses poignets supportaient tout son poids. L'enveloppe allait-elle se froisser et tomber ? Peut-être pas. Tout le lest était parti. Il ne restait qu'Alex. La mongolfière continua de flotter.

Alex ne put s'empêcher de regarder en bas. Alors, au milieu de l'incendie qui ravageait la plateforme en chute libre, il vit que les lumières rouges s'étaient éteintes. Il en était certain. Soit le feu avait détruit les boîtes, soit les paraboles s'étaient désactivées automatiquement en tombant au-dessous de l'altitude requise.

Les ondes s'étaient arrêtées. Aucun enfant ne mourrait.

Personne n'aurait pu dire d'où avait surgi la clocharde. Peut-être squattait-elle dans le petit cimetière jouxtant l'église des Saints-Oubliés ? Et maintenant voilà qu'elle déambulait au milieu de ce qui avait été, quelques minutes plus tôt, un véritable champ de bataille.

Elle avait de la chance. Les soldats du SAS avaient pris le contrôle du bâtiment et de ses abords immédiats. Les hommes de Scorpia étaient presque tous morts. Les survivants avaient déposé les armes. Une dernière explosion avait détruit le mur d'acier qui commandait l'accès à l'édifice et des soldats s'y engouffraient à la recherche d'Alex.

La clocharde était visiblement perturbée par toute cette agitation. Probablement était-elle aussi ivre. Elle tenait une bouteille de cidre à la main et s'arrêta pour caler le goulot entre ses dents cariées et noires. Elle avait un visage ratatiné et répugnant, de longs cheveux gris en broussaille. Elle portait un manteau crasseux, ceinturé autour de sa taille épaisse par une ficelle. De sa main libre, elle serrait contre elle deux sacs-poubelle en plastique comme s'ils contenaient un trésor.

Un des soldats l'aperçut.

— Décampez de là ! C'est dangereux !

— D'accord, d'accord, mon joli ! gloussa la vieille. Qu'est-ce que c'est que tout ce bazar ? C'est la Troisième Guerre mondiale ou quoi ?

Elle s'éloigna du carnage en traînant les pieds, tandis que les hommes du SAS passaient devant elle au pas de charge pour s'engouffrer dans l'église.

Sous la perruque, le maquillage et le costume, Julia Rothman esquissa un sourire. Ces imbéciles de soldats la laissaient tranquillement filer. C'était à peine croyable. Sous son manteau, elle cachait un pistolet, dont elle n'hésiterait pas à se servir si quelqu'un tentait de l'arrêter. Mais ils étaient si occupés à envahir l'église qu'ils l'avaient à peine remarquée.

Cependant, tout à coup, une voix la héla :

— Hé, vous ! Arrêtez-vous !

Quelqu'un l'avait-il quand même repérée ? La fausse clocharde pressa le pas.

Mais le soldat n'avait pas cherché à la retenir. Il voulait seulement la prévenir. Une ombre lui cacha soudain le soleil et Julia Rothman leva les yeux, juste à temps pour voir une masse rectangulaire en feu tomber du ciel.

Elle ouvrit la bouche pour crier mais son cri n'eut pas l'occasion de franchir ses lèvres. La plate-forme l'écrasa sur le sol, l'aplatissant comme une hideuse créature de dessin animé. Le soldat qui avait tenté de l'avertir du danger ne put que contempler d'un regard horrifié l'horrible carnage. Puis, lentement, il leva les yeux.

Mais il n'y avait plus rien à voir. Le ciel était dégagé.

Libéré de la plate-forme et de ses amarres, la mongolfière avait dérivé vers le nord. Alex, toujours agrippé à l'enveloppe, était exténué. Il avait des brûlures aux jambes et au côté. C'est tout juste s'il pouvait encore s'accrocher au ballon.

Mais l'air contenu dedans s'était refroidi et le tout descendait. Heureusement que la toile était ignifugée !

Bien sûr, il risquait encore de se tuer. Il n'avait aucun contrôle sur le ballon et celui-ci pouvait dériver sur une ligne à haute tension. Déjà, il avait survolé la Tamise et apercevait devant lui Trafalgar et la colonne de Nelson. Ce serait vraiment stupide d'atterrir au beau milieu de la place et de se faire écraser par une voiture.

Alex faisait appel à toutes ses forces pour se maintenir au ballon et attendait de voir ce que le sort lui réservait. Malgré la douleur qui lui tiraillait les bras, il sentait en lui une étrange paix intérieure. Par miracle, en dépit de tout, il avait réussi à survivre. Nile était mort, Julia Rothman probablement prisonnière, et les nanocapsules ne présentaient plus aucune menace.

Et lui ? Le vent avait tourné et l'emmenait vers l'ouest. Green Park apparut, une cinquantaine de mètres plus bas. Alex aperçut des promeneurs qui levaient les yeux et criaient. Il supplia en silence le ballon de poursuivre sa route. Avec un peu de chance, il le conduirait jusqu'à Chelsea, jusqu'à sa maison, où Jack Starbright devait l'attendre. Était-ce encore loin ? Le ballon aurait-il la force de l'y emmener ?

Alex l'espérait car il n'avait qu'une envie : rentrer chez lui.

19

Couverture

Inévitablement, pensait Alex, cela devait se terminer dans le bureau d'Alan Blunt à Liverpool Street.

Ils l'avaient laissé tranquille une semaine mais, le vendredi soir, le téléphone avait sonné. On lui demandait de venir. Demander, pas commander. C'était déjà un progrès. De plus, on lui proposait le samedi – ce qui lui évitait de manquer les cours.

La montgolfière avait déposé son passager à la lisière de Hyde Park, en atterrissant sur la pelouse aussi doucement qu'une feuille d'automne. Le soir tombait et il y avait peu de promeneurs. Alex avait pu s'esquiver tranquillement, cinq minutes avant l'arrivée tonitruante d'une multitude de voitures de police. Il avait marché vingt minutes pour rentrer chez lui et s'était littéralement effondré dans les bras de Jack. Après un bain chaud, il avait dévoré son dîner et s'était couché.

Ses blessures étaient bénignes : des brûlures aux jambes, à la poitrine, un poignet enflé et entaillé. Sans compter la marque que Julia Rothman avait laissée sur sa joue. En se regardant dans le miroir, il s'était demandé comment justifier cette ecchymose un peu trop voyante. Il pourrait toujours dire qu'il avait reçu un coup. Ce n'était pas un mensonge.

Alex était retourné au collège depuis cinq jours. M. Grey avait été l'un des premiers à le voir traverser la cour. Il avait secoué la tête d'un air méfiant mais s'était abstenu de tout commentaire. Le professeur considérait la disparition de son élève à Venise comme une insulte personnelle. Alex, de son côté, se sentait coupable mais ne pouvait lui avouer la vérité.

Tom Harris, au contraire de M. Grey, exulta en le voyant.

— Alex ! Je savais que tu allais bien. Je t'ai trouvé un peu déprimé, au téléphone, après l'explosion de l'usine, mais au moins tu étais vivant. Deux jours après, Jerry a reçu un chèque monstre pour remplacer son parachute. Il aurait pu s'en offrir cinq ! En ce moment, grâce à toi, il est en Nouvelle-Zélande. Il tente un saut d'un gratte-ciel d'Auckland. Son rêve !

Tom sortit de sa poche une coupure de journal et demanda :

— C'était toi ?

La photo de l'article de presse montrait le ballon à air chaud dérivant dans le ciel de Londres. On distinguait une minuscule silhouette accrochée à l'enveloppe. Par chance, on ne pouvait pas l'identifier. Nul n'était au courant des événements de l'église des Saints-Oubliés. Et nul ne savait qu'Alex y était impliqué.

— Oui, Tom, c'était moi. Mais tu ne dois le dire à personne.

— J'en ai déjà parlé à Jerry.

— Bon, mais à personne d'autre.

— D'ac'. J'ai pigé. Secret d'État, c'est ça ? Finalement, je vais peut-être m'engager dans le MI 6, moi aussi. Je suis sûr que je ferais un espion formidable.

Alex songeait à Tom en entrant dans le bureau de M. Blunt, où l'attendaient le chef des Opérations spéciales et son adjointe. Il s'assit lentement dans le fauteuil en face d'eux, curieux de ce qu'ils avaient à lui dire. Jack avait tenté de le dissuader de venir.

— Dès qu'ils sauront que tu es capable de marcher, ils t'enverront probablement sauter en parachute en Corée du Nord ! s'était-elle exclamée. Ils ne te lâcheront jamais, Alex. Je ne veux même pas être au courant de ce que tu as fait, après Venise. Mais promets-moi de ne plus te laisser embarquer dans une autre folie de ce genre.

Alex était d'accord avec Jack. Il aurait préféré rester chez lui, mais il se sentait obligé de venir. Il devait au moins ça à Mme Jones.

— C'est bon de te revoir, Alex, déclara Blunt. Une fois de plus, tu as accompli du très bon travail.

Du très bon travail. Le plus haut compliment dont Blunt était capable.

— Je vais te raconter la suite des événements. Inutile de te dire que le complot de Scorpia a échoué lamentablement. Je doute qu'ils se lancent dans une opération d'une telle envergure avant longtemps. Ils ont perdu un de leurs meilleurs tueurs, le dénommé Nile. Au fait, comment est-il tombé du ballon ?

— Il a glissé, répondit succinctement Alex, qui n'avait aucune envie d'entrer dans les détails.

— Je vois. Eh bien, tu seras sans doute ravi d'apprendre que Julia Rothman est morte, elle aussi.

Alex l'ignorait. Il la croyait en prison, ou en fuite.

— La plate-forme en feu est tombée sur elle au moment où elle tentait de fuir, reprit Mme Jones. Elle a été littéralement aplatie.

— Finir comme une vulgaire crêpe, pour une femme aussi élégante, ça n'a pas dû lui faire plaisir.

Blunt toussota.

— Le plus important est que les enfants de Londres en sortent indemnes. Ainsi que l'avait expliqué le Dr Stephenson, les nanocapsules seront peu à peu éliminées de leur organisme. Les paraboles ont quand même émis leurs ondes pendant une minute. C'est dire que nous sommes passés à deux doigts d'une catastrophe majeure.

— La prochaine fois, j'essaierai d'être plus rapide.

— Oui. Bon. Autre chose. Tu seras peut-être amusé d'apprendre aussi que Mark Kellner a donné sa démission. C'est le directeur de la Communication du Premier ministre. Tu te souviens de lui ? Il a déclaré à la presse qu'il souhaitait passer plus de temps auprès de sa famille. Le plus drôle est que sa famille ne peut pas le supporter. Personne ne peut le supporter d'ailleurs. M. Kellner a commis une erreur de trop. Il est évident que nul n'aurait pu prévoir cette attaque en montgolfière, mais quelqu'un devait porter le chapeau, et je suis très content que ce soit lui.

— Bien. Si c'est tout ce que vous vouliez me dire, je crois que je peux rentrer chez moi, conclut Alex. J'ai manqué pas mal de cours et j'ai des devoirs à rattraper.

— Non, Alex. Ce n'est pas tout. Tu vas devoir patienter encore un peu, intervint Mme Jones.

Mme Jones avait l'air plus grave encore que d'habitude, et l'idée effleura Alex qu'elle cherchait peut-être à le punir d'avoir voulu la tuer.

— Je... regrette d'avoir tiré sur vous, Mme Jones. Mais je crois m'être un peu racheté, non ?

— Ce n'est pas ce dont je veux te parler, Alex. En ce qui me concerne, ta visite dans mon appartement n'a jamais eu lieu. Non, il s'agit d'une chose bien plus importante. Toi et moi devons discuter des événements de l'Albert Bridge.

— Je refuse de parler de ça, coupa Alex, soudain glacé.

— Pourquoi ?

— Parce que je sais que vous avez agi comme il fallait. J'ai vu de quoi Scorpia est capable. Si mon père était des leurs, vous avez eu raison. Il méritait de mourir.

C'étaient des paroles douloureuses à prononcer. Il en avait la gorge nouée.

— Écoute-moi, Alex. Il y a quelqu'un que j'aimerais te présenter. Il est venu tout exprès aujourd'hui pour toi.

Il attend dans la pièce à côté. J'imagine que tu as très envie de partir, mais prends au moins le temps de l'écouter. Tu veux bien ? Cela ne durera que quelques minutes.

— D'accord, accepta Alex en haussant les épaules.

Il ignorait ce que Mme Jones cherchait à prouver. Il n'était pas pressé de fouiller dans le détail les circonstances de la disparition de son père.

La porte s'ouvrit et un homme de haute taille entra. Barbu, des cheveux courts et bouclés qui commençaient à grisonner, vêtu d'un jean et d'un blouson de cuir vieilli, il avait une trentaine d'années. Son visage parut familier à Alex, et pourtant il était certain de ne l'avoir jamais rencontré.

— Alex Rider ? demanda l'homme d'une voix douce et agréable.

— Oui.

— Enchanté de faire ta connaissance.

Alex se leva pour serrer la main qu'il lui tendait. Sa poignée de main était chaleureuse.

— Je m'appelle James Adair. Je crois que tu connais mon père, Sir Graham Adair.

Alex ne risquait pas d'oublier le Secrétaire permanent du Cabinet du Premier ministre. Il voyait maintenant les ressemblances entre les deux hommes. Cependant, le visage de James lui était familier pour une autre raison. Mais oui ! Bien sûr il avait pris de l'âge, du poids, et ses cheveux grisonnaient légèrement, mais les traits n'avaient pas changé. Alex les avait vus sur un écran de télévision. Sur l'Albert Bridge.

— James Adair est maître de conférences à l'université Imperial College de Londres, expliqua Mme Jones. Il y a quatorze ans, il était encore étudiant. À l'époque, son père occupait déjà de hautes fonctions...

— Vous avez été kidnappé, coupa Alex. C'est vous que Scorpia avait enlevé.

— En effet. On pourrait peut-être s'asseoir ? C'est un peu cérémonieux de rester debout.

Il prit un siège et Alex se rassit. Il était à la fois intrigué et inquiet. Cet homme était présent lorsque John Rider avait été tué. Pourquoi Mme Jones l'avait-elle fait venir ?

— Je vais te raconter mon histoire et ensuite je m'en irai, commença Adair. À l'âge de dix-huit ans, j'ai été victime d'une tentative de chantage visant mon père. Une organisation du nom de Scorpia m'a enlevé. Mes ravisseurs avaient l'intention de me torturer et de m'exécuter si mon père n'obéissait pas à leurs ordres. Mais ils ont commis une erreur. Mon père pouvait sans doute influencer la politique du gouvernement, mais il n'avait pas le pouvoir de la transformer. Il ne pouvait pas satisfaire les exigences de Scorpia. On m'a annoncé que j'allais mourir.

« Pourtant, à la dernière minute, leurs plans ont changé. Une femme est venue me voir. Elle s'appelait Julia Rothman. Une créature superbe mais une garce. Elle m'a dit qu'elle allait m'échanger contre un de leurs membres, capturé par le MI 6. L'échange aurait lieu sur l'Albert Bridge.

« Il m'ont conduit là-bas un matin, très tôt. J'avoue

que j'étais terrifié. J'étais persuadé qu'il y aurait un coup fourré. Qu'ils me tireraient une balle dans le dos et me jetteraient dans la Tamise. Pourtant, tout s'est déroulé normalement. On se serait cru dans un film d'espionnage. D'un côté du pont, il y avait trois hommes armés et moi. De l'autre côté, j'apercevais une silhouette. C'était ton père. Il était accompagné d'agents du MI 6.

James Adair désigna Mme Jones et ajouta :

— Cette dame était avec eux.

— C'était ma première opération importante sur le terrain, murmura Mme Jones.

— Continuez, dit Alex, impatient maintenant d'entendre la suite.

— Quelqu'un a fait un signal et ton père et moi avons commencé à avancer. C'était un peu comme un duel, où les adversaires marchent à la rencontre l'un de l'autre. Sauf que nous avions les mains liées. Le pont me paraissait mesurer un kilomètre. Enfin, nous sommes arrivés au centre, ton père et moi. Je lui étais reconnaissant car, d'une certaine manière, c'était grâce à lui si on ne m'avait pas tué. Pourtant, je savais qu'il travaillait pour Scorpia. Et là, quand nous nous sommes croisés, il m'a parlé.

Alex retint son souffle. Il avait un souvenir précis de la vidéo que lui avait montrée Julia Rothman. James Adair disait vrai. John Rider et le jeune homme avaient échangé quelques mots.

— Il était très calme, poursuivit James Adair. J'espère que tu ne m'en voudras pas de te confier cela, Alex, mais, quand je te vois aujourd'hui, j'ai l'impression de le revoir. Il était parfaitement maître de lui. Ses paroles sont gravées dans ma mémoire :

« *Il va y avoir des coups de feu. Il faudra faire vite.*
— *Comment ?*
— *Dès qu'ils commenceront à tirer, ne vous retournez pas. Courez aussi vite que vous pourrez. Vous serez en sécurité.* »

Il y eut un long silence, puis Alex demanda :
— Mon père se doutait qu'il allait être abattu ?
— Oui.
— Mais comment ?
— Laisse-moi terminer, dit James Adair en lissant sa barbe. J'ai fait dix autres pas et, soudain, un coup de feu a claqué. Je savais que je ne devais pas me retourner mais je n'ai pas pu m'en empêcher. Juste une seconde. Ton père avait reçu une balle dans le dos. Il y avait un trou dans son blouson, et du sang qui coulait. Puis je me suis rappelé ses conseils et j'ai couru comme un fou.

Alex avait remarqué autre chose en regardant le film vidéo : la réaction immédiate de James Adair. N'importe qui serait resté pétrifié. Lui s'était mis à courir aussitôt, comme s'il savait exactement ce qu'il faisait.

Et pour cause.

John Rider l'avait prévenu.

— Je fonçais vers l'autre bout du pont quand les gens de Scorpia ont ouvert le feu. Ils voulaient ma peau, bien sûr. Les agents du MI 6 ont répliqué à la mitrailleuse. Quand on y pense, c'est un miracle si je n'ai pas reçu une balle. Au moment où j'arrivais sur la rive nord, une grosse voiture a surgi de nulle part. Une portière s'est ouverte et j'ai plongé à l'intérieur. Voilà. En ce qui me concerne, l'histoire s'arrête là. On m'a emmené et, quelques minutes plus tard, j'ai retrouvé mon père. Il était soulagé, comme tu peux l'imaginer. Il craignait de ne jamais me revoir vivant.

Alex comprenait maintenant pourquoi Sir Graham s'était montré si amical à son égard. D'une certaine manière, il se sentait redevable envers lui.

— Donc... mon père s'est sacrifié pour vous, dit Alex à voix basse.

Il avait du mal à comprendre. John Rider travaillait pour Scorpia. Pourquoi avait-il risqué sa vie pour sauver un homme qu'il ne connaissait pas ?

— J'ai autre chose à ajouter, reprit James Adair. Cela va sans doute te causer un choc. Comme à moi. Environ un mois plus tard, je suis allé chez mon père, dans le Wiltshire. J'avais été débriefé par les services secrets, et je devais apprendre un certain nombre de mesures de sécurité pour le cas où Scorpia tenterait autre chose contre moi. Et... ton père était là.

— Comment ?

— Je suis arrivé de bonne heure. Au moment où j'entrais, ton père sortait. Il venait d'avoir un entretien avec le mien.

— Mais c'est...

— Je sais. Impossible. Pourtant c'était bien lui. Il m'a reconnu tout de suite. « *Comment allez vous ?... – Bien, merci... – Ravi d'avoir pu vous aider. Prenez garde à vous.* » Je me souviens parfaitement de ses paroles. Ensuite, il est monté dans sa voiture et il est parti.

— Donc, mon père...

— Mme Jones t'expliquera tout, le coupa James Adair en se levant. Mais mon père tenait à ce que je te dise moi-même combien nous te sommes reconnaissants. Le tien m'a sauvé la vie. Cela ne fait aucun doute. Aujourd'hui, je suis marié et j'ai deux enfants. Mon fils aîné se prénomme John. Sans John Rider, mon père n'aurait pas eu de fils ni de petits-enfants. Quoi que tu penses de lui, Alex, et quoi qu'on t'ait raconté à son sujet, n'oublie jamais que John Rider était un homme courageux.

James Adair fit un signe de la tête à Mme Jones et s'en alla. La porte se ferma derrière lui. Un long silence suivit son départ.

— Je n'y comprends rien, dit enfin Alex.

— Ton père n'était pas un tueur, avoua Mme Jones. Il ne travaillait pas pour Scorpia mais pour nous.

— C'était un espion ?

— Un espion très brillant, marmonna Alan Blunt. Nous avions recruté les deux frères, John et Ian, la même année. Mais John était de loin le meilleur.

— Il travaillait pour vous ?

— Oui.

— Pourtant il a tué des gens. Julia Rothman me l'a prouvé. Il est allé en prison...

— Tout ce qu'elle croyait savoir sur lui était un mensonge, soupira Mme Jones. Il est vrai que John était dans l'armée, qu'il a fait une brillante carrière dans un régiment parachutiste et qu'il a été décoré pour son action pendant la guerre des Malouines. Mais le reste, la bagarre dans le pub avec le chauffeur de taxi, la peine de prison sont des inventions de notre part. C'était une couverture, Alex. Nous voulions que John soit recruté par Scorpia. Il a servi d'appât, et ils ont marché.

— Pourquoi ?

— Parce que Scorpia étendait ses activités au monde entier. Nous voulions infiltrer l'organisation pour connaître leurs projets, les noms de leurs agents, leurs réseaux et modes de fonctionnement. John Rider était expert en armes, et un combattant chevronné. À sa sortie de prison, Scorpia l'a cru au bout du rouleau et l'a accueilli à bras ouverts.

— Et pendant tout ce temps il vous informait ?

— Oui. Ses renseignements ont sauvé plus de vies que tu ne peux l'imaginer.

— Mais c'est impossible ! s'écria Alex. Mme Rothman m'a dit qu'il avait assassiné cinq ou six personnes ! Et Yassen Gregorovitch l'adorait ! Il m'a montré sa cicatrice, en m'affirmant que mon père lui avait sauvé la vie.

— John feignait d'être un dangereux tueur, expliqua Mme Jones. Et, oui, c'est vrai, il a dû tuer des gens. L'une de ses victimes était un trafiquant de drogue, caché dans la jungle amazonienne. C'est à cette occasion qu'il a sauvé la vie de Yassen Gregorovitch. Il a aussi éliminé un agent double américain, et un policier corrompu. Je ne dis pas que ces gens méritaient de mourir, mais le monde pouvait certainement vivre très bien sans eux. De toute façon, ton père n'avait pas le choix.

— Et ses autres victimes ?

— Il y en a eu deux, répondit Alan Blunt. L'un était

un prêtre qui travaillait dans les rues de Rio de Janeiro. La seconde était une femme, à Sydney. Là, les choses ont été beaucoup plus délicates. Ces deux personnes étaient tout à fait innocentes et nous ne pouvions pas les laisser abattre. Alors nous avons simulé leur assassinat. Un peu comme nous avons simulé celui de John.

— L'Albert Bridge.

— Une mise en scène, déclara Mme Jones, reprenant le fil de l'histoire. John nous avait révélé tout ce que nous espérions apprendre sur Scorpia et nous voulions le récupérer. Il y avait deux raisons à cela. D'une part, ta mère venait de mettre au monde un petit garçon. Toi, Alex. Et ton père voulait rentrer chez lui pour s'occuper de sa femme et de son fils. La seconde raison était que cela devenait trop dangereux pour lui. Vois-tu... Julia Rothman en était tombée amoureuse.

Alex avait le vertige. Cette avalanche d'informations le submergeait. Pourtant, il se rappela une remarque de Julia Rothman, à l'hôtel de Positano.

J'étais très attirée par lui. C'était un homme extrêmement séduisant.

Alex s'efforçait désespérément de saisir la vérité à travers les sables mouvants du mensonge et de la dissimulation.

— Julia Rothman m'a dit qu'il avait été capturé à Malte.

— Cela aussi c'était une mise en scène, assura Mme Jones. John Rider ne pouvait pas simplement quitter Scorpia. Ils ne le lui auraient jamais permis. Il avait besoin d'aide, et nous l'avons aidé. Scorpia l'avait envoyé à Malte pour assassiner quelqu'un. Il nous en a informés et nous avons monté un petit scénario. Une féroce bataille rangée. Yassen se trouvait à Malte, lui aussi. Mais nous l'avons laissé fuir. Il nous fallait un témoin pour rapporter à Julia Rothman ce qui s'était passé. Puis nous avons « capturé » John. Scorpia a supposé qu'il serait interrogé, jeté en prison ou liquidé. En tout cas, il ne devait plus jamais réapparaître.

— Mais alors, pourquoi ? Pourquoi Albert Bridge ?

— L'opération a été un fiasco, pesta Alan Blunt. Tu as rencontré Sir Graham. C'est un homme très puissant. Et il se trouve aussi être un ami très cher. Quand Scorpia a kidnappé son fils, j'ai pensé que je ne pouvais rien faire pour le sauver.

— C'est John qui a eu l'idée, reprit Mme Jones. Lui aussi connaissait Sir Graham et il voulait l'aider. Tu dois comprendre quel genre d'homme il était, Alex. Un jour je te dirai tout sur lui. Il croyait passionnément à ce qu'il faisait. Servir son pays. Je sais que ça paraît naïf et vieux jeu, mais John était un soldat dans l'âme, un homme d'une haute moralité. Je ne trouve pas d'autre mot pour le décrire. Il voulait rendre le monde meilleur.

Mme Jones s'interrompit un instant avant de poursuivre.

— Ton père nous a suggéré de le renvoyer à Scorpia en échange du fils de Sir Graham. Il connaissait les sentiments de Julia Rothman à son égard. Il se doutait qu'elle accepterait n'importe quoi pour le récupérer. Mais, en même temps, il prévoyait de la doubler. L'idée était de poster un de nos tireurs d'élite sur le pont, avec une arme chargée à blanc. De son côté, John avait un pétard camouflé dans le dos de son blouson, avec une fiole de sang. Il l'activerait lui-même en entendant le coup de feu. Le pétard ferait un trou dans le tissu et le sang se répandrait. Le but était de faire croire à Scorpia que le MI 6 avait descendu John Rider de sang-froid. John n'a même pas eu une égratignure. C'est pour t'en donner la preuve que je tenais à te présenter James Adair. Notre objectif était de récupérer John sain et sauf et de l'arracher à Scorpia en simulant sa mort.

Alex s'enfouit la tête entre les mains. Mille questions se pressaient à ses lèvres. Sa mère, son père, Julia Rothman, le pont... Il tremblait et dut faire un effort surhumain pour se calmer.

— J'ai juste deux questions, reprit-il enfin.

— Nous t'écoutons, Alex. Nous te dirons tout ce que tu désires savoir.

— Quel était le rôle de ma mère dans tout ça ? Savait-elle qui il était ?

— Bien sûr. Elle savait que John était un espion. Jamais il ne lui aurait menti. Ils étaient très proches l'un de l'autre, Alex. Malheureusement je n'ai jamais rencontré ta mère. On ne se fréquente pas beaucoup dans notre milieu. Avant d'épouser ton père, elle était infirmière. Tu étais au courant ?

Oui, il l'avait appris par Ian. Mais ce n'était pas ce dont il avait envie de parler pour l'instant. Il tentait de contrôler ses émotions et de trouver la force de poser la plus douloureuse question de toutes.

— Dites-moi comment mon père est mort. Et ce qui est arrivé à ma mère. Est-ce qu'elle... vit toujours ?

Mme Jones regarda Alan Blunt pour le laisser répondre.

— Après l'affaire de l'Albert Bridge, nous avons pensé que la meilleure solution était que ton père prenne de longues vacances avec sa famille. Nous avons affrété un avion privé pour les conduire dans le Sud de la France. Il était prévu que tu les accompagnes mais, à la dernière minute, tu es tombé malade. Une otite, je crois. On t'a donc momentanément confié à une nourrice, qui devait les rejoindre avec toi dès que tu serais guéri.

Alan Blunt marqua une pause. Comme toujours, son regard était impénétrable. Toutefois, sa voix trahissait une légère tristesse.

— J'ignore comment Julia Rothman a découvert qu'on lui avait joué un tour. Scorpia est une organisation puissante, qui a de vastes ramifications. Tu as pu t'en apercevoir. En tout cas, elle a appris que ton père était en vie et qu'il s'envolait pour la France. Elle s'est arrangée pour placer une bombe dans la soute à bagages. Tes parents ont péri ensemble, Alex. En un sens, c'est une chance pour eux. Et ils n'ont pas eu le temps de souffrir...

Un accident d'avion, avait-on expliqué à Alex. Encore un mensonge.

L'adolescent se leva. Il ne savait pas vraiment ce qu'il ressentait. D'un côté, il était soulagé de savoir que son père n'était pas un être infame. Bien au contraire. Et tout ce qu'il avait pensé de lui-même, de sa supposée hérédité de criminel, était faux. Mais, de l'autre, il était submergé par un immense chagrin, comme si, pour la première fois, il pleurait la mort de ses parents.

— Alex, nous allons te faire reconduire chez toi en taxi, proposa Mme Jones. Nous reparlerons de tout cela quand tu seras prêt.

— Pourquoi ne m'avez-vous rien dit avant ! s'écria Alex d'une voix brisée. C'est ça que je ne comprends pas. J'ai failli vous tuer et vous ne m'avez pas dit la vérité ! Vous m'avez envoyé chez Scorpia, comme mon père avant moi, sans m'avouer que c'était Julia Rothman qui l'avait assassiné. Pourquoi ?

— Nous avions besoin de ton aide pour les paraboles, répondit Mme Jones en se levant. Tout dépendait de toi. Mais je ne voulais pas te manipuler. Tu penses que c'est notre habitude, je le sais. Mais si je t'avais dit la vérité sur Julia Rothman avant de t'envoyer à elle, muni d'un émetteur, là je t'aurais manipulé de la pire des manières. Tu es allé là-bas pour les mêmes raisons qui ont conduit ton père sur l'Albert Bridge, et je tenais à ce que tu aies le choix. C'est ce qui fait de toi un grand espion, Alex. Ce n'est pas l'entraînement ou la formation que tu as reçus. Tu es un agent secret dans l'âme. Je suppose que c'est dans les gènes de ta famille.

— Mais j'avais une arme ! J'ai pénétré dans votre appartement...

— Je ne courais aucun danger, Alex. Non pas grâce à la cloison de verre, mais parce que tu étais incapable de me viser. Et je le savais. Il était donc inutile de tout te révéler à ce moment-là. D'ailleurs je m'y refusais. La façon dont Julia Rothman t'a trompé est ignoble. Je voulais te laisser une chance de découvrir les choses par toi-même.

Pendant un long moment, personne ne dit rien. Puis Alex se détourna.

— J'ai besoin d'être seul.

— Bien sûr, acquiesça Mme Jones en s'approchant pour lui toucher le bras d'un geste affectueux. Reviens lorsque tu seras prêt, Alex.

— Oui. Je reviendrai.

Mais au moment d'ouvrir la porte, il se ravisa.

— Puis-je vous poser une dernière question, Mme Jones ?

— Je t'écoute.

— C'est une chose que je me demande depuis longtemps... Quel est votre prénom ?

Mme Jones se raidit, puis se relaxa. Assis derrière son bureau, Alan Blunt leva les yeux.

— Tulipe, répondit-elle. Mes parents adoraient le jardinage.

Alex hocha la tête. Il comprenait maintenant pourquoi elle taisait son prénom. À sa place, il en aurait fait autant.

Il sortit lentement et ferma la porte derrière lui.

20

L'appel d'une mère

Scorpia n'oubliait jamais.

Scorpia ne pardonnait jamais.

Le *sniper* avait été payé pour venger Scorpia et il accomplirait sa mission. S'il échouait, sa propre vie ne vaudrait pas cher.

Il savait que, dans quelques minutes, un jeune garçon sortirait de l'immeuble qui appartenait officiellement à une banque internationale, mais qui abritait des activités d'un tout autre genre. Tirer sur un enfant le perturbait-il ? Non. Tuer un être humain était un acte horrible. Mais tuer un homme de vingt-sept ans qui ne fêterait jamais son vingt-huitième anniversaire était-il pire que de tuer un adolescent de quatorze ans qui ne fêterait jamais son quinzième ? Le *sniper* avait conclu une fois pour toutes que la mort est toujours la mort. Cela ne faisait aucune différence. Pas plus que les cinquante mille livres qu'il toucherait pour ce contrat.

Comme à son habitude, il viserait le cœur. Cette fois, la cible serait un peu plus petite mais il ne pouvait pas la rater. Jamais il ne ratait sa cible. Il était temps qu'il se prépare, maîtrise sa respiration, trouve le calme nécessaire avant l'action.

Il concentra son attention sur son fusil : un Ruger 22 K10/22-T automatique. C'était une arme peu rapide, moins mortelle que d'autres, mais qui possédait deux atouts très importants. Elle était légère et compacte. En ôtant simplement deux vis, on pouvait séparer le canon et la gâchette de la crosse. La crosse elle-même se scindait en deux. Cela lui avait permis de transporter le fusil à travers Londres dans un sac de sport ordinaire sans attirer l'attention. Et, dans son métier, c'était le point le plus délicat.

Il cala son œil dans la lunette de visée Leupold 14×50 Side Focus, régla la mire sur la porte d'où allait sortir l'adolescent. L'homme aimait le contact du fusil dans ses mains, son ajustement parfait, son équilibrage. Il l'avait lui-même adapté à ses besoins. La crosse était en contre-plaqué recouvert d'un film adhésif imperméable, qui la rendait plus solide et moins sujette aux déformations. Il avait démonté et poli le mécanisme pour l'assouplir. Le fusil se rechargeait automatiquement, aussi vite qu'il pouvait tirer, mais il n'aurait besoin que d'une balle. Le *sniper* était satisfait. Lorsqu'il tirait, le temps d'un clignement de paupières, quand la balle quittait le canon à la vitesse de trois cent trente et un mètres par seconde, lui et son fusil ne faisaient qu'un. La cible importait peu. Même la prime n'entrait pas en ligne de compte. Tuer suffisait à son plaisir. Il n'y avait rien de plus satisfaisant au monde. Pendant un fugitif instant, le tireur était Dieu.

Il guettait. Allongé à plat ventre sur le toit d'un immeuble de bureaux de l'autre côté de la rue. Il avait été un peu étonné de pouvoir accéder au toit. L'immeuble d'en face abritant la division des Opérations spéciales du MI 6, on aurait pu s'attendre à une surveillance très étroite dans tout le périmètre. Toutefois, pour parvenir jusqu'ici, il avait dû forcer deux serrures et démanteler un système de sécurité sophistiqué. Cela n'avait pas été si facile.

Soudain la porte s'ouvrit et la cible apparut. S'il en avait pris le temps, le *sniper* aurait vu un adolescent blond de quatorze ans, avec une mèche lui tombant sur les yeux, vêtu d'un jean large, d'un sweet-shirt gris à capuche. Le garçon portait au cou un collier de perles en bois (la lunette de visée lui permettait de distinguer chaque perle). Des yeux bruns, une bouche étroite, un peu dure. Un visage qui aurait séduit les filles, s'il avait vécu un peu plus longtemps.

Le garçon avait un nom : Alex Rider. Mais le *sniper* s'en moquait. Il ne songeait même pas que ce n'était qu'un adolescent. Pour lui, c'était un cœur, deux poumons, un système complexe d'artères et de veines. Et, bientôt, ce ne serait plus rien. C'était pour cela qu'il était là. Pour exécuter une sorte d'acte chirurgical. Pas avec un scalpel mais avec une balle.

Il se passa la langue sur les lèvres et concentra toute son attention sur la cible. Il ne tenait pas le fusil. Le fusil faisait corps avec lui. Son index s'enroula autour de la détente. Il relâcha ses muscles, jouissant de l'instant, prêt à tirer.

Alex déboucha sur le trottoir. Il était bientôt cinq heures et il y avait beaucoup de passants dans la rue. Mais il ne les voyait pas. Il songeait à tout ce qu'il venait d'apprendre dans le bureau d'Alan Blunt. Il n'avait pas encore tout assimilé. C'était trop. Son père n'était pas un assassin mais un espion au service du MI 6. Comme son oncle. Agents secrets tous les deux. Et maintenant lui. Au moins, ils formaient une famille.

Et pourtant...

Mme Jones avait dit qu'elle avait voulu lui laisser la liberté de choisir. Mais avait-il eu vraiment le choix ? Bien sûr, il avait décidé de ne pas travailler pour Scorpia. Cependant ça ne signifiait pas qu'il devait devenir à vie un agent du MI 6. Alan Blunt espérait l'utiliser à nouveau, cela ne faisait aucun doute. Mais lui ? Peut-être trouverait-il la force de refuser ? Peut-être que le fait de connaître la vérité sur son passé lui suffirait.

Toutes sortes de pensées confuses lui traversaient l'esprit. Mais une chose au moins était sûre : il avait envie d'être avec Jack. D'oublier ses devoirs scolaires, d'aller au cinéma puis dîner au restaurant. Il l'avait prévenue qu'il serait de retour vers six heures, mais il pouvait lui téléphoner pour lui donner directement rendez-vous au multiplex de Fulham Road. C'était samedi. Il avait bien mérité de se distraire un peu.

Alex fit un pas et s'arrêta. Quelque chose lui avait frappé la poitrine. Comme un coup de poing. Il regarda à droite et à gauche et ne vit personne. Étrange.

Mais ce n'était pas tout. Liverpool Street lui sembla tout à coup monter en pente raide. Il savait que c'était une rue plate et pourtant elle était maintenant franchement inclinée. Les immeubles eux-mêmes penchaient d'un côté. Que se passait-il ? Soudain, le décor perdit toute couleur. Tout était en noir et blanc, hormis quelques taches vives ici et là : le jaune d'une enseigne de café, le bleu d'une voiture...

... et le rouge du sang. Il baissa les yeux et découvrit avec surprise que tout son torse virait au carmin. Une tache irrégulière se répandait rapidement sur son sweat-shirt. En même temps, il prit conscience que le vacarme de la circulation s'estompait. C'était comme si quelque chose l'avait arraché du monde et qu'il l'apercevait de très très loin. Quelques piétons s'étaient arrêtés pour le regarder. Ils avaient l'air bouleversé. Une femme hurlait, mais sans faire de bruit.

Ensuite, la rue lui joua un mauvais tour. Elle chavira si soudainement qu'elle sembla basculer à l'envers. Une foule s'était rassemblée. Se refermait autour de lui. Alex aurait voulu que tous ces gens s'en aillent. Ils étaient au moins trente ou quarante, qui pointaient le doigt, gesticulaient. Pourquoi s'intéressaient-ils tant à lui ? Et pourquoi ne pouvait-il pas bouger ? Il ouvrit la bouche pour demander de l'aide mais aucun mot, pas même un souffle, n'en sortit.

Alex commença à prendre peur. Il ne ressentait aucune douleur, pourtant quelque chose lui disait qu'il était blessé. Il gisait sur le trottoir. Un cercle rouge s'élargissait autour de lui à chaque seconde. Il tenta d'appeler Mme Jones. Il ouvrit de nouveau la bouche et entendit une voix crier, mais elle était loin, très loin.

Deux personnes s'approchèrent de lui et il sut que, maintenant, tout irait bien. Elles le contemplaient avec un mélange de tristesse et de compréhension, comme si elles avaient toujours pressenti ce qui allait se produire et le regrettaient. Dans la foule, il y avait encore quelques petites taches de couleurs, mais les deux personnes étaient en noir et blanc. L'homme était très beau, vêtu d'un uniforme militaire, avec des cheveux très courts et un visage grave. Il ressemblait énormément à Alex, mais avec quinze ans de plus. La femme qui se tenait à côté de lui était plus petite et paraissait plus vulnérable. Elle avait de longs cheveux blonds et un regard empli de chagrin. Alex avait vu des photos de cette femme et s'étonna de la voir ici. C'était sa mère.

Il essaya de se lever mais en vain. Il voulait lui prendre la main mais ses bras ne lui obéissaient plus. Il avait cessé de respirer et ne s'en était pas aperçu.

L'homme et la femme se détachèrent de la foule. L'homme se taisait, s'efforçant de masquer son émotion. La femme se pencha et tendit la main. Alex se rendit compte qu'il l'avait attendue toute sa vie. Elle le toucha.

Son doigt trouva le point précis où son sweat-shirt était troué.
Aucune douleur. Juste une sensation de fatigue et de résignation.
Alex Rider sourit et ferma les yeux...

TABLE

1. Heures sup — 9
2. Le Palais de la Veuve — 23
3. Épée invisible — 37
4. Sur invitation seulement — 51
5. Aqua alta — 65
6. Pensées vagabondes — 79
7. Consanto — 95
8. Vêtements de luxe — 115
9. Albert Bridge — 131
10. L'art de tuer — 147
11. Le campanile — 165
12. Cher Premier ministre… — 183
13. Pizza à domicile — 203
14. Cobra — 225
15. Télécommande — 239
16. Heure décisive — 257
17. L'église des Saints-Oubliés — 275
18. Haute résolution — 299
19. Couverture — 325
20. L'appel d'une mère — 343

« Pour l'éditeur, le principe est d'utiliser des papiers composés de fibres naturelles, renouvelables, recyclables et fabriquées à partir de bois issus de forêts qui adoptent un système d'aménagement durable. En outre, l'éditeur attend de ses fournisseurs de papier qu'ils s'inscrivent dans une démarche de certification environnementale reconnue. »

Composition JOUVE – 62300 LENS
N° 957046c
Achevé d'imprimer en Espagne par LIBERDÚPLEX
Sant Llorenç d'Hortons (08791)
32.10.2491.2/01 - ISBN : 978-2-01-322491-8
Loi n° 49-956 du 16 juillet 1949 sur les publications destinées à la jeunesse
Dépôt légal : novembre 2007